E-Z DICKENS SUPERSANKARI KIRJA NELJÄ:
JÄÄLLÄ

Cathy McGough

Stratford Living Publishing

Sisällysluettelo

Dediktio VII

Epigrafia IX

PROLOGI XI

KAPPALE 1 1

KAPPALE 2 9

KAPPALE 3 18

KAPPALE 4 29

KAPPALE 5 40

KAPPALE 6 54

KAPPALE 7 64

*** 68

*** 69

*** 71

KAPPALE 8 75

KAPPALE 9 82

KAPPALE 10   93

KAPPALE 11   109

KAPPALE 12   117

KAPPALE 13   122

KAPPALE 14   138

KAPPALE 15   148

KAPPALE 16   157

KAPPALE 17   162

KAPPALE 18   168

***   170

KAPPALE 20   172

***   178

KAPPALE 21   185

KAPPALE 22   195

KAPPALE 23   201

KAPPALE 24   205

KAPPALE 25   207

KAPPALE 26   212

KAPPALE 27   218

***   223

***   226

***   229

***   236

***   240

EPILOGI   253

Kiitokset   257

Kirjoittajasta   259

Myös: 261

Jokapäiväisille supersankareille.

"Et voi voittaa ihmistä, joka ei koskaan anna periksi."

Babe Ruth

PROLOGI

SEURAAVANA PÄIVÄNÄ OLI KOULUPÄIVÄ, mutta maailmanlopun lähestyessä E-Z:n ja Lian ei ollut tarkoitus mennä kouluun.

"Minulla on hyvin paha aavistus", Lia sanoi.

Oli aamiaisaika, ja hän ja E-Z olivat kahden. Sam ja Samantha nukkuivat yhä, samoin kaksoset Jack ja Jill.

"Millainen paha tunne?" Lia kysyi lusikoiden lisää muroja suuhunsa.

"Tiedäthän, kun luulin eilen illalla kuulleeni jotain?"

"Niin, mutta sanoit, että se oli väärä hälytys. Että äänet hävisivät ja kaikki palasi ennalleen."

"Niin kävi ja ei käynyt. Sitä on vaikea selittää. Kuulin Rosalien kutsuvan minua, sitten hän lopetti. Hän ei yrittänyt uudelleen, joten luulin, että kaikki oli hyvin. Mutta nyt olen huolissani, koska yritin tavoittaa häntä enkä saanut. Hän ei ole vastannut yhteenkään tekstiviestiini. Luulen, että meidän pitäisi mennä katsomaan häntä. Varmuuden vuoksi. Se helpottaisi mieltäni. Muuten en saa tänään mitään aikaiseksi."

"Ehkä hän nukkuu pitkään? Tai hänen puhelimensa akku loppui." Hän joi lasillisen appelsiinimehua loppuun ja perääntyi pöydästä. Hän laittoi astiat astianpesukoneeseen.

"Ehkä. Mutta haluaisin silti nähdä hänet."

"Mennään käymään hänen luonaan, jotta mielesi rauhoittuu", hän sanoi soittaessaan taksin. "Toivottavasti he päästävät meidät sisään. Emmehän me ole sukulaisia."

He suuntasivat tiensä kaupungin toiselle puolelle ja kyselivät Rosaliesta vastaanotossa. Nainen kysyi: "Oletteko te sukua?" Molemmat sanoivat, etteivät olleet. "Istukaa, olkaa hyvä", nainen sanoi.

"Katso", Lia kuiskasi. "Hän näytti salamyhkäiseltä. Kuin hän salaisi jotain."

"Niin, minäkin näin sen. Mutta ehkä kuvittelemme sen, koska olemme huolissamme Rosaliasta. Voimme vain odottaa ja yrittää pysyä kiireisinä. Olemme täällä emmekä liiku ennen kuin näemme, että hän on kunnossa."

Kolmekymmentä minuuttia myöhemmin he odottivat yhä. ja kävivät yhä levottomammmiksi, kun aika kului.

Lia nousi ylös. "En jaksa enää odottaa."

E-Z sanoi: "Whoa! Odota hetki." Hän istuutui taas takaisin. "Odotetaan vielä kolmekymmentä minuuttia, ennen kuin alamme riehua."

"Mitä se tarkoittaa?" Lia kysyi.

"Voi, unohdan jatkuvasti, ettet ole täältä kotoisin. Se tarkoittaa sitä, että hyökkää johonkin kaikkien aseiden kanssa. Viimeisenä keinona. Se on tietysti kielikuva. Tosin jotkut postinkantajat ovat ottaneet sen kirjaimellisesti."

"Veikkaan, että jos olisimme aikuisia, he olisivat jo puhuneet meille. Joskus vihaan olla lapsi."

"Siinä on hyvätkin puolensa", E-Z sanoi. "Kokeile pelata peliä puhelimella tai lukea kirjaa. Se kuluttaa aikaa, ja he ovat avuliaampia meille, jos olemme kärsivällisiä."

"Toivoisin, että olisin ottanut kuulokkeet mukaan. Olisin voinut kuunnella Taylor Swiftin uusia kappaleita."

"Tässä", hän sanoi. "Voit lainata minun."

Kului vielä kolmekymmentä minuuttia, ja E-Z palasi rauhallisesti tiskin ääreen. Lia jäi kuuntelemaan musiikkia. Hän vilkaisi takaisin. Lialla oli silmät kiinni. Hän ei ollut edes huomannut, että mies oli poissa.

"Öh, onko mitään tietoa siitä, milloin pääsemme tapaamaan Rosalieta?" hän kysyi.

"Anteeksi, joku on tulossa tapaamaan teitä. Hän tietää, että olet täällä odottamassa." Nainen napsautti näppäimistöään. Kun E-Z ei siirtynyt pois, nainen teki toisen yrityksen rohkaista häntä. "Puhuin johtajani kanssa henkilökohtaisesti. Hän tulee puhumaan kanssasi niin pian kuin voi. Ole hyvä ja liity ystäväsi seuraan." Hän heilautti kättään Lian suuntaan, joka oli kiireinen puhelimessaan.

E-Z palasi vastahakoisesti Lian viereen. Hän katseli, kun ihmiset myllersivät ympäriinsä. Jotkut olivat asukkaita, jotka työnsivät rollaattoreita. Muutama oli pyörätuolissa, joita hoitajat työnsivät, kun taas toiset soittivat itse pyöriä. Useimmat asukkaat hymyilivät hänen suuntaansa, muutama vilkutti. Hän ihmetteli, kuinka moni heistä sai säännöllisesti vieraita. Hän toivoi, että useimmat saivat.

Kun ovet avautuivat ja sulkeutuivat, lounaan tuoksu kantautui hänen sieraimiinsa, ja vatsa murisi. Hän ihmetteli, mitä herkkuja asukkaat söivät tänään. Ehkä kalaa ja ranskalaisia. Ehkä pientä piirakkaa a la mode. Hän toivoi, että olisi syönyt isomman aamiaisen, kun Lia ojensi hänen kuulokkeensa takaisin.

"Onnistuiko asioiden nopeuttaminen? Minulla on nälkä!"

"Niin minullakin, mutta ei oikeastaan. Hän sanoi, että johtaja tulee pian luoksemme, mutta en ymmärrä, miksei Rosalie vain tule itse katsomaan meitä. Mikä siinä on niin kamalaa?"

"En tunne hänen läsnäoloaan täällä", Lia sanoi. "Aivan kuin yhteys olisi katkaistu. Musiikki auttoi harhauttamaan minut hetkeksi, mutta nyt ajattelen sitä taas ja minulla on nälkä. Ei hyvä yhdistelmä."

"Kuulen kyllä", E-Z sanoi, kun pitkä nainen, jolla oli pääjohtajan tunnuslappu, käveli heitä kohti ja esittäytyi.

"Nimeni on Eleanor Wilkinson ja olen täällä toimitusjohtaja." Hän kätteli heitä. "Ymmärtääkseni te kaksi olette Rosalien ystäviä. Oletteko käyneet hänen luonaan täällä aiemmin?"

"Ei, emme ole käyneet täällä", Lia sanoi. "Mutta olemme hänen ystäviään, läheisiä ystäviä. Ja olemme huolissamme hänestä. Hän ei vastannut tekstiviesteihini eikä vastannut puhelimeensa."

Neiti Wilkinson sanoi: "Olen pahoillani, mutta Rosalie kuoli joskus yöllä. Odotamme hänen lähiomaisensa saapumista. He eivät asu lähistöllä.

"Pyydän anteeksi, että jouduitte odottamaan niin kauan. Mutta minun piti puhua heidän kanssaan ennen kuin puhuin sinulle. Ymmärrättekö? Meidän on noudatettava sääntöjä."

Lia lankesi takaisin tuoliin ja purskahti nyyhkytykseen, kun E-Z otti hänen kätensä käteensä ja he istuivat hiljaa muutaman sekunnin, ennen kuin hän kysyi: "Mitä hänelle tapahtui?"

"Sitä tutkitaan", Wilkinson sanoi. "Anteeksi, en voi kertoa teille enempää. Paitsi jos olet sukua. Otan osaa menetyksenne johdosta."

"Hän merkitsi minulle kaiken", Lia sanoi.

"Miten tapasit hänet?" Wilkinson kysyi. "Hän oli hieno nainen. Kaikki rakastivat häntä." "Tapasimme ystävän kautta", Lia valehteli.

"Mielenkiintoista", Wilkinson sanoi, "ottaen huomioon ikäeronne."

"Tarkoitatko, koska minä olen lapsi ja hän ei? Siis ei ollut", Lia kysyi vihaisena. Hän nousi seisomaan.

"Anteeksi, en tarkoittanut suututtaa sinua. Tietysti monet asukkaat täällä haluaisivat mielellään ystäviä, joiden kanssa jutella. Etenkin teidänlaisenne kiinnostuneet lapset, joille he voisivat kertoa eläviä tarinoita. Näin heitä ei unohdettaisi heidän lähdettyään."

"Me muistamme Rosalien aina", E-Z sanoi.

"Voimmeko tavata hänet hyvästelläksemme?" Lia kysyi.

"Pelkäänpä, että se ei tule kysymykseen. Meillä on menettelytapoja. Mutta jos jätätte tietonne ja puhelinnumeronne tiskille, voimme soittaa teille. Ilmoittaaksemme, milloin vierailut ja hautajaiset ovat."

E-Z jätti puhelinnumeronsa vastaanotolle. He olivat juuri nousemassa taksiin, kun hän muisti kirjan.

"Odota tässä", hän sanoi. "Tulen kohta takaisin."

Hän lähestyi vastaanottotiskiä.

"Olen pahoillani, mutta emme voi hyväksyä ystävämme Rosalien kuolemaa. Emme, ellei ainakin yksi meistä näe häntä. Neiti Wilkinson sanoi, ettemme voi mennä sisään, mutta voisinko piipahtaa huoneeseen? En jäisi pitkäksi aikaa. Voin siis kertoa ystävälleni, että olen nähnyt Rosalien ja voin vahvistaa, ettei hän ole enää kanssamme? Hän on kokenut niin paljon, kun hän on menettänyt silmänsä ja kaikki. Hänen mieltään helpottaisi, jos joku, jonka hän tuntee ja johon hän luottaa, saisi varmuuden."

"Ah, pikku raukka. Ymmärrän kyllä. Tule mukaani", nainen sanoi. Päästyään työpöydän toiselle puolelle hän pyysi kollegaansa tuuraamaan häntä. "Tulen kohta takaisin", hän sanoi.

E-Z seurasi häntä syvemmälle vanhusten asunnon sydämeen. Siellä oli valoisaa, ei masentavaa, kuten hän oli kuullut tämäntyyppisten asuntojen voivan olla, mutta hyvin hiljaista. Luultavasti siksi, että kaikki nauttivat lounasta kahvilassa. Hänen vatsansa kolisi taas.

"Kaikki ovat ruokasalissa", nainen sanoi kuin tietäisi, mitä hän ajatteli. "Tänään on kala- ja ranskalaispäivä, ja jälkiruoaksi on punaista hyytelöä ja kermavaahtoa. Valtavan suosittu ateria, johon kaikki haluavat päästä mukaan. Minä tahansa muuna päivänä sinua olisi mahdotonta päästää sisään, koska siellä olisi liikaa ihmisiä muhimassa."

"Tuoksuu kyllä hyvältä", E-Z sanoi. "Ja kiitos avustasi, minä, me, arvostamme sitä todella."

Hän pysähtyi ja veti oven auki.

"Tämä on Rosalien huone. Minä odotan tässä. Sinulla on enintään kaksi minuuttia aikaa, jos joku huomaa minut."

"Kiitos vielä kerran", E-Z sanoi, kun ovi heilahti hänen takanaan kiinni. Täällä tuoksui oudolta, kuin olisi ollut nuotio. Hän katseli huoneessa ympärilleen kameroiden varalta. Hänen tietääkseen siellä ei ollut yhtään.

Valkoisen lakanan alla heidän ystävänsä oli peitetty päästä varpaisiin. Hän lähestyi ja taisteli pakenemishalua vastaan, mutta halusi saada varmuuden, nähdä sen omin silmin. Hän veti lakanaa taaksepäin ja katsoi, kun se putosi lattialle kuin aave.

Välittömästi hänen sieraimiinsa tunkeutui haju. Kuin grilli. Palanut liha. Ja hän näki Rosalien käden roikkuvan alaspäin, palovammojen ja rakkuloiden peitossa. Mitä hänelle oli tapahtunut? Kuka oli tehnyt hänelle tämän kauhean teon ja miksi?

Hän työnsi tuolinsa syrjään ja katseli ympärilleen huoneessa, joka oli tahraton, eikä siinä ollut merkkejä tulipalosta. Se ei voinut tapahtua täällä. Jos ei, niin missä sitten? Siirrettiinkö hänet tähän huoneeseen sen jälkeen?

Oven takana oleva nainen koputti. "Kiirehtikää!" hän sanoi.

Hän avasi yöpöydän laatikon. Siinä se oli. Kirja, josta Rosalie oli kertonut. Se, johon hän oli kirjannut tietoja muista lapsista.

"Aika on lopussa", nainen sanoi.

E-Z tunki kirjan selkänsä taakse. Hän painoi nappia oven avaamiseksi, ja he palasivat vastaanotolle.

"Kiitos", hän sanoi. "Ystävältäni ja minulta. Olette antanut meille rauhan. Ilmoittakaa meille, milloin hautajaiset ja vierailut pidetään. Ai niin, vielä yksi asia, huomasin, että hänellä oli palovammoja kehossaan. Loukkaantuiko muita asukkaita tulipalossa?"

"Voi sentään", nainen sanoi. "En tiedä. En ole kuullut mitään tulipalosta. En ole nähnyt ruumista; tarkoitan Rosalieta itse. Minulle on vain kerrottu, että hän on kuollut. En tiedä mitään yksityiskohdista."

"Ei se mitään", E-Z rauhoitteli häntä. "En kerro mitään. Arvostan kaikkea, mitä olet tehnyt. Kiitos."

"Täällä ei tapahtunut tulipaloa", hän sanoi. "Tietääkseni hälytys ei lauennut. Paloautoja ei kutsuttu. Minä... Voi sentään."

E-Z vilkutti ja siirtyi pois tiskin luota. Nainen höpötti yhä itsekseen. Hän ajatteli, että hänen oli parasta lähteä pois sieltä.

Kuljettaja auttoi E-Z:n takapenkille odottavan Lian viereen, sitten hän laittoi pyörätuolinsa pois auton takakonttiin.

"Siihen meni ikuisuus", Lia valitti. "Mikä tuo on?"

Hän yritti tarttua kirjaan, mutta E-Z piti siitä kiinni. Hän huomasi, että mittarin maksu oli jo enemmän rahaa kuin hänellä oli mukanaan.

"Ei sille voinut mitään. Vilkaisin vaivihkaa Rosaliea. Ja nappasin tämän. Se on se kirja, josta hän kertoi meille. Katsotaan se, kun olemme kotona." Hän kuiskasi: "Onko sinulla rahaa?"

Heillä kahdella ei ollut tarpeeksi rahaa taksimaksuun.

"Sinun täytyy pyytää äitiäsi tai Samu-setää auttamaan meitä", hän sanoi, kun kuski pysähtyi talon eteen.

Kuski auttoi E-Z:n takaisin tuoliin, kun Lia juoksi sisälle. Hän tuli ulos rahojen kanssa, jotka riittivät maksamaan matkan, ja kuljettaja ajoi pois.

"Sam antoi minulle rahat."

"Kysyikö hän, mitä varten ne olivat?"

"Ei, mutta odotan, että hän kysyy."

Sisällä Sam ja Samantha myllersivät keittiössä. Yrittivät kiireesti valmistaa aamiaista samalla, kun kaksoset lauloivat heille nälkäisiä huutoja.

"Miksette ole koulussa?" Sam kysyi.

"Selitän myöhemmin. Voimmeko auttaa?"

"Ei, mutta kiitos", Samantha sanoi. Hän alkoi syöttää Jackia.

Sam nyökkäsi ja ryhtyi syöttämään Jilliä.

E-Z ja Lia menivät hänen huoneeseensa ja sulkivat oven. Alfred luki sanomalehteä.

"Rosalie on kuollut", Lia puuskahti, sitten hän lankesi polvilleen ja nyyhkytti, kun E-Z pani kätensä hänen ympärilleen ja Alfred riensi hänen luokseen. Kolmikko halasi toisiaan ja itki, kunnes heillä ei ollut enää kyyneleitä jäljellä.

"Mitä sinulla on siellä?" Alfred kysyi.

"Nappasin kirjan."

Lia otti sen, nousi sitten seisomaan ja piti sitä rintaansa vasten kuin halaisi ystäväänsä, sen sijaan hän näki kaiken. Rosalie Valkoisessa huoneessa. Furiat Valkoisessa huoneessa hänen kanssaan. Kirjat palamassa. Hyllyt putoilivat. Tulta kaikkialla.

Lia putosi polvilleen.

"Hän oli niin rohkea. Niin hyvin rohkea."

"Näitkö sinä tulen?" E-Z kysyi. "Mitä tapahtui?"

"Tiesitkö palosta?"

Hän nyökkäsi.

"Mikset kertonut minulle?" Hän tiesi jo vastauksen kysymykseen. Mies suojeli häntä totuudelta. "Kun koskin kirjaan, näin kaiken. Rosalie oli Valkoisessa huoneessa. Ja Furiat olivat siellä hänen kanssaan. He halusivat hänen kertovan heille meistä ja muista lapsista. He kiduttivat häntä, mutta hän ei antanut periksi."

"Miksei hän soittanut meille?"

"Hän yritti. En tiennyt, että kyse oli elämästä tai kuolemasta. Se meni pois, joten luulin, että kaikki oli hyvin."

"Se ei ole sinun vikasi", E-Z sanoi.

"Hän kuoli yksin, kirjahyllyjen alla, kirjat paloivat hänen ympärillään. Hän ei ansainnut kuolla niin. Kukaan ei ansaitse kuolla niin." Hän nyyhkytti käsiinsä.

"Rosalie-parka", hän sanoi. "Hän olisi voinut kutsua minut. Hän teki sen ennenkin. Miksei hän kutsunut minua?"

"Koska hän olisi saattanut sinut vaaraan. Hän kuoli suojellessaan meitä."

"Raivostuttajat yrittivät siis saada häneltä meidän ja muiden lasten nimet, ja hän uhrasi itsensä pelastaakseen meidät? Säilyttääkseen salaisuutemme. Miten uskomaton nainen Rosalie olikaan. Emme koskaan unohda häntä - koskaan",

Alfred sanoi taistellessaan kyyneleitä vastaan. "Hän ansaitsee mitalin. Kunniamitalin."

"Hetkinen, ehkä he estivät häntä soittamasta meille?" E-Z sanoi.

"Hän lähetti minulle SOS-kutsun, mutta hän on tehnyt niin ennenkin. Kerran hän teki sen, kun teet loppuivat kotoa, ja hän halusi tuulettaa asiaa. En tiennyt, että tämä SOS tarkoitti, että hänen henkensä oli vaarassa."

"Et olisi voinut tietää. Kukaan meistä ei voinut. Emme voi syyttää itseämme." Kaikki kolme olivat hiljaa. "Hetkinen, katsotaanpa sitä kirjaa."

"Se on kaikkea sitä, mitä hän kertoi meille. Täydellinen luettelo, jossa on yksityiskohtia kaikista lapsista, jotka ovat meidän kaltaisiamme. Luojan kiitos, etteivät Raivostajat saaneet tätä käsiinsä!"

"Hei, hetkinen!" E-Z sanoi. "Pelkkä ajatus siitä, että he kiduttivat häntä saadakseen tietoja meistä ja muista - tarkoittaa, että Furiet tietävät meidän kaikkien olevan olemassa. Se tarkoittaa, että nämä lapset ovat tuolla ulkona, aivan yksin, eivätkä he edes tiedä, mitä on tulossa!

"Meidän on päästävä heidän luokseen ensin. Koska on vain ajan kysymys, milloin - miten tahansa he saivatkin tietää meistä, heistä - keksivät, missä he ovat."

"Entä jos tämä on kuitenkin ansa, jotta me johdattaisimme Raivokkaat suoraan heidän luokseen?" Alfred tiedusteli.

"En usko, että he tietävät, mistä meidät löytää, muutenhan he olisivat täällä, eikö niin?" "En usko, että he tietävät, mistä meidät löytää." E-Z kysyi. "Tarkoitan, heillä oli yllätysmomentti. Tappamalla Rosalien he ovat antaneet vihjeen. Antoivat meidän tietää, että he tietävät jotain... luultavasti päästäkseen päähämme, koska me olemme johdossa." "Entä muut lapset?" "Ei." Lia kysyi. "Miten pääsemme heidän luokseen ilman, että paljastamme itsemme?" "Miten me saamme heidät kiinni?"

"Hadz? Reiki?" E-Z kutsui. "Jos kuulette minua, tarvitsemme teidän panostanne ja apuanne."

POP.

POP.

"Tiedätkö sinä Rosaliasta?" hän kysyi.

"Kyllä tiedämme, ja se on surullinen, surullinen tarina", Hadz sanoi pyyhkäisten kyyneleitä pois siivillään. "He kiduttivat täällä Valkoisessa huoneessa. Ja jos se ei ollut tarpeeksi paha - he tuhosivat sen ja kaiken siinä olevan täysin. Kaikki ne kauniit, siivekkäät kirjat - poissa. Rosalie - poissa. Poissa." Hän ei pystynyt enää puhumaan nyyhkytyksen takia.

"No niin, no niin", Reiki sanoi. "Eikä siinä vielä kaikki. Emme tiedä, mitä Rosalien sielulle tapahtui."

"Odottakaa, hänen ruumiinsa on sängyssä hänen huoneessaan kaupungin toisella puolella vanhainkodissa. Ehkä hänen sielunsa on siellä hänen kanssaan?" E-Z kysyi.

Reiki sanoi: "Onko teillä mitään sinetöityä, suljettua, ilmalta, kaikelta? Jos kyllä, mene hakemaan se heti - sitten menemme katsomaan, onko Rosalien sielu hänen kanssaan. Me suostuttelemme sen menemään säiliöön - väliaikaisesti - kunnes saamme selville, missä hänen sielun siepparinsa on. Toivottavasti nuo Furiat eivät ole vieneet sitä."

E-Z ryntäsi ulos keittiöön, jossa Sam ja Samantha olivat kiireisinä syöttämässä kaksosia. "Onko meillä vielä sitä isoa termospulloa?"

"Kyllä, se on kaapissa jääkaapin yläpuolella", Sam sanoi ja huokaili sitten pojalleen.

"Kiitos", E-Z sanoi, kun hän lähti takaisin huoneeseensa. "Kelpaako tämä?"

Heidän molempien oli kannettava astia.

"Odota!" Alfred huusi ja ehti juuri ajoissa kiinni ennen kuin Hadz ja Reiki pamahtivat ulos. "Ehkä minä voin auttaa? Minulla on parantavia voimia. Ota minut mukaasi. Anna minun yrittää. Pyydän."

POP

POP

FIZZLE

Ja he kolme katosivat, laskeutuen Rosalien huoneeseen.

"Tuolla hän on", Alfred sanoi ja hyppäsi sängylle varoen astumasta Rosalien päälle verkkojaloillaan. Hän nosti nokkansa avulla lakanaa, kun Hadz ja Reiki leijuivat lähellä.

"Mitä hän aikoo tehdä?" Reiki tiedusteli.

"Shhhh", Hadz sanoi.

Alfred asetti nokkansa Rosalien otsalle ja kosketti hänen sydäntään toisella siivellään. Mitään ei tapahtunut.

"Anna minun kokeilla jotain muuta", joutsen sanoi. Tällä kertaa hän leijui Rosalien vartalon yläpuolella ja painoi otsansa Rosalien vartaloa vasten. Taas ei tapahtunut mitään.

"Olet yrittänyt parhaasi, Hadz sanoi, nyt meidän on varmistettava hänen sielunsa. Tule esiin, tule esiin missä ikinä oletkin."

Ja juuri niin Rosalien sielu ajelehti heitä kohti.

"Täällä olet turvassa", Reiki sanoi, kun sielu houkuteltiin astiaan, sitten kansi suljettiin tiukasti.

POP.

POP.

FIZZLE.

"Pystyittekö auttamaan häntä?" Lia kysyi, mutta hän tiesi vastauksen jo Alfredin silmien ilmeestä. Hän halasi häntä: "Olen varma, että yritit parhaasi."

"Hän todella yritti", Hadz sanoi.

"Hänen sielunsa on kuitenkin turvassa täällä... kukaan ei saa avata sitä. Se on pidettävä turvassa, kunnes sielun sieppaaja on valmis ottamaan sen."

"Ehkä sinun pitäisi pitää se mukanasi?" Alfred sanoi. "Ja kiitos, että annoit minun yrittää."

E-Z:n huoneessa kolmikko laati suunnitelman muiden lasten kokoamiseksi yhteen. Päätettiin, että E-Z matkustaisi Australiaan Lachien - joka tunnettiin myös nimellä The Boy in the Box - vuoksi. Alfred lentäisi Japaniin, josta hän hakisi Haruton, metsään hylätyn pojan. Viimeisenä, mutta ei vähäisimpänä, Lia matkustaisi Yhdysvaltojen halki noutamaan Brandya, tyttöä, joka voisi palata takaisin elämään.

Heidän tehtävänsä olivat selvät - se, mitä he tekisivät perillä, ei ollut. Toiset olivat eri-ikäisiä, eri kulttuureista, eri kielillä. Jotkut tarvitsisivat vanhempiensa luvan, jotkut eivät.

"Mitähän Rosalie kertoi heille meistä?" Lia kysyi.

"Voimme kysyä heiltä, kun näemme heidät", Alfred ehdotti.

"Sillä välin meidän on pakattava laukut ja suunniteltava. Minä pääsen sinne tuolillani, mutta teillä kahdella on vaihtoehtoja. Päättäkää, mikä sopii teille parhaiten, ja pankaa suunnitelmanne täytäntöön. Luotan siihen, että teette oikean päätöksen, ja aika käy vähiin."

"Hyvä, että sanoit noin", Lia sanoi, "sillä en ole varma, haluanko lentää sinne lentokoneella. Ajattelin, että Little Dorrit olisi ehkä paras vaihtoehto, mutta en ole varma, innostuuko hän siitä. Hän lentää sinne yhden matkustajan kanssa ja palaa takaisin kahden kanssa."

"En minäkään ole varma", Alfred sanoi. "Voisin lentää sinne omasta tahdostani - mutta koska Haruto on melko nuori, minun pitäisi olla hänen mukanaan lentokoneessa - elleivät hänen vanhempansakin tulisi mukaan. Lisäksi minun on oltava huolissani huonosta säästä - ja matka on pitkä."

"Kuten sanoin, te kaksi päätätte, mikä sopii teille parhaiten. Alfred, jos päätätte lentää lentokoneella - pyydä Sam-setää selvittämään yksityiskohdat puolestasi."

Kolmikko valmistautui kokoamaan kaikki lapset yhteen. Sitten he suunnittelisivat - kukistaisivat nuo ilkeät Furiat. Vaikka se olisi viimeinen suunnitelma, jonka he tekisivät.

KAPPALE 1
AUSTRALIA

E-Z LÄHTI TIIMISTÄ ENSIMMÄISENÄ Pohjois-Amerikasta. Hän lensi taivaalla pyörätuolissaan ja nautti vapaudesta, jonka ulkoilma mahdollisti.

Pelkkä ajatus pyörätuolin laittamisesta lentokoneen säilöön sai hänet pelkäämään. Entä jos se eksyisi? Tai tuhoutuisi? Sitä riskiä ei kannattanut ottaa. Hylkäisikö Batman lepakkomobiilinsa? Ei ikinä.

Tosin hän oli melko varma, että hänen täytyisi palata lentokoneella Lachien kanssa. Ei olisi oikein laittaa poikaa lentämään yksin. Ehkä he tekisivät poikkeuksen ja antaisivat hänen lentää pyörätuolissa? Sitä kannattaisi tiedustella. Hän ylittäisi sen sillan, kun pääsisi sinne. Sitä paitsi hän ei halunnut edes ajatella lentoruokaa. Luojan kiitos, että hänellä oli nyt eväspaketti mukanaan.

Hän leikki pilvien kanssa polttopalloa - ja meni kerran tai kaksi suoraan niiden läpi. Mutta hänen oli keskityttävä. Australia oli loppujen lopuksi toisella puolella maapalloa.

Rosalien muistiinpanot laatikossa olevasta pojasta eivät olleet niin hyödyllisiä kuin hän toivoi. Hän oli lukenut tämän tarinan internetistä. Se, mikä oli hänelle eniten silmiinpistävää, oli se, että poika piti nyt enemmän eläimistä kuin ihmisistä. Siinä oli järkeä kaiken sen jälkeen, mitä hän oli kokenut.

Poikaparka oli niin sekaisin, kun hänet löydettiin, että hän oli unohtanut puhua. E-Z tiesi, että maailmassa oli julmuutta, mutta tämä oli sanoinkuvaamatonta.

E-Z:llä oli paljon kysymyksiä, joihin hän toivoi löytävänsä vastauksia, kuten missä olivat Lachien vanhemmat? Kuka ruokki ja siivosi hänen häkkinsä? Kuka laittoi hänet sinne? Miksi?

Artikkelissa sanottiin, että he lähettivät toimittajia ottamaan kuvia pojasta, jotta he näkisivät, miten hän voi, mutta eläimet eivät päästäneet heitä lähellekään. Vaikka he yrittivät käyttää teleobjektiivia. Harakat hyökkäsivät ja pommittivat heitä. Hän katsoi muutaman pätkän harakan hyökkäyksistä - se oli kuin jotain Hitchcockin elokuvasta Linnut. Lopulta yksi harakoista lensi pois toimittajan objektiivin kanssa. Sen jälkeen ne jättivät pojan rauhaan.

E-Z toivoi saavansa pojan luottamuksen. Ja että myös hänen eläinystävänsä luottaisivat häneen. Jos ei, hänen matkansa olisi turha. No, ei oikeastaan turha, jos hän tapaisi pojan ja puhuisi hänelle. Haluaisiko hän auttaa muita sen jälkeen, miten häntä oli kohdeltu? Vain aika kertoisi sen.

Hän lensi Atlantin valtameren yllä. Hän oli lentänyt tätä reittiä ennenkin, ja siellä hän oli tavannut Alfredin ensimmäistä kertaa. Hänen puhelimensa taskussaan värähteli - hän vilkaisi, ja siellä oli viesti Lialta.

"Halusin vain ilmoittaa, että matkustan Little Dorritin kanssa."

"Päätitkö sittenkään olla lentämättä - lentokoneella -?"

"Little Dorrit ilmestyi, ja hän on aikataulussani."

"Kuulostaa hyvältä suunnitelmalta." Hän lähetti peukku ylös -emojin.

"Missä olet?" hän kysyi.

"Juuri Atlantin takana. Vettä, vettä ja lisää vettä."

Yhteys katkesi, ja mies kiihdytti vauhtia ja kulki Afrikan halki, missä hän huomasi Robben Islandin - vankilan, jossa Nelson Mandelaa oli pidetty vankina lähes kolmekymmentä vuotta.

Hänen vatsansa murisi; hän ei pitänyt repussaan olevasta voileivästä. Niinpä hän laskeutui Kapkaupunkiin ja toivoi voivansa käyttää pankkikorttiaan saadakseen jotain syötävää. Hän huomasi kyltin paikasta, jossa myytiin "perinteisiä Fish and Chips" -annoksia ja jossa oli Britannian lippu ja jossa hyväksyttiin pankkikortit. Hän kantoi valmiin ateriansa ja lensi ylös Lion's Headin huipulle. Syötyään ateriansa, joka oli herkullinen, hän otti selfien ja jatkoi sitten matkaansa.

"Herätä minut kahden tunnin kuluttua", hän sanoi pyörätuolilleen, joka värähteli ja kiihdytti sitten. Kun hän heräsi uudelleen, hän oli ylittämässä Intian valtamerta. Valtava tähtijoukko hänen ympärillään sai hänet tuntemaan itsensä jotenkin vähemmän yksinäiseksi. Hän jatkoi matkaa ja tunsi voitonriemua siitä, että hän oli melkein perillä, kun hän näki horisontissa auringon työntyvän taivaalle ja aloittavan uuden päivän.

Sitten se oli aivan hänen edessään - Australian rannikko. Innoissaan nähdäkseen sen itse, hän lisäsi vauhtia ja ponnisti kohti sitä. Hän tajusi olevansa hyvin janoinen, joten hän kurottautui reppuunsa ja otti esiin vesipullon, jonka hän tyhjensi. Hän laittoi tyhjän pullon takaisin laukkuunsa hävitettäväksi myöhemmin, ja vaikka hän oli vielä melko täynnä aiemmin syömästään kalasta ja ranskalaisista. Hän päätti syödä kinkku-juustovoileivän, jonka Sam-setä oli pakannut.

Hän lensi Länsi-Australian yläpuolella, nyt tuntien kuumuuden, hän riisui hikipaitansa ja laittoi sen reppuunsa. Hän jatkoi matkaa The Outbackiin Pohjoisterritorioon miettien, minne tarkalleen ottaen hänen pitäisi laskeutua, kun häntä kohti lensi pieni lintu, jonka höyhenet olivat sinisen sävyisiä ja jota korosti musta rengas kaulan ympärillä.

"Seuraa minua, E-Z", se sanoi. "Olen tarkkaillut sinua."

"Äh, mikä sinä olet?" hän kysyi.

"Minä olen keiju", hän sanoi. "Tule, se odottaa."

Joukko korppikotkia seurasi heitä.

"Älä huoli", keijukorppikotka sanoi. "Ne ovat saattajiamme."

Hän tarkkaili, miten ainutlaatuisessa muodossa mustarintaisten haikaroiden valkoiset raidat liikkuivat. Hän oli kuullut liikkeessä olevasta runoudesta, ja nyt hän tiesi tarkalleen, mitä tuo ilmaisu tarkoitti.

Sitten hän huomasi pojan. Hän oli heidän alapuolellaan ja vilkutti. E-Z vilkutti takaisin. Lukuun ottamatta sitä, että hän istui poikkeuksellisen suuren linnun selässä, hän näytti ihan tavalliselta pojalta.

"Tervetuloa Australiaan", hän sanoi. "Pian tulee pimeää, joten seuratkaa minua. Ai niin, ja voit muuten kutsua minua Lachieksi."

"Hauska tavata, Lachie! En malta odottaa, että pääsen näkemään lisää upeasta maastanne. Toivon vain, että voisin jäädä pidemmäksi aikaa."

"Nämä ovat Savannin metsämaita", poika sanoi. "Hengitä syvään sisään, niin huomaat eukalyptuksen tuoksun."

"Kyllä, se tuoksuu ihanalta", E-Z sanoi.

He jatkoivat matkaansa, kivisen maan halki, yli tulva-aavojen ja billabongien. Lopulta he saapuivat määränpäähänsä The Outliersiin.

"Täällä minä asun", poika sanoi. "Kakadun kansallispuisto on Australian suurin maa-alueen kansallispuisto, jossa on yli 20 000 neliökilometriä maata. Asun täällä kasvien ja eläinten kanssa." Keijukaislintu laskeutui hänen päänsä päälle. "Ai, olet taas väsynyt", poika sanoi hymyillen. Sitten E-Z:lle: "Hän tarvitsee usein kyytiä."

Kun he saapuivat alueelle, joka muistutti leirintäaluetta, poika sanoi: "Tervetuloa kotiini".

"Kiitos", E-Z sanoi. "Voisin tosiaan käydä suihkussa tai kylvyssä ja minun pitää käydä pissalla."

"Kaivoin pönttön tuonne puun taakse. Siellä olet tarpeeksi turvassa. Sitten näytän sinulle, missä vesiputous on, niin voit peseytyä."

"Vesiputous, vai? Onko siellä krokotiileja?"

"Krokotiileja on... mutta ne ovat tottuneet siihen, että käytän vesiputousta. Tulen mukaasi ensimmäisellä kerralla, jos haluat."

"Ei, minulla on siivet, ja niin on tuolillakin. Me lennämme pois, jos kuulemme kovia roiskeita!"

"Goodo", nuorin sanoi. "Leiju vain putoavassa vedessä - älä laskeudu - ja sinun pitäisi olla kunnossa. Sillä välin minä kerään ruokaa päivälliselle. Jos tarvitset apua, huuda vain, niin tulen juosten."

Kun hän lähestyi vesiputousta, hän huomasi kylttejä - ja paljon sellaisia, joissa luki VAARA ja VAROITUS. Yhdessä sanottiin, että alueella oli sekä suolaisen että makean veden krokotiileja. Jihuu.

"Ylös, huipulle!" hän ohjasi tuolinsa. Hän meni suoraan veteen, kasvot edellä, ja istui siinä nauttien, kun vesi putosi hänen ylitseen ja ympärilleen. Aluksi se oli kylmää, mutta kun hän tottui siihen, se tuntui hyvältä.

Kun hän katseli ympärilleen, hän ajatteli emua, jolla poika tapasi hänet. Tuntui oudolta, että sen kokoinen lintu - noilla valtavilla siivillä - ei pystynyt lentämään. Hän luki netistä linnuista, jotka eivät osanneet lentää. Hän oli yllättynyt nähdessään listalla kiivin lisäksi emuja, strutseja, pingviinejä, kasuaareja ja rheoja. Hän luki netistä, että rottien DNA oli muuttunut niin, etteivät ne nyt osaa lentää. Hän tunsi hieman syyllisyyttä siitä, että hän, poika, saattoi lentää, kun nuo kauniit linnut eivät voineet.

Kun hän oli puhdas ja hänellä oli uudet vaatteet, hän lähti takaisin pojan luokse, joka valmisti ahkerasti heidän ateriaansa.

"Tämä on vuohenpukin luumu."

E-Z otti palan. Se maistui hämmästyttävältä.

"Tämä on punapensasomenaa, ja nämä ovat mustaherukoita."

E-Z söi kaiken ja rakasti sitä.

"Siinä oli jälkiruokamme, nyt minun täytyy valmistaa pääruoka." Poika kaivoi ja kaivoi, sitten hän löysi padan, joka oli liian kuuma hänen käsiteltäväkseen. Kun hän irrotti kannen tikulla, tuoksu siitä, mitä hän oli keittänyt, sai E-Z:n suupielet vellomaan.

"Nämä ovat simpukoita", poika sanoi ja laittoi niitä lehden päälle.

"Ne ovat todella hyviä. En ole koskaan ennen maistanut simpukoita."

Aurinko oli putoamassa taivaalta. "Aika mennä nukkumaan", poika sanoi.

"Kiitos vielä kerran, että tunsin itseni tervetulleeksi." E-Z haukotteli. Siihen asti hän ei ollut tajunnut, kuinka kauan hän oli ollut hereillä.

"Sinä nukut tuolla ylhäällä", poika osoitti ylös puuhun, jossa oli puumaja ja alas johtavat köysitikkaat. "Voit lentää ylös, laita jarru päälle, ettet liiku unissasi. Minun huoneeni on tuolla", hän osoitti toista puuta, jossa oli köysi, joka johti alaspäin ja jonka huipulla oli puumaja.

"Nuku nyt", Lachie sanoi. "Selvitämme kaiken aamulla.

KAPPALE 2

JAPAN

E-Z SAATTOI JÄTTÄÄ ALFREDIN matkalla Australiaan. Sen sijaan hän päätti lentää perinteisellä inhimillisellä tavalla - lentokoneella.

Samin oli neuvoteltava, jotta lentoyhtiö saatiin suostuteltua antamaan trumpettijoutsenelle istumapaikka. Puhumattakaan istumapaikasta ensimmäisessä luokassa. Sam käytti yhteyksiään töissä auttaakseen Alfredia lentämään tyylikkäästi.

Matkustamossa kuulokkeet ja onnenjousi solmio yllään Alfred tunsi olonsa kotoisaksi. Hän oli rento, ja matkustamohenkilökunta oli huomaavainen. Silti hän ei malttanut odottaa Japaniin saapumista. Ja tavatakseen pojan nimeltä Haruto.

Alfredin reppu oli sullottu lähelle, ja sen sisällä hänellä oli muutama välipala. Hän odottaisi, kunnes olisi todella nälkäinen, ennen kuin kaivautuisi pussillisen villiriisiä ja villijuuriselleriä. Ruoan lisäksi hänellä oli vara-akku puhelimeensa ja Samin luottokortti, jossa oli suostumuskirje, että hän saisi käyttää sitä.

Kun hän katseli ikkunasta ulos pilvien lentäessä ohi, hän ajatteli Harutoa. Rosalien muistiinpanojen mukaan hän oli paljon nuorempi kuin muut lapset. Eikä hänellä ollut aavistustakaan, mitä voimia Harutolla oli - olettaen, että hänellä oli voimia.

Alfredin suunnitelmana oli selittää kaikki ensin Haruton vanhemmille ja toivottavasti saada heidät mukaan. Sitten hän kertoisi tarkemmin, miten Haruto voisi auttaa, kunhan hän olisi varmistanut, mikä hänen erikoisalansa oli, eli mitä voimia hänellä oli.

Vaikeinta olisi saada heidät vakuuttuneiksi siitä, että heidän nuori poikansa saisi matkustaa ulkomaille. Maksaminen ei ollut ongelma - Sam sanoi, että hänen pitäisi käyttää siihen luottokorttiaan. Mutta heidän saaminen suostumaan siihen, että joutsen veisi heidän lapsensa Pohjois-Amerikkaan, nyt se vaatisi vakuuttamista.

Hän nojautui taaksepäin istuimessa, ja se asettui taaksepäin.

"Haluaisitteko jotain?" sievä lentoemäntä tiedusteli.

Oli hyvä, että ihmiset ymmärsivät häntä nyt. Se teki hänen elämästään paljon helpompaa, koska kääntäjää ei tarvittu.

"Kuppi teetä sopisi hyvin", Alfred sanoi. "Kulhossa", hän lisäsi. "Tätä nokkaa on vaikea saada teekuppiin."

Hoitaja hymyili. Hetkeä myöhemmin hän palasi mukanaan kulho, teepussi, sokeria, maitoa ja toinen kulho viileämpää vettä. "Siltä varalta, että tee on liian kuumaa", hän sanoi.

"Todella huomaavaista", Alfred sanoi.

Hän antoi teen jäähtyä ja jatkoi ikkunasta ulos katsomista. Oli niin mukavaa istua ja nauttia näköalasta. Ilman huolta suurista tuulenpuuskista, lumesta, sateesta tai petoeläimistä.

Lopulta hän joi teensä pienellä määrällä maitoa ja sokeria ja sammui sitten.

Hän heräsi siihen, kun kuului ilmoitus, että lentoemännät valmistelevat matkustajia laskeutumiseen. Hän oli nukkunut koko lennon ajan!

Ikkunasta hän näki Hanedan lentokentän. Sen ympärillä hän näki paljon ja paljon tuoretta ruohoa syötäväksi. Hän maisteli vähän ja säästi riisin ja sellerin myöhemmäksi.

Kauempana näkyi Japanin korkeimman vuoren, Fujin, ääriviivat. Sam oli ollut oikeassa, lentokoneen vasemmalla puolella istuminen oli paras paikka nähdä se, joka tunnettiin Japanin sydämenä.

"Tiesitkö, että viidennessä kerroksessa on näköalatasanne? Sieltä saattaisit nähdä Fuji-vuoren paremmin", lentoemäntä sanoi Alfredille.

"Kunpa minulla olisi enemmän aikaa, mutta kiitos. Ehkä paluumatkalla."

Lentoemännät antoivat hänen poistua koneesta ensimmäisenä. He asettuivat jonoon hyvästelemään hänet kuin hän olisi ollut rocktähti.

Koska Alfredilla oli mukanaan vain käsimatkatavaralaukku eikä joutsenilla ole passia, hän lähti lentokentältä etsimään taksia.

Ennen matkaa hän oli etsinyt netistä tietoa siitä, miten taksin voi vuokrata Japanissa. Tietojen mukaan hänen pitäisi etsiä punaista tarraa taksin tuulilasin oikeassa alakulmassa. Tämä punainen tarra vahvisti, että taksi oli vuokrattavissa.

Kun hän löysi sellaisen, jossa tarra oli, hän oli niin onnellinen. Se lensi avoimeen ikkunaan ja antoi kuljettajalle nokkansa avulla lapun. Lappu osoitti, minne sen piti mennä. Kuljettaja oli ystävällinen, eikä häntä haitannut joutsenmatkustajan kuljettaminen. Hän painoi ohjauspyörässä olevaa nappia, joka avasi takaoven, jotta Alfred pääsi sisään. Kuljettaja sulki oven, ja he lähtivät matkaan.

Haruto ja hänen perheensä asuivat Japanin toiseksi suurimmassa kaupungissa nimeltä Yokohama. Vaikka hän yritti katsella nähtävyyksiä, myös taivaanrantaa, hän saattoi vain miettiä, miten hän saisi Haruton ja hänen perheensä suostuteltua mukaan taisteluun Furioita vastaan.

Hänen repussaan oleva puhelin värähteli. Hän kurottautui puhelimen sisään; se oli viesti E-Z:ltä.

"Lachien kanssa nyt. Miten sinulla menee Japanissa?"

Hän näppäili nokallaan, taidon, jonka hän oli opettanut itselleen, kun hän oli matkustanut Japaniin yksin. Hän oli myös nopea eikä tehnyt paljon kirjoitusvirheitä.

"Olen melkein Yokohamassa taksilla. Toivottavasti saavumme pian Haruton talolle."

E-Z lähetti hänelle peukku ylös -hymiön.

Alfredin poika oli rakastanut rakentaa Gundam-robotteja. Yokohamassa rakennettiin jättimäistä robottia. Kun se valmistuisi, se olisi 59 jalkaa korkea, hän huomasi lukiessaan siitä netistä. Hänen poikansa olisi halunnut käydä Japanissa katsomassa sitä. Heidän kuolemansa jälkeen Alfred yritti olla ajattelematta heitä, koska se sai hänet surulliseksi. Tänään, täällä Japanissa, hän päätti kuitenkin nähdä kaiken mahdollisen, aivan kuin hänen perheensä olisi ollut hänen vierellään. Elämä oli liian lyhyt, jopa joutsenena ollakseen koko ajan surullinen.

Kuljettaja pysähtyi puutarhatalon eteen, jonka portaat olivat täynnä kukkia kaiteiden molemmin puolin. Kuljettaja avasi ovensa ja Alfred astui ulos. Hän käveli muutaman portaikon ylös, pysähtyi ja naposteli ruohoa, jota oli runsaasti portaikon molemmin puoliin. Ilma oli viileä ja tuoksuva, ja talon edustalla oleva yksityinen puutarha oli kaunis. Melkein huipulla hän huomasi, että taloa ympäröivä etualue oli hyvin kutsuva, ja vasemmalla puolella lähellä sisäänkäyntiä oli pöllöläisvesi. Silti itse talossa oli kaikki kaihtimet vedetty alas kuin kukaan ei olisi ollut kotona. Hän toivoi todella, että joku olisi siellä tervehtimässä häntä. Hän kaipasi välipalaa ja pientä lepoa.

Se koputti nokallaan oveen. Ääni kuului oven keskellä olevasta laatikosta, johon se ei päässyt käsiksi nousematta lentoon - minkä se tekikin.

"Nimeni on Alfred", se sanoi.

Ovi avautui ja iäkäs nainen viittasi hänet sisään. Hän seurasi häntä ja mietti, oliko joku tiimistä ottanut yhteyttä perheeseen esittäytyäkseen ennen hänen saapumistaan.

Hän jatkoi naisen seuraamista, sillä hänen verkkojalkojensa kolahdus kovapuulattialle oli ainoa ääni, joka kuului. Talon sisätilat olivat täynnä puuta - ja tuoksuvat orkideat täyttivät ilman. Iäkäs nainen johdatti hänet olohuoneeseen, joka oli täynnä huonekaluja, enimmäkseen nahkaa. Talon takaosan sälekaihtimet olivat auki - hän ihasteli näkymää takapuutarhan muhkeaan vehreyteen. Nainen osoitti tuolia, ja mies siirtyi istumaan siihen.

Hän oli juuri tehnyt olonsa mukavaksi, kun nainen palasi huoneeseen tarjottimen kanssa, joka oli täynnä höyryävän kuumaa teetä ja leivoksia. Oli melkein kuin nainen olisi odottanut häntä - joko niin tai sitten vedenkeittimien kiehuminen kesti Japanissa paljon vähemmän aikaa.

Hänen takanaan oli pieni poika, joka tarttui naisen jalkaan ja piiloutui sen taakse. Poika oli sopivan ikäinen Harutoksi, mutta luettuaan, että japanilaisia ei saisi kutsua etunimellä ilman lupaa. Aina välillä poika vilkaisi Alfredia ja piiloutui sitten taas. Hän näytti olevan korkeintaan neljän tai viiden vuoden ikäinen, ja hänellä oli yllään Optimus Prime -t-paita, lyhyet housut ja tossut jalassa.

"Pidätkö Optimus Primesta?" Alfred kysyi.

Poika hymyili ja palasi sitten piilopaikkaansa.

Nainen hätisti pojan pois, jotta hän voisi tarjoilla teetä.

Alfredilla oli puhelimeensa asetettu kääntäjä. Hän luki näytöltä sanat "hei" ja sanoi: "Kon'nichiwa." Hän pyysi anteeksi huonoa ääntämystään.

"Hän on britti", poika sanoi, ja kun hän sanoi niin, vanhempi nainen tirskahti.

Alfred oli yllättynyt siitä, miten hyvin tämä nuori poika puhui englantia. "Ah, sinä puhut englantia. Ja kyllä, minä olen. Olet fiksu, kun olet huomannut aksenttini."

Poika katsoi naista ennen kuin puhui tällä kertaa. Nainen nyökkäsi.

"Isä ja äiti ovat töissä", hän sanoi. "Tämä on minun Soboni" (joka käännettynä tarkoittaa isoäitiä) "ja minun nimeni on Haruto."

"Hei", nainen sanoi, myös englanniksi. "Sinun pitäisi tulla takaisin, myöhemmin."

"Minun nimeni on Alfred. Saanko kutsua sinua Harutoksi?" Poika nyökkäsi ja kysyi sitten naiselta: "Miksi minun pitäisi kutsua sinua?".

"Sobo", nainen sanoi, "kaikki kutsuvat minua Soboksi, koska olen Haruton isoäiti olen kaikkien isoäiti. Hän jakaa minut mielellään."

Alfred nyökkäsi: "Olen hyvin iloinen, että saan tavata teidät molemmat."

"Lähettikö Rosalie sinut?" poika kysyi.

"Muistatko Rosalien?" Alfred kysyi. Hän oli superiloinen, että heillä oli tämä yhteys - vaikka tieto etukäteen, että Haruto osasi puhua englantia, olisi ehkä säästänyt häntä hieman ahdistukselta. Hän päätti kuitenkin noudattaa naisen neuvoa ja nousi lähtemään.

"Isäni työskentelee lähistöllä", Haruto sanoi.

"Minun on löydettävä paikka, jossa asua. Voitteko suositella jotain paikkaa lähistöllä?"

Haruton isoäiti antoi Alfredille osoitteen ja ohjeet, miten sinne pääsi kävellen.

"Soitan ystävällemme, joka johtaa hotellia. Hän auttaa sinua asettumaan aloillesi, ja voit liittyä poikani seuraan myöhemmin kahvilaan."

"Kiitos", Alfred sanoi.

Kävelymatka hotellille oli lyhyt, ja hän nautti raikkaasta ilmasta. Hän jopa maistoi japanilaista ruohoa, joka maistui melko hyvältä, ja otti muutaman kulauksen myös suihkulähteistä.

Huone oli pieni, mutta siinä oli kaikki, mitä hän tarvitsi, ja se oli poikkeuksellisen puhdas ja hyvin varusteltu. Hänen yöpöydällään oli lamppu, jonka jalusta oli pöllön muotoinen. Hän napsautti sitä päälle ja pois päältä ja huomasi, miten silmät syttyivät. Hän kävi suihkussa, vaihtoi toisen rusetin ja lähti sitten kahvilaan, jossa hän tapaisi Haruton isän.

Hänen puhelimensa surisi; se oli taas viesti E-Z:ltä.

"Mitä Japaniin kuuluu?"

"Kivaa", hän vastasi tekstiviestillä käyttäen nokkaansa kirjoittamiseen. "Tapasin Haruton ja hänen isoäitinsä. He puhuvat englantia. Hän on hyvin ujo, mutta tunsi Rosalien. Hän oli huomattavan nuori - ehkä neljä tai viisi. Saattaa olla vaikeaa saada hänen perheensä suostumaan siihen, että hän pääsee Pohjois-Amerikkaan."

"Rosalie tiesi, että hänellä oli voimia - mutta kyllä, se on nuorempi kuin luulin hänen olevan", E-Z sanoi. "Hyvä, että he puhuvat englantia. Missä sinä olet nyt?"

"Menen kahvilaan tapaamaan Haruton isää. Muuten, en usko, että Rosalie ehti päivittää tai täydentää muistiinpanojaan Harutosta. Hän viittasi häneen vauvana."

"En ole varma, kuinka huolissamme meidän pitäisi olla tässä vaiheessa, mutta luin netistä - siellä sanottiin, että Furiat voivat ottaa minkä tahansa muodon. Jaan vain tiedon. Koska emme voi tunnistaa heitä, jos he saavat tietää meistä, meidän on oltava varovaisia."

Alfred lähetti peukku ylös -emojin.

"Täytyy mennä nyt", E-Z sanoi.

KAPPALE 3

PELOTTAVIA UNIA

E-Z NUKKUI JA OLI hereillä. Toisin sanoen hän pystyi näkemään katon sänkynsä yläpuolella ja tuntemaan, miten patja tuki hänen selkäänsä. Silti hänen päässään kiljui kolme bansheeta:

"Kerro meille, missä olet!"

"Kerro meille!"

"Kerro meille nyt!"

"Nooooooooooooooooooo!" hän huusi.

Sitten hänen päänsä yläpuolella katossa oli peili. Mutta henkilö siinä, joka heijastui takaisin häneen, ei ollut hän itse. Sen sijaan se oli hänen Sam-setänsä. Ja peilikuvassa Samu-setä huusi ja vääntelehti tuskissaan.

"Setä Samuli on luolassamme!" ensimmäinen noita huusi.

"Eikä hän enää koskaan pääse sieltä pois!" kaksi muuta noitaa huusivat yhteen ääneen.

Sitten kolmikko puhkesi nauruun, jollaista hän ei ollut koskaan ennen kuullut. Äänet olivat hyeenan kaltaisia, kurkkumaisia, eläimellisiä.

"Puhu!" pahat noidat vaativat ja tökkäsivät ja tönivät Sam-setää kuin hän olisi lihapala, jota valmistellaan ennen paistamista.

"E-Z", setä Samuli sanoi, ja hänen äänensä tärisi kuin hänen ruumiinsa olisi ollut hänen heijastuksessaan. "Mitä ikinä he haluavatkaan, älkää antako sitä heille. Tekivätpä he minulle mitä tahansa, älä anna periksi."

"Jos satutat häntä", E-Z sanoi, "minä, minä..."

"Kerro meille, missä olet, missä he kaikki ovat, niin päästämme hänet menemään", he lauloivat yhdessä äänellä, joka ei olisi tuntunut sopimattomalta Hadesissa.

"Tarvitsemme vain vihjeen tai kaksi", toinen sanoi.

"Kerro meille, kuka on kuka", ensimmäinen sanoi.

"Tai me hoidamme tiedät kyllä kuka", kolmas sanoi.

Sitten he nauroivat. Heidän äänensä hänen päässään saivat sen sattumaan. Mutta hän näki vain unta. Hänen oli herätettävä itsensä - NYT.

"Ahhhhhhhhhhhhhhhhhhhhhhhhhhhhhhhh!"   Setä Samuli huusi.

Lisää naurua.

E-Z heräsi ja tajusi nopeasti, että hän oli Australiassa Lachien kanssa, ei kotona omassa sängyssään. Hän tarkisti puhelimensa, mutta siinä oli vain yksi palkki. Hän jatkoi tarkistamista, kunnes hänellä oli tarpeeksi palkkeja   soittaakseen   Sam-sedälle. Varmistaakseen, että hän oli kunnossa. Että se oli ollut vain painajainen.

Puumajan alapuolella hän kuuli Lachien liikkuvan. Luultavasti tekemässä aamiaista. Oli hyvä nähdä nuoren elämää. Miten hän oli saanut itsensä kasaan kaiken kokemansa jälkeen. Ihmiset olivat melko merkittäviä.

Se, mitä Lachie valmisti, tuoksui hyvältä, ja Lachien ensimmäinen halu oli lentää sinne ja kertoa hänelle painajaisestaan. Mutta jokin hänen takaraivossaan käski häntä pitämään asian omana tietonaan - toistaiseksi. Eiväthän raivohullut voinut tietää, missä hän asui. Missä he kaikki asuivat. Hän tarkisti taas puhelimensa palkit - tällä kertaa ei edes yhtä palkkia. Hän tunki sen taskuunsa ja lensi alas.

"Oliko sinulla mukava nukkua?" Lachie kysyi lusikoiden nestettä nuotion päällä istuvasta kattilasta kulhoon.

E-Z otti sen vastaan. "Näin outoa unta, mutta muuten kyllä. Siellä ylhäällä on mukavaa. Kiitos, että olit niin avulias."

"Ei se mitään. Täällä on paljon henkiä. Ja tuntemattomia ääniä sinulle. Jos haluat puhua unesta, ole hyvä vain", Lachie sanoi.

"Ehkä myöhemmin."

"Okei, mene vain ja kaivaudu. Toivottavasti pidät sienistä."

"Rakastan niitä", E-Z sanoi lusikoidessaan suuren määrän kuumaa höyryävää keittoa suuhunsa. "Se on oikein hyvää."

"Hetkinen, unohdin damperin - se on leipää." "Voi, hetkinen, unohdin damperin - se on leipää." Hän avasi alumiinifolion, joka oli nuotiopaikan keskellä, ja repi sen neljään osaan antaen E-Z:lle ensimmäisen osan.

"Tämä on parasta leipää, mitä olen koskaan maistanut! Miten sinä olet oppinut kokkaamaan näin?"

"Jotkut paikalliset opettivat minut. Kiva, että pidät siitä."

He istuivat hiljaa, kun aurinko hymyili heille korkealta taivaalta. E-Z yritti olla ajattelematta painajaistaan. Hän veti puhelimen taskustaan ja tarkisti taas palkit. Juuri ja juuri yksi. Hän rakasti teknologiaa - silloin kun se toimi.

"Nyt kun vatsasi on täynnä, puhutaan siitä, miksi olet täällä", Lachie sanoi. "Ennen kaikkea siitä, miten voin olla avuksi."

E-Z ei puhunut, vaan vilkaisi taas puhelintaan toiveikkaana. Lachie ei näyttänyt häiritsevän sitä, sillä hän repi irti toisen palan damppia. Lopulta hän ryhdistäytyi ja kiinnitti huomionsa käsiteltävään asiaan.

"Anteeksi, ajatukseni olivat miljoonan kilometrin päässä."

"Ei se mitään. Haluatko lisää damperia?"

"Ei, ei kiitos. Haluaisin siis ensinnäkin tietää, mitä Rosalie kertoi sinulle meistä kolmesta. Tarkoitan Alfredia, Liaa ja minua."

"Niin, hän kertoi minulle kaiken teistä kolmesta. Se oli kuin hän olisi ollut tässä kanssani kertomassa iltasatua. Mitä enemmän hän kertoi, sitä enemmän halusin tavata teidät ja auttaa teitä."

"Mukava kuulla, että haluat auttaa. Kerron kuitenkin ensin yksityiskohdat, ennen kuin sitoudut. Edessä ei tule olemaan helppo tie kenellekään meistä."

"En pelkää haasteita", Lachie sanoi. "Mitä Rosalie kertoi sinulle minusta?"

"Totta puhuakseni hän ei kertonut paljon, mutta luin sinusta netistä. Saitko koskaan selville, mitä vanhemmillesi tapahtui?"

"En, enkä halua tietää. Olen onnellinen täällä, itsenäinen. En tarvitse ketään."

"Kaikki tarvitsevat ystäviä", E-Z sanoi.

"Ehkä."

"Kertoiko Rosalie sinulle The Furiesista?"

"Ei, mutta hän sanoi, että kutsuisit minua jonain päivänä, kun tarvitsisit apuani taistellaksesi pahaa vastaan. Ja hän mainitsi The Furies - joista olin jo kuullut."

"Niinkö? Mitä sinä kuulit?" E-Z tiedusteli.

"Alkuperäiskansat, joilta opin jotain uutta joka kerta, kun olen heidän kanssaan, tietävät kaiken Furioista. He ovat ottaneet alkuperäiset kohteekseen, yrittäneet rangaista heitä ja ajaneet heidät pois mailtaan."

"Lachie nousi seisomaan, kaatoi vettä nuotioon ja varmisti, että se oli kokonaan sammunut.

"Minä ainakin uskon, että pahan on oltava olemassa, jotta hyvä voi selviytyä - mutta on oltava jonkinlainen säännöstö - ja he eivät noudata säännöstöä. Kaikki, mitä he tekevät, on heidän oman itsesäilytyksensä vuoksi, ja se ei ole tapa elää."

"Nuo ovat viisaita sanoja sinun ikäiseltäsi pojalta", E-Z sanoi. Sanottuaan sen hän tunsi itsensä hieman nolostuneeksi, aivan kuin hän olisi yrittänyt liikaa olla viisas ollessaan vanhempi heistä kahdesta. "Taidat olla varmaan seitsemän tai kahdeksan, olenko oikeassa?"

"Luulen niin, mutta todellisesta iästäni en ole varma. Kun he löysivät minut, he eivät löytäneet mitään todisteita. Luulen, että kun ääneni alkaa muuttua, saan paremman käsityksen." Hän nauroi.

"Sitä odotellessa voit itse valita ikäsi", E-Z ehdotti.

"Kuten minä valitsin oman nimeni", Lachie sanoi. "Joka tapauksessa, mitä ikinä tarvitsettekaan, olen mukana."

"The Furiesin kanssa tapahtuu niin, että he käyttävät internetiä. Sinähän tunnet internetin?"

"Tiedän. Kirjastossa on wi-fi. Rakastan lukemista. Mytologia on aika siistiä. Sci-fi myös."

"Furiat käyttävät verkkomoninpelejä saadakseen lapset ansaan. Useimmat lapset pelaavat pelejä, minä mukaan lukien", E-Z sanoi.

"Pelit ovat ajanhukkaa", Lachie sanoi. "Niin alkuperäiskansojen opettajat opettivat minulle. Elämä on liian lyhyt tuhlattavaksi tarkoituksettomiin häiriötekijöihin."

"Kaikki kuitenkin rakastavat pelejä", E-Z sanoi. "Voisin antaa teille maailmanlaajuisia lukuja, mutta pääasia on, että Furiet käyttävät tätä ilmiötä hyväkseen. Aivan kuin jokainen lapsi, joka pelaa, olisi antanut heille pääsyn heidän sydämiinsä ja mieliinsä."

"Miten niin?"

"Voidaksesi nousta pelissä tasolle, sinun on suoritettava lista tehtäviä. Se on ainoa tapa edetä pelissä. Jos et tekisi sitä, mitä sinulta pyydetään, pelin pelaamisessa ei olisi mitään järkeä. Ja kuitenkin se, mitä sinua pyydetään tekemään, on monesti tosielämässä lainvastaista."

"Vastoin lakia! Kuten mitä?" Lachie kysyi.

"Kuten tappaminen."

Lachie pudisti päätään.

"Se on peli, joten teet, mitä sinun on tehtävä päästäksesi seuraavalle tasolle."

"Okei, luulen, että ymmärrän. Furien tehtävänä oli rangaista niitä, jotka tekivät rikoksia ja jäivät rankaisematta. He vääntävät tuota toimeksiantoa vahingoittaakseen lapsia, jotka pelaavat kuvitteellista peliä."

"Aivan oikein, Lachie. Juuri niin. Ja kun lapset kuolevat, he varastavat heidän sielunsa."

"Miksi?"

"Oletko koskaan kuullut sielun sieppaajista?"

"En", Lachie sanoi.

"Kun kuolet, sielullasi on ikuinen lepopaikka. Sitä kutsutaan sielun sieppaajaksi. Mutta näiden lasten ei ole tarkoitus kuolla, kun Furiat vievät heidät, joten heitä ei odota Sielun sieppari."

"Mistä sinä tiedät kaiken tämän?" Lachie kysyi.

"Arkkienkelit eivät vain kertoneet minulle, vaan myös näyttivät minulle. Olin muutaman kerran sielunpyydystimessäni. He kutsuivat minut sinne. En edes tiennyt, mikä sen nimi oli, ennen kuin tämä kaikki tuli esiin. Ihmisten ei pitäisi olla siitä huolissaan. Useimmat luulevat, että menemme taivaaseen tai helvettiin."

"Jos sielun siepparisi oli valmis, ja sinä olet vasta lapsi, miksi heidän sielunsa eivät ole valmiita?"

"Hyvä kysymys. En ollut ajatellut sitä aiemmin. Taisin olettaa, että olin erikoistapaus", E-Z sanoi. "Mutta tiedän, että arkkienkelit mokasivat jotain. Jotain, mistä he eivät halua puhua. Ehkä siksi he tarvitsevat apuamme, korjatakseen tämän asian."

"Miten he kuitenkin tekevät sen? Sitä minä en ymmärrä."

"He ovat vääristelleet sääntöjä, toivoen saavansa kaikki sielunsieppaajat haltuunsa. Kun kuolemme, sielumme pitäisi mennä sellaiseen, joka odottaa meitä kuollessamme. Niiden ei ole tarkoitus olla siirrettävissä. Jos he hallitsevat niitä kaikkia, jokaisella sielulla ei ole paikkaa, minne mennä. Se ajaisi tuonpuoleisen kaaokseen. Nyt kun olet kuullut kaiken - oletko yhä mukana?"

"Kyllä, ehdottomasti. Sitä paitsi täällä ei ole mitään parempaa tekemistä. Minusta pitäisi tulla mielenkiintoinen seikkailu."

"Ollakseni sataprosenttisen rehellinen", E-Z sanoi, "siitä ei tule helppoa. Ja sinä laitat henkesi alttiiksi meidän muiden kanssa. Mutta me tuemme toisiamme.

"Me voitamme!"

"Toivottavasti, mutta ensin meidän on keksittävä, miten pääsemme sinne. Samuli-sedällä on lentolippuja odottamassa meitä varten. Meidän on haettava ne lähimmältä kansainväliseltä lentokentältä. Hän on varannut ne."

"Ei tarvitse!" Lachie sanoi. "Minulla on oma kulkuneuvo." Hän laittoi kaksi sormea suuhunsa ja vihelteli.

Muutamaan minuuttiin ei tapahtunut mitään.

E-Z kysyi.

Lachie seisoi aivan paikoillaan, kun puut siirtyivät ja liikkuivat kuiskaten.

Seuraavaksi E-Z kuuli siipien räpyttelyä. Äänestä päätellen sillä, mikä oli tulossa, oli jättimäiset siivet.

Sitten olento murtautui puiden lehvästön läpi. Se ei olisi sopinut mihinkään Harry Potter -elokuvaan.

"Onko tuo lohikäärme?" E-Z tiedusteli.

"Se on Aussiedraco", Lachie sanoi. "Tunnetaan myös nimellä pterosaurus, joten se on paikallinen."

Lohikäärmeelle hän sanoi: "Päivää, kaveri", ja lähti tervehtimään sitä. Valtava suomuinen otus laski päänsä. Lachie silitteli sitä ja hyppäsi sitten sen selkään.

"Tule, E-Z, mitä sinä odotat?"

"Uh, minulla on oma kulkuneuvoni."

Lachie heitti päänsä taaksepäin ja nauroi.

"HAR-HAR-R-R-R-R!"

Olento yhtyi siihen.

"Hänen nimensä on Baby", Lachie sanoi. "Hyppää kyytiin, sillä Baby haluaa viedä sinut ajelulle, ja mitä Baby haluaa, sitä Baby saa."

"Mutta minun tuolini!"

Baby ojensi pitkän kaulansa ja otti E-Z:n. Tuolittomana hän heitti tämän selälleen. E-Z tarttui Lachieen, kun Baby hyppäsi ilmaan.

"Varo puita!" E-Z huusi.

Lachie ja Baby nauroivat.

He lensivät yli kilometrien pituisen punaisen hiekan.

Pian E-Z ei enää pelännyt.

He lensivät useiden kivimuodostelmien yli, joista yksi näytti Homer Simpsonin makuulta. Seuraavaksi he näkivät Ulurun, valtavan punaisen monoliitin.

He viettivät koko päivän Australian halki lentäen ja katsellen nähtävyyksiä.

"Parasta lähteä takaisin", Lachie sanoi. "Tarvitsemme kunnon yöunet ennen kuin lähdemme Pohjois-Amerikkaan ja tapaamme muun tiimin."

"Kuulostaa hyvältä suunnitelmalta", E-Z sanoi nauttien nyt kyydistä yhä enemmän ja enemmän ja toivoen, ettei se loppuisi koskaan. Hän ei putoaisi, hänellä oli siivet, jos hän tarvitsi niitä - mutta hän tiesi yhden asian varmasti, että Babyllä lentäminen oli elämää.

Hän vain ihmetteli, missä hän aikoi pitää tyttöä, kun he palaisivat takaisin kotiin. Lohikäärme oli liian iso mahtuakseen autotalliin. Hän selviäisi siitä ongelmasta, kun hän ylittäisi sen sillan. Ehkä jos hän ja Little Dorrit ystävystyisivät, he voisivat nukkua yhdessä?

"Älä minusta huolehdi", Baby sanoi.

E-Z katsoi kahdesti.

"Kyllä, osaan lukea ajatuksia. En aina enkä kaikkien", Baby sanoi. "Järjestän nukkumisjärjestelyt itse. Ja mitä Little Dorritiin tulee, no, yksisarviset ja lohikäärmeet eivät yleensä tule toimeen keskenään - mutta olisin valmis kokeilemaan sitä."

Baby jätti heidät ja lensi pois yöhön.

E-Z muisti Setä Samulin, mutta hän oli liian väsynyt tehdäkseen asialle mitään. Hän soittaisi hänelle aamulla. Tietenkin kaikki olisi hyvin.

KAPPALE 4
LÄHTÖ AUSTRALIASTA

SEURAAVANA AAMUNA, KUN E-Z ja Lachie valmistautuivat matkalleen, he juttelivat ja tutustuivat toisiinsa paremmin.

"Minun on ladattava puhelimeni ja soitettava Sam-sedälle. Haluaisin tehdä varikkopysähdyksen molempia varten ennen kuin lähdemme Australiasta."

"Ei mitään ongelmia, sillä minäkin haluaisin hakea muutamia tarvikkeita. Voimme tehdä kaiken samalla kertaa. Minä käyn kaupassa, sinä voit ladata puhelimesi ja soittaa sedällesi. Pitäisikö minun tietää jotakin?"

"Näin vain outoa unta. Se saa minut tarkistamaan, etten huolestu turhaan."

"Hyvä on", Lachie sanoi, kun hän tunki joitakin ruoanlaittotarvikkeita pois, jotta ne olisivat turvassa, kunnes hän palaisi. "Tulen varmasti kaipaamaan tätä paikkaa."

"Tiedän, ja ystäviäsi myös, mutta saat uusia ystäviä, ja kaikki saavat sinut tuntemaan olosi kotoisaksi. Sitä paitsi olet takaisin ennen kuin huomaatkaan."

"Juuri se minua huolestuttaa. Mitä jos en halua tulla takaisin? Entä jos totun siihen, että ympärilläni on ihmisiä? Siihen, että minua hemmotellaan mukavuuksilla?" Hän piti tauon, kun kaksi harakkaa laskeutui, yksi kummallekin hänen harteilleen. Linnut nokittelivat kevyesti hänen korviaan, aivan kuin ne kuiskuttelisivat hänelle. Lachie hymyili, ja ne lensivät pois.

"Mitä ne sanoivat?" E-Z kysyi.

"Ei oikeastaan mitään. Ne vain sanoivat rakastavansa minua ja tulevansa kaipaamaan minua." Korppi lensi alas ja laskeutui hänen olkapäälleen. "Tämä on kaverini Erroll."

"Hauska tavata, Erroll", E-Z sanoi. "Äh, miten teistä kahdesta tuli ystäviä?"

Lachie nauroi. "Hassua, että kysyt tuota. Errol on ollut olemassa jo äärimmäisen kauan. Itse asiassa hänen isoisänsä oli monta kertaa lemmikkinä jollekin, joka saattaa olla sinun kaukainen sukulaisesi. Siis jos olet sukua Charles Dickensille?"

E-Z kumartui nyökäten. Lachie sai nyt ehdottomasti täyden huomionsa.

"Charles Dickensillä oli lemmikkikorppi, jonka nimi oli Grip. Vuosien saatossa kerrottujen tarinoiden mukaan juuri Grip innoitti Edgar Allan Poen kirjoittamaan kuuluisimman runonsa nimeltä Korppi."

"Vau, se on niin siistiä!" E-Z huudahti.

"Linnut ovat superälykkäitä. Samoin kuin alkuperäiskansojen vanhimmat, jotka ottivat minut siipiensä suojaan, kun saavuin ensimmäistä kertaa Outbackiin. He opettivat minut lukemaan ja kirjoittamaan, valmistamaan ruokaa. He opettivat minut myös tunnistamaan ja välttämään myrkyllisiä kasveja ja eläimiä.

"Opin joka päivä jotakin olennoilta, joita tapaan ja joiden kanssa puhun. Sanotaan, että ennen vanhaan kaikki saattoivat puhua eläimille - enkä vain minä - mutta jokin on muuttunut. He luulevat, että se tapahtui aivoissa, mutta se, mitä tapahtui kaikille muille, ei tapahtunut minulle."

"Mistä he tiesivät, että olet erilainen?"

"He sanovat kuulleensa minusta, kun synnyin ja kun minusta tuli poika laatikossa. Ennen kuin olin edes syntynyt, huhut minusta levisivät kuiskauksina ympäri maailmaa. He olivat odottaneet minua, niin minulle kerrottiin jo kauan."

"Kuinka kauan?" E-Z tiedusteli.

"En halua kuulostaa suurieleiseltä, mutta sanotaan, että Mozart tiesi minusta - hänellä oli lemmikkitähti ja hän eli 1600-luvulla. Se on tuoreempaa. Ennen häntä se voidaan jäljittää Vergiliukseen vuonna 70 eKr. Tiesitkö, että hänellä oli lemmikkikärpänen?"

"Niinkö? Kärpänen - lemmikki?"

"Olen puhunut pensaskärpäsen kanssa, joka oli sukua Vergiliukselle - hänen nimensä oli Leonard, tai lyhyesti Leo, ja hän vahvisti kaiken." "Kyllä." Lachie poimi ruukun ja piilotti sen pusikkoon muiden tavaroiden kanssa. "Olen myös jutellut Andrew Jacksonin papukaijan sukulaisen kanssa. Jacksonin linnun nimi oli Pol - se oli lahja hänen vaimolleen - ja se oli uros, mutta koska sukulainen oli naaras, hänen nimensä oli Polly. Hänellä oli omituinen huumorintaju!""

"Kuulostaa siltä. Äh, toivottavasti voimme jutella lisää, mutta minun on kysyttävä sinulta erikoisvoimistasi - ja meidän pitäisi pian lähteä matkaan, siis jos olet laittanut kaiken turvallisesti piiloon."

Lachie nyökkäsi: "Totta kai. Melkein valmis. Täytyy vain varmistaa vielä muutama asia. Kerro sillä välin ensin itsestäsi."

"No, olet jo nähnyt minut ja tuolini toiminnassa - kyllä, osaamme lentää. Tuolillani on erikoisvoimia, lentämisen lisäksi se voi myös vangita rikollisia ja se maistaa verta. Olemme pari, minä ja tuolini, kuten Batman ja hänen Batmobilensa."

"Siistiä!" Lachie sanoi. "Mutta tuo verijuttu on aika outo."

"Waste not want not, en tiedä kuka sen sanoi, mutta tuolini näyttää olevan samaa mieltä. Sen sijaan, että se antaisi sen valua maahan, se imee sen itseensä.

"Ensimmäinen pelastuksemme oli pieni tyttö - pelastimme hänet auton alle jäämiseltä. Sitten pelastimme lentokoneen, joka oli täynnä matkustajia.

En halua kehuskella, ja olen varma, että ymmärrät asian ytimen. Auttamalla muita huomasin, että olen nyt supervahva, ja niin on tuolinkin. Niin, ja olemme luodinkestäviä."

"Tarkoitatko, että ihmiset ovat ampuneet sinua?"

"Kyllä, meillä oli muutama tilanne, jossa oli mukana aseita. Nyt on sinun vuorosi."

Hämmästyttävin voimani on, kuten olet jo nähnyt - voin puhua minkä tahansa olennon kanssa, minkä tahansa. Itse asiassa eilen, kun luulit puhuvasi Babyn kanssa, no, tavallaan puhuitkin, mutta jos en olisi ollut täällä, hän puhuisi siansaksaa. Hän kommunikoi kanssasi minun kauttani. Olen kuin verkosto, turvaverkosto. Voin sulkea sen tai avata sen, riippuen siitä, mitä päätän.

"Kun olin häkissä, eläimet istuivat ulkona ja höpöttelivät. Joskus luulin, että ne kommunikoivat kanssani, mutta sitten ajattelin, että olin ehkä tulossa hulluksi. Kerran torakka lensi häkkini kaltereiden läpi ja sanoi, että se voisi auttaa minua pääsemään ulos, jos haluaisin.

"Yäk, vihaan torakoita. En ole kuitenkaan koskaan kuullut lentävistä torakoista."

"Ne ovat itse asiassa aika fiksuja ja niillä on valtava selviytymisvaisto - tarkoitan, että ne syövät mitä tahansa."

"Harmi, etteivät ne syö niitä ihmisiä, jotka laittoivat sinut tuohon laatikkoon." E-Z mietti hetken. "Mikset antanut hänen yrittää pelastaa sinua? Tarkoitan, ettei sinulla ollut mitään menetettävää."

"Mikä se vanha sanonta onkaan, että on parempi, että piru tietää?"

"Ymmärrän sen, et siis pelännyt ihmisiä, jotka pitivät sinua kiinni?"

"Se ei oikeastaan ollut laatikko - se oli häkki. Mutta kuulostaa paremmalta, jos sitä kutsutaan laatikoksi. Sitä paitsi he eivät koskaan satuttaneet minua. He pitivät minut ruokittuna ja juotuna. Vaihdoin sanomalehden. Enkä oikeastaan koskaan nähnyt, keitä he olivat, koska heillä oli naamiot."

"En ymmärrä, miksi he pitivät sinua siellä ylipäätään."

"Sitä en taida koskaan tietää. Enkä roikkunut siellä saadakseni vastauksia, kun he päästivät minut ulos."

"Miten se meni?"

"He järjestivät minulle huoneen samaan taloon. Lähettivät mukavan naisen huolehtimaan minusta. En koskaan käynyt talon ulkopuolella. Se oli minulle liian pelottavaa."

"Pystyitkö puhumaan? Tarkoitan, jos olit häkissä ikuisesti, niin onko sinulla muistoja aiemmasta? Vanhemmistasi?"

"En halua puhua siitä. Menneisyys on mennyttä. En voi muuttaa sitä. Katson aina eteenpäin. Mutta en ole syntynyt häkissä. Joskus luulen, että muistan käyneeni koulua. Mutta se on voinut olla unta. Joinain päivinä on vaikea erottaa niitä kahta toisistaan."

E-Z muistutti itseään soittamaan Sam-sedälle.

"Miten päädyit tänne, asumaan eläinten kanssa ja olemaan sataprosenttisen omatoiminen?" "Miten päädyit tänne? Et kai kaipaa ihmisiä?"

"Ei voi kaivata sitä, mitä ei muista. Mitä eläimiin tulee, en valinnut niitä, vaan ne valitsivat minut. Ne tulivat taloon, ikään kuin tiesivät, etten ollut enää häkissä, ja ne odottivat, että tulisin ulos. Ne tiesivät jo, että pystyin puhumaan niille, ymmärtämään niitä - mutta minä en tiennyt, että pystyin, ennen kuin yritin. Sitten minulle avautui kokonainen maailma, ja minun oli pakko olla osa sitä. En ollut enää yksin. Silloin he tarjoutuivat viemään minut pois ja pitämään minut turvassa. Nyt olet ajan tasalla Lachien tarinasta."

"Se on uskomaton tarina. Niin, eläimille puhuminen. Oletko löytänyt jotain muuta?"

"No, kyllä. Mutta se on aika uutta."

"Kerro minulle siitä."

"On parempi, jos näytän sinulle."

"Hyvä on", E-Z sanoi.

Hän katsoi, kun Lachie nousi ylös ja käveli kohti läheistä eukalyptuspuuta. Hän pysytteli hetken puun vieressä ja astui sitten eteenpäin niin, että hän seisoi puun paksun, sään kuluttaman rungon edessä. Sitten hän oli poissa.

"Mitä ihmettä?"

Lachie siirtyi puun toiselle puolelle, sitten takaisin runkoa vasten.

"Ai, olet siis näkymätön?"

"Ei, katso tarkemmin." Hän astui pois puun luota. "Tarkkaile silmiäni."

E-Z teki niin, ja hän näki Lachien silmät puunrungossa, mutta hän ei nähnyt Lachieta. "Odota hetki", E-Z sanoi. "Tajuan kyllä. Se on naamiointia - olet kameleontti. Vau!"

Lachie nauroi ja palasi sitten istumaan.

"Miten sinä huomasit sen? Se on todella siisti voima. Voit sulautua käytännössä minne tahansa, eikä kukaan ikinä huomaa sitä!"

"Kun olin elänyt jonkin aikaa olentojen kanssa - enkä nähnyt yhtään ihmistä - eräänä päivänä joukko retkeilijöitä tuli tänne. Juoksin kiipeämään puuhun ja piiloutumaan, mutta minulla ei ollut tarpeeksi aikaa - joten pysähdyin vain puunrunkoa vasten ja pysyin paikallani. He kävelivät ohitseni, aivan kuin minua ei olisi ollut olemassakaan. En voinut ymmärtää sitä. Lintu laskeutui olkapäälleni ja käärme ryömi jalkaani pitkin. Ne näkivät minut, mutta ihmiset eivät. Silloin tiesin olevani kameleontti."

"Miltä se tuntuu? Tarkoitan, kun siirryt naamioitumistilaan?"

"Se ei tunnu miltään erilaiselta. Se vain tapahtuu."

"Siistiä. No, haluatko tietää muista tiimin jäsenistä ja siitä, mitä taitoja he tuovat mukanaan?"

Lachie nyökkäsi.

"Tulet pitämään Liasta. Hän on näkevä. Hänen silmänsä ovat hänen käsissään, ja hän näkee nykyhetken, joidenkin ihmisten mieliin, ja hän voi joskus vilkaista tulevaisuuteen, mitä tulee tapahtumaan. Se osa hänen voimistaan näyttää lisääntyvän. Tietysti on myös ikäjuttu. Kun tapasimme ensimmäisen kerran, hän oli seitsemän, ja nyt hän on kaksitoista."

"Se on todella siistiä", Lachie sanoi. "Ja olen kuullut, että hänen äitinsä ja setäsi Sam on..."

"Haittaako, jos lähdetään. Pelkästään Samin nimen kuuleminen saa ahdistukseni taas kasvamaan."

"Ei hätää", Lachie sanoi. Hän vihelteli ja Baby saapui ja he lensivät lähimpään kaupunkiin, josta Lachie haki muutaman tavaran, E-Z kytki puhelimensa laturiin ja kun se oli ladattu tarpeeksi, hän soitti heti Samin numeroon.

Siihen ei vastattu, vaan puhelu meni suoraan Samin vastaajaan. Hän kokeili Samanthan puhelinta ja tämä vastasi heti. "Hei, täällä E-Z, onko Sam-setä tavoitettavissa?"

"Toki E-Z, hetki vain." Jotain kuiskailua. "Hei, poika", Sam sanoi. "Missä olet nyt, lennätkö jo valtameren yllä?"

"Uh, tarkistan vain, että kaikki on kunnossa", E-Z sanoi. "Jos kyllä, sano koodisana."

"Paavo Bob Neliöhousu", Sam-setä sanoi.

"Luojan kiitos", E-Z sanoi. "Näin outoa unta, että raivoissaan olit."

"Ah, meillä on ystäviä kylässä, ja olemme juuri valmistautumassa istumaan alas ja upottamaan tavaroita fonduehen. Meillä on suklaata hedelmien kanssa, juustoa ja vihanneksia ja juustoa leivän ja lihan kanssa. Valikoima on melkoinen, ja meillä on monenlaista viiniä. Kaksoset ovat jo nukkumassa."

"Uh, se kuulostaa..."

"Täytyy mennä E-Z, nähdään pian. Pidä huolta itsestäsi."

"Setäni on kunnossa, ja heillä on fondue - kuulostaa melkoiselta juhlalta." "Eno on kunnossa, ja heillä on fondue - kuulostaa melkoiselta juhlalta."

"Mikä on fondue?" Lachie kysyi.

"Se on kattila, jossa sulatetaan tavaraa ja sitten kastetaan muita tavaroita siihen. Kuten mansikoita suklaaseen ja leivänpaloja juustoon. Ja olet oikeassa, he ovat nyt naimisissa, ja he saivat äskettäin kaksoset, joten talo on aika täynnä ja meluisa."

"Ooh, se kuulostaa herkulliselta", Lachie sanoi.

E-Z:n puhelin oli ladattu täyteen ja Lachien tarvikkeet turvallisesti Baby'n selässä, ja kaksikko lensi pois Australiasta. He juttelivat matkalla. Tuntikausien jälkeen he eivät nähneet mitään kiinnostavaa, ja vatsat murisivat, ja he valmistautuivat laskeutumaan ruokatauoille ja vessatauoille.

"Meidän on joka tapauksessa laskeuduttava pian hakemaan lounasta - sitä paitsi minulla on jo nälkä! Ja onnittelut muuten!"

"Kiitos! Voimme pysähtyä Havaijilla syömään juustohampurilaisia ja ranskalaisia", E-Z ehdotti.

"En tiennytkään, että havaijilaiset ovat erikoistuneet hampurilaisiin ja ranskalaisiin."

"He ovat osa Yhdysvaltoja, joten juustohampurilaiset ja ranskalaiset - puhumattakaan paksuista pirtelöistä - ovat erinomaisia perinneruokia, joita voit kokeilla, ja takaan, että tulet pitämään niistä."

"Minä en syö lihaa. Lehmätkin ovat ihmisiä."

"Heillä on jotain kasvispohjaista, se on silti juustohampurilainen ja tulet rakastamaan sitä. Eihän sinulla ole mitään lehmänmaidon juomista vastaan?"

"Ei ole."

"Okei tuoli ja Baby - mennään lähimpään juustohampurilaispaikkaan, jossa on myös kasvishampurilaisia", E-Z ehdotti, kun hänen muriseva vatsansa teki itsestään ilmoituksen.

"Eteenpäin!" Lachlan huusi, kun Baby etsi sopivaa laskeutumispaikkaa.

KAPPALE 5

BRANDY

L IA JA HäNEN YKSISARVINEN matkakumppaninsa Little Dorrit lensivät pilvien halki.

Lia arvosti lentokumppaninsa siroja mutta nopeita liikkeitä. Yhdessä he keksivät pelin nimeltä Hyppää pilviin. Pilven tyypistä riippuen he hyppivät joko sen yli, ali tai läpi. Sen läpi hyppääminen oli hauskinta.

"Rakastan sitä, kun olemme pilven sisällä", Lia sanoi. "Kurottautun koskettamaan sitä, mutta siellä ei ole mitään."

"Näyttää siltä, että menemme alla olevaan ostoskeskukseen", Little Dorrit sanoi ennen kuin hän teki kolmoishypyn, jossa hän hyppäsi ensin pilven yli, sitten sen alle ja sitten sen läpi.

"Weeeeeeeee!" Lia huudahti.

"Kiitos, kiitos", yksisarvinen sanoi osoittaessaan alaspäin.

"Ostoksille, vai?" Lia sanoi tarkastellessaan sitä. Se oli suuri ostoskeskus, lähes korttelin mittainen. "Toivottavasti en tarvitse paljon rahaa, mutta äiti antoi minulle luottokorttinsa siltä varalta, että tarvitsisin sitä."

"Brandy seisoo ruokakaupan käytävällä ja täyttää kärryjä ajanvietteeksi. Meidän on parasta pitää kiirettä, tai hänen äitinsä etsii häntä pian", yksisarvinen sanoi.

"Tosi siistiä, että voit nollata hänen sijaintinsa tuolla tavalla. En malta odottaa, että saan tavata hänet ja tietää lisää hänen voimistaan", Lia sanoi ja kietoi kätensä Little Dorritin kaulan ympärille valmistautuakseen laskeutumiseen. "Olen aina halunnut isosiskon, joten tämä saattaa olla ainoa mahdollisuuteni."

"Vihellä, kun tarvitset minua", Pikku-Dorrit sanoi, kun Lia laskeutui, "ja tapaan sinut tässä."

Lia astui ostoskeskukseen heiluvista ovista. Heti hän näki tytön, jonka hän toivoi olevan Brandy, työntämässä kärryä ruokakaupassa. Rosalien kuvauksen perusteella sen täytyi olla hän.

Tyttö oli pukeutunut rennosti, harmaaseen huppariin. Se oli osittain vetoketjullinen, mutta sen verran auki, että sen alta paljastui punainen I Love Music -t-paita. Hänen mustien farkkujensa taskuissa oli nuottiesimerkkejä. Hänen kankaiset juoksulenkkinsä olivat t-paidan kanssa yhteensopivat.

Lia katseli tyttöä hetken, ennen kuin käveli häntä kohti. Hän tunsi olonsa hieman pelokkaaksi. Kuin hän olisi tavannut julkkiksen. Hänen mielestään Brandy huokui tyyliä ja cooliutta.

Kun Lia lähestyi häntä, hän kuvitteli, että heistä tulisi pian bestikset. He kävisivät yhdessä ostoskeskuksessa. Ostaisivat vaatteita yhdessä. Ehkä Brandy jopa auttaisi häntä valitsemaan uusia amerikkalaisia vaatteita.

"Mitä sinä tuijotat, poika?" Brandy kysyi sävyllä, joka ei ollut kovin ystävällinen tai sisarellinen. Sitten hän huitaisi Lian kädet täydellä huitaisulla pois.

"Tuo on todella töykeää", Lia huudahti. "Eikö kukaan ole opettanut sinulle mitään tapoja?" Hän käänsi selkänsä viileälle tytölle. Hän pidätti henkeään, laski kymmeneen ja kääntyi sitten taas tyttöä kohti. "Rosalie häpeäisi sinua."

"Tunnetko sinä Rosalien?"

"Kyllä, olen Lia, enkä näe sinua ilman silmiäni, jotka ovat käsissäni." Lia nosti taas kätensä ylös.

"Vau!" Brandy huudahti. "Luulin olevani outo, mutta poika, tarkoitan, öö Lia, sinä otat keksin." Hän työnsi kätensä taskuihinsa. "Mutta kaikki Rosalien ystävät ovat minun ystäviäni."

"Öh, kiitos", Lia sanoi. "Voimmeko mennä jonnekin juttelemaan?"

"En osaa sanoa, mitä yhteistä meillä olisi - muuta kuin Rosalie", teini sanoi työntäessään kärryä eteenpäin ja jättäen Lian taakseen.

Lia taisteli nyyhkytystä vastaan, mutta onnistui saamaan sanat ulos: "Tarvitsemme apuasi, koska Rosalie on kuollut."

Brandy pysähtyi ja hengitti syvään, kun kyynel valui hänen poskelleen, jonka hän käänsi ja siveli pois. "Seuraa minua, poika." Hän hylkäsi kärryn kaikkine tavaroineen, ja he etenivät ostoskeskuksen sisällä olevalle kojulle ja istuutuivat.

"Otan lasillisen vettä", Lia sanoi. "Ei jäitä, kiitos."

"Älä viitsi, poika, elä vaarallisesti. Hän ottaa Root Beer Float - ja vieläpä kaksi." Tarjoilijan lähdettyä: "Pidät siitä, älä huoli. Kerro nyt lisää siitä, miksi olet täällä, ja kerro, mitä tuolle suloiselle Rosalie-neidille tapahtui."

"Ensin, mitä Rosalie kertoi sinulle minusta, meistä?"

"Ei mitään. Tiesin, kuka hän oli, ja tiesin, että hän vahti minua. Luulin häntä aluksi enkeliksi, koska hän pystyi puhumaan minulle pääni sisällä niin kuin silloin, kun rukoilin pienenä lapsena. Sitten tajusin, että hän oli oikea ihminen, aivan kuten minä, ja nyt hän on kuollut. Haluaisin auttaa saamaan kiinni ne ihmiset, jotka tappoivat hänet - jos olet täällä sen takia, olen mukana. Hassua, luulen, että hän on nyt enkeli, joka yhä vahtii minua."

"Niin minäkin", Lia sanoi. "Aivan."

"No, miten se tapahtui?" Brandy kysyi. "Jos se ei ole tunteeton aihe kysyä. Minusta on aina parasta puhua siitä omituisuudesta, joka tekee meistä sellaisia kuin olemme. Jos minulla on oma outouteni, usko pois. Kaikilla on.

"Äitini haukkuisi minut, kun kysyisin niin henkilökohtaisia kysymyksiä. Mutta minä haluan mennä asiaan. Onko sinulla aina ollut silmät käsissäsi? Luulisi, että toimittajat ja valokuvaajat jahtaavat sinua, ihmiset haluavat puhua kanssasi, kuulla ja kertoa tarinasi myydäkseen lehtiä ja sanomalehtiä."

"Voi", Lia sanoi, "useimmat ihmiset ovat kiinnostuneempia fiktiivisistä julkkishahmoista, kuten Harry Potterista, kuin oikeista ihmisistä. Jos Harry Potter olisi todellinen, ihmiset välttelisivät häntä tai kiusaisivat häntä. Hänen maailmassaan hän oli kuitenkin sankari, joten hänen arpestaan tuli osa hänen tarinaansa. Se teki hänestä meille inhimillisemmän, joten pystyimme samaistumaan häneen. Mutta kukaan lapsi ei halua erottua, koska tässä maailmassa erilaisuutta ei aina arvosteta.

"On hassua, miten voimme samaistua ja tuntea empatiaa fiktiivisiä hahmoja kohtaan emmekä tunnista todellisia sankareita jokapäiväisessä elämässämme."

"Voi veljet", Brandy sanoi, "sinä olet vähän tylsä, etkö olekin?". Ihan kuin puhuisi parikymppisen lapsen kanssa."

"Anteeksi", Lia sanoi. "Muutuin lyhyessä ajassa seitsemästä kymmenestä kahteentoista. En ehtinyt sopeutua."

"Ei se mitään", Brandy sanoi. "Ja periaatteessa olisin samaa mieltä kanssasi, lapsi, mutta sen jälkeen kun Reality Tv tuli ruutuun, olemme kiinnostuneita tavallisten ihmisten elämästä. Siis tavallisten mutta rikkaiden ihmisten, kuten Kardashianien, elämästä. Minä en katso sitä, mutta miljoonat ihmiset katsovat."

Heidän juomansa saapuivat. Brandy söi ensin omansa päällä olevan kirsikan ja kysyi sitten Lialta, halusiko hän omansa. Kun Lia kieltäytyi, Brandy nosti sen pois ja pamautti sen suoraan suuhunsa. "Ota kulaus. Jos maistat sitä, pidät siitä varmasti."

Lia otti ison kulauksen pillin läpi ja hänen kasvonsa syttyivät. "Se on tosi hyvää!" Sitten hän sekoitti jäätelöä pillillä miettiessään, mitä sanoa seuraavaksi.

"Minulla on syntyessäni silmät, jotka toimivat hyvin. Mutta onnettomuus sokaisi minut, ja kun heräsin, minulla oli nämä silmät ja minulla oli myös niin sanottu näkö. Näen, mitä ihmiset ajattelevat, niin Rosalie ja minä aloimme puhua. Aika ei ole minulle niin kuin muille, mutta en ole ohittanut yhtään vuotta vähään aikaan. Lisäksi, kun aika kuluu, näen joskus, mitä minulle ja muille tulee tapahtumaan, tiedäthän, tulevaisuudessa."

"Tiesitkö, että Rosalie kuolisi ennen kuin se tapahtui?"

"En tiennyt. Se tulee ja menee. Joskus se ei toimi ollenkaan. Se ei ole sataprosenttisen luotettava. En muuten osaa lukea ajatuksiasi; jos muuten ihmettelet."

"Hyvä. Tieto siitä, että voisit lukea ajatuksiani, olisi hyvin karmivaa", Brandy sanoi ja otti ison kulauksen, joka osui astian pohjalle ja antoi "siinä kaikki ihmiset" -äänen. "Ottaisin mielelläni toisen, mutta en ota", hän sanoi. "Parasta on maltti, sillä jos hemmottelemme itseämme asioilla - asioilla, joita luulemme todella haluavamme koko ajan, emme arvosta niitä niin paljon."

"Hyvin viisasta", Lia sanoi. "Voit ottaa loputkin minun, jos haluat."

"Olisi sääli antaa sen mennä hukkaan."

Tytöt olivat hetken aikaa hiljaa, kunnes Brandyn puhelin värähteli. "Äitini tulee pian seuraamme."

"Mistä hän tiesi, missä me olemme?"

"Okei, hänellä on keinonsa, eli jäljitin puhelimessani."

"Eikä se haittaa sinua?"

Ei. Olen kadonnut muutaman kerran, mutta päässyt aina takaisin ostoskeskukseen. Useimmiten kun menen, hän ei tiedä mitään. Kunnes soitan ja pyydän häntä hakemaan minut täältä. Se on yleensä hänen ensimmäinen vihjeensä, tekstiviestini tai soittoni. Sovellus säästää hänet kuitenkin huolta minusta. Ei taida olla helppoa, kun on tytär, joka voi kuolla ja palata takaisin elämään."

Brandyn äiti saapui ja esittäytyminen alkoi. He kertoivat hänelle Rosalien ja Lian tarinat ja toivat hänet ajan tasalle siitä, mistä he olivat keskustelleet tähän mennessä.

"Mitä te kaksi tyttöä suunnittelitte?" hän kysyi. "Näytätte siltä, että teillä on jotain pahaa mielessä."

"Vain ylimääräistä sokeria", Brandy sanoi virnistäen. "Lia oli juuri kertomassa, mihin minua tarvitaan."

"Selitit siis sinun, toistuvasta tilanteestasi?"

"Lyhyesti. En ollut vielä päässyt siihen, äiti, hän kertoi vasta onnettomuudesta ja siitä, miksi hänen silmänsä ovat käsissä."

Tarjoilija tuli ja Brandyn äiti tilasi kahvin. Hän palasi heti mukin kanssa, jonka hän täytti. "Täytöt ovat ilmaisia", tarjoilija sanoi. "Pidä vain mukiasi pystyssä, kun se on tyhjä, niin tulen heti täyttämään sen uudelleen."

"Kiitos", Brandyn äiti sanoi.

"Kuulisin mielelläni siitä", Lia sanoi harjaamalla hiuksiaan korvansa taakse. Hän rakasti tapaa, jolla Brandy ja hänen äitinsä sitoutuivat toisiinsa. He olivat hirveän läheisiä; sen huomasi siitä, miten he koskettivat toisiaan jatkuvasti. Heidän läheisyytensä sai Lian muistamaan kaikki ne ajat, jolloin hänen äitinsä työskenteli öisin ja viikonloppuisin ja hänen oli turvauduttava kaikessa Hannahiin, hänen lastenhoitajiinsa. Nyt oli toisin, kun he olivat täällä ja hänen äitinsä oli naimisissa Samin kanssa, mutta uudet vauvat tuntuivat vievän paljon hänen äitinsä aikaa.

Brandy puuskahti: "Kun kuolin ensimmäisen kerran, olin pieni. Se tapahtui juuri tässä ostoskeskuksessa. Yhtenä hetkenä olin kuollut, ja seuraavana olin taas elossa. Kuten sanoin jo aiemmin, päädyn aina tänne. Niin paljon rakastan tätä ostoskeskusta."

"Hassua", Lia sanoi.

"Minä rakastan shoppailua!"

"Niinpä niin!" Brandyn äiti sanoi, kun hänen tyttärensä kutsui tarjoilijan takaisin ja pyysi lasillisen jäävettä.

"Tee siitä kaksi lasillista vettä", Lia sanoi.

Koska hän oli jo paikalla, tarjoilija täytti Brandyn äidin kahvikupin uudelleen.

Lian mielestä nyt tai ei koskaan - hänen oli päästävä asiaan. Oli jo myöhä, ja Little Dorrit odotti.

"E-Z, joka on johtajamme, istuu pyörätuolissa ja pystyy pelastamaan ihmisiä, jopa matkustajia täynnä olevia lentokoneita. Hänellä on supervoima ja -nopeus, ja sekä hänellä että hänen pyörätuolillaan on siivet.

"Alfred on trumpettijoutsen, ja hänellä on ESP, ja hän voi herättää ihmiset ja olennot henkiin. Sinut mukaan luettuna ryhmään tulee vielä kaksi lasta ja E-Z:n serkku Charles, joten meitä on yhteensä seitsemän."

"Ah, seitsemän onnekasta", Brandyn äiti sanoi.

Lia jatkoi: "Kun olet kuullut kaiken, jos suostut auttamaan meitä taistelemaan Furioita vastaan, henkesi on vaarassa. He ovat kolme pahaa sisarta - jumalattaria - jotka tappoivat Rosalien."

"Pahoja, vai? Rosalien tappaminen oli pelkurimainen teko! Hän ei olisi koskaan satuttanut kärpästäkään!" Brandy sanoi.

"Onko tämä tieto julkista?" Brandyn äiti tiedusteli. "Kaikki kuulostaa niin, kuvitteelliselta."

"Miksi he tekivät sen?" Brandy kysyi. "Mitä he saavat siitä, että tappavat Rosalien kaltaisen suloisen vanhan naisen?"

"He käyttävät lapsia hyväkseen. Tappavat lapsia", Lia sanoi.

Sekä Brandy että hänen äitinsä lopettivat juomisen.

"Sitä on vaikea selittää, mutta yritän parhaani. Kun kuolemme, sielumme on tarkoitettu odottaville sielunpyytäjillemme - ikuiseen leposijaamme. Jokaisella meistä on oma ainutlaatuinen Sielun sieppari - joten emme voi koskaan kuolla. Sielumme elävät edelleen. Se ei ole kuvittelemamme taivas, mutta se on todellinen, ja raivostuttajat tappavat viattomia lapsia - ja laittavat heidät toisten ihmisten sielusieppareihin.

"Itse asiassa, kun Rosalie kuoli, hänen sielullaan ei ollut paikkaa, minne mennä. Onneksi ystävämme Hadz ja Reiki - he ovat wannabe-enkeleitä - pystyivät vangitsemaan Rosalien sielun. He pitävät sitä turvassa, kunnes eliminoimme Raivostajat ja laitamme asiat taas kuntoon kaikkien sielunpyytäjien kanssa. Kun eliminoimme heidät, arkkienkelit ottavat ohjat käsiinsä ja korjaavat heidän aiheuttamansa sotkun. Kaikki palaa taas normaaliksi."

"Luulin, että arkkienkelit ovat pahiksia", Brandy sanoi. "Mistä tiedämme, että voimme luottaa heihin? Ja miksi haluamme auttaa heitä?"

"Se on hyvin suuri pyyntö teiltä lapset", Brandyn äiti sanoi.

"Se on hyvin pitkä tarina. Voimme kertoa sen teille aikanaan. Mutta juuri nyt meidän on palattava päämajaan. Se on meidän talomme. Kun olemme kaikki saman katon alla, voimme selittää kaiken ja laatia suunnitelman."

"Olen mukana", Brandy sanoi. "Sait minut jo silloin, kun sanoit, että he tappoivat Rosalien, mutta nyt tiedän, että he ovat tappaneet myös viattomia lapsia, no anna minun mennä heidän kimppuunsa." Hän nosti vesilasinsa ja kohotti maljan Lian kanssa.

"Hetkinen", Brandyn äiti sanoi, "jos arkkienkelit eivät pysty voittamaan tätä otusta, miten he voivat odottaa, että te lapset pystytte..." "Odota", Brandyn äiti sanoi.

"Äiti", Brandy taputti kättään. "En ole kuin muut lapset. Kuulostaa siltä, että olemme joukko hylkiöitä, joilla on erityiskykyjä, ja minä sovin joukkoon. Ei ole yllättävää, että arkkienkelit pyysivät meitä auttamaan heitä.

"Rosalie toi meidät kaikki yhteen, jotta voimme muodostaa joukkueen. Jos hän olisi täällä, hän olisi kanssamme tiimissä. Nyt hän on kanssamme hengessä. Yhdessä olemme voima, jonka kanssa on varauduttava.

"Sitä paitsi meidän on varmistettava, että Rosalie saa ikuisen leposijansa takaisin. Kaikki tapahtuu syystä, etkö sinä ole aina se, joka sanoo sen minulle?"

"Mitä seuraavaksi tapahtuu?" hänen äitinsä kysyi.

"Meidän on oltava yhdessä, ja E-Z:n talo on tarpeeksi iso meille kaikille. Muut ja Charles Dickens - pitkä tarina - tapaavat meidät siellä."

"Ei kai se Charles Dickens?"

"Se ainoa ja oikea, mutta hän on vasta kymmenen vuotta vanha. Hän saapui ja kaksi etsivää löysi hänet Lontoosta, Englannista. Hänet on lähetetty takaisin Maahan syystä. Sen lisäksi, että hän ja E-Z ovat serkkuja. Hän on yksi meistä. Yhdessä aiomme voittaa nuo siskokset ja laittaa maailman taas kuntoon."

"Mennään!" Brandy sanoi. "Äidillä on reppuni autossa, ja siinä on kaikki tarpeellinen. Minulla on aina laukku pakattuna kaiken varalta. Siitä on ollut hyötyä aika monta kertaa. Oletan, että talossa on pesukone ja kuivausrumpu? Ja hiustenkuivaaja?"

"Kyllä, kyllä ja kyllä", Lia sanoi ja vihelteli sitten.

Brandy ja hänen äitinsä peittivät korvansa. "Mitä varten tuo oli?"

"Tule ulos, niin esittelen sinut ystävälleni Little Dorritille - hän on yksisarvinen - ja voit samalla hakea laukkusi." He kävelivät ulos ovesta, ja Dorrit osoitti taivaalle, jossa yksisarvinen oli laskeutumassa.

"Hetkinen", Brandy sanoi, "aiommeko ratsastaa maan halki yksisarvisen selässä?"

Brandyn äiti nyrpisti otsaansa. Hän tunsi itsensä heikoksi, ja hänen jalkansa muuttuivat ylikypsän spagetin kaltaisiksi.

"Tule silittämään sitä", Lia sanoi. "Pikku Dorrit, tässä on Brandy ja hänen äitinsä."

"Hänen turkkinsa on ihana ja pehmeä", Brandyn äiti sanoi.

"Haluaisitko kyydin autollesi?" Pikku Dorrit kysyi.

"Ei kiitos", Brandyn äiti sanoi. Sitten tyttärelleen: "En tiedä, miten selitän tämän isällesi. Ehkä teidän kaikkien pitäisi tulla kanssani kotiin, ja yhdessä selitämme asian ja päätämme, voitko lähteä...".

"Minun on mentävä", Brandy sanoi. "Se on kohtaloni." Hän halasi äitiään.

"Auttaisiko, jos puhuisit äitini kanssa?" Lia kysyi, ja vastausta odottamatta hän soitti hänelle pikavalinnan, selitti tilanteen ja ojensi puhelimensa Brandyn äidille, joka jutteli Samanthan kanssa ja antoi sitten puhelimen takaisin.

Seuraavaksi he lensivät kolmestaan ympäri parkkipaikkaa etsimässä autoa, kun ihmiset alapuolella torvensivat, ottivat valokuvia puhelimillaan ja törmäsivät toisiinsa autojen ja kärryjen kanssa.

"Tuolla se on", Brandyn äiti sanoi.

Pikku Dorrit laskeutui, ja hän liukui pois. "Odota tässä, niin haen tyttäreni laukun."

Hän palasi takaisin ja heitti sen Brandylle. "Kiitos kyydistä", hän sanoi Pikku Dorritille. Brandylle hän sanoi: "Brandy, soita kotiin. Päivittäin. Kuten E.T." Hän antoi tytölle suukon. Sitten Lialle: "Oli hauska tavata."

"Samoin", Lia sanoi, kun Little Dorrit nousi maasta. "Älä huoli, pidämme tyttäresi turvassa."

Brandyn äiti katseli, kuinka ne lensivät pois, kunnes hän ei enää nähnyt niitä. Siihen mennessä uteliaat pysäköijät olivat kaikki löytäneet jotain muuta katseltavaa, joten hän nousi autoonsa ja lähti kohti kotia.

Hän ajoi pitkää tietä kotiin. Hänen täytyi miettiä, miten hän selittäisi kaiken Brandyn isälle.

KAPPALE 6
HARUTO

Alfred odotti kahvilan edessä, kunnes omistaja, joka oli odottanut uutta asiakasta. Haruton isoäiti jätti mainitsematta, että asiakas oli trumpettijoutsen. Kun omistaja näki Alfredin, hän vei hänet pöytään, joka oli kaukana takana.

Alfredia ei haitannut olla syrjässä. Itse asiassa hän piti siitä enemmänkin, koska siellä oli kyltti, jossa luki, että lemmikkejä ei sallita - ei niin, että joutsenia pidettäisiin lemmikkeinä Japanissa tai missään muualla maailmassa, josta hän tiesi.

Istuessaan hiljaa odottamassa Haruton isän saapumista hän käytti kahvilan ilmaista WI-FI:tä ja sai selville joitakin todella hienoja asioita Japanin kahvilakulttuurista. Kuten Yokohamassa, siellä oli kahviloita kissojen ystäville ja yksi siilien kunniaksi.

Viisitoista minuuttia myöhemmin kahvilaan astui sisään mies. Alfred tiesi heti, että se oli Haruton isä, kun tämä eteni nopeasti kohti hänen pöytäänsä.

"Naze watashitachiha daidokoro no chikaku ni iru nodesu ka?" hän kysyi kahvilan omistajalta (mikä käännettynä tarkoittaa: "Miksi olemme keittiön lähellä?").

"Kare wa hakuchōdakara!" omistaja sanoi ennen kuin hän siirtyi kauemmas pöydästä (mikä käännettynä tarkoittaa: Koska hän on joutsen!)

Kun hän palasi muutamaa minuuttia myöhemmin tarjotin täynnä kuplateetä, omistaja sanoi: "Mōshiwakearimasen" (mikä käännettynä tarkoittaa: Olen pahoillani.)

"Ī nda yo", Haruton isä sanoi hymyillen (mikä tarkoittaa: Ei se mitään.)

Alfredin tee tarjoiltiin kulhossa, joka oli tarpeeksi suuri, jotta se pystyi työntämään nokkansa siihen. Hänen teensä oli jäistä - hyvä niin, sillä hän ei halunnut polttaa kieltään tai odottaa pitkään sen jäähtymistä.

"Domo arigato gozaimasu", Alfred sanoi (mikä käännettynä tarkoittaa: kiitos paljon).

"Iie", Haruton isä vastasi (mikä käännettynä tarkoittaa: ei kestä.)

He istuivat hiljaa ja katselivat toisiaan teetä siemaillen jonkin aikaa.

"Miksi olet täällä?" Haruton isä kysyi äkkiä. "Vaimoni pelkää, että haluatte viedä poikamme meiltä, ettekä voi saada häntä. Kyllä, me löysimme hänet, mutta olemme ainoat vanhemmat, jotka hän on koskaan tuntenut."

"Whoa!" Alfred huudahti. "Mitään ei tapahdu, ellette halua niin. Poikanne puhuu muuten erinomaista englantia", Alfred sanoi. "Kuten teidänkin."

"Imartelusta ei ole hyötyä täällä. Kuten sanoin jo aiemmin, ette voi saada poikaani."

"Jos Haruto voisi auttaa meitä pelastamaan maailman? Sanoisitko silti ei?"

"Haruto on vasta poika. Sinä olet joutsen. Mitä pojat ja joutsenet voivat tehdä, mitä miehet eivät voi tehdä? Et voi saada häntä." Hän risti kätensä.

"Entä jos emme voi pelastaa maailmaa ilman hänen apuaan? Entä jos hän haluaa auttaa meitä?"

"Haruto ei tiedä elämästä mitään. Hän ei voi auttaa teitä. Etsikää joku muu poika, joku vanhempi. Jonkun, joka on syntynyt pelastamaan maailman. Ei poikaa. Ei minun poikaani, Haruto. Ei tänään, huomenna tai koskaan."

"Entä jos annamme hänen päättää?" Alfred sanoi. "Sen jälkeen kun olen selittänyt kaiken."

"Kerro minulle kaikki nyt. Minä päätän, mitä hänen pitäisi tietää. Mutta ensin haluan kysyä sinulta - miksi luulet, että poikani kaltainen pikkupoika voi auttaa sinua?"

"Uskomme, että hänellä on meidän muiden tavoin lahjoja, ainutlaatuisia lahjoja. Hän ei ole kuin muut lapset, eihän? Kun Rosalie mainitsi hänet, hän oli vielä vauva. Onko hän vanhentunut nopeammin kuin muut lapset?"

Haruton isä pudisti päätään. "Kun löysimme hänet viisi vuotta sitten, hän oli vauva. Hän on kasvanut, kuten kaikki lapset kasvavat."

"Ai, anteeksi. Rosalie ei ehtinyt päivittää tai täydentää muistiinpanojaan. Ettekö silti halua, että poikanne on muiden hänen kaltaistensa lahjakkaiden lasten kanssa? Hän olisi yksi meistä, meidän hyväksymämme. Ja me kunnioittaisimme hänen lahjojaan ja suojelisimme häntä."

"Väitätkö, etten voi suojella omaa poikaani?"

"En, herra. En tarkoita sitä ollenkaan. Sanon vain, että me tarvitsemme häntä, ja ehkä, vain ehkä, hän tarvitsee meitä. Yksin seisova poika ei voi koskaan olla yhtä vahva kuin poika, joka kuuluu tiimiin."

"Ehkä hän on yksinäinen. Ehkä, mutta hän on nuori, ja hän kasvaa siitä pois." Haruton isä pysyi hiljaa ennen kuin kysyi: "Mikä on lahjasi ja kuka on vihollinen?"

"Minulla on parantavia voimia, ihmisille ja eläimille - useimmiten jälkimmäisille. Osaan lukea ajatuksia. Lia voi nähdä tulevaisuuteen. E-Z pelastaa henkiä. pystyn parantamaan sairaita ja lukemaan ajatuksia. Meillä on jopa supersankarisivusto, jonka voin näyttää sinulle, jos haluat nähdä kaiken itse todisteeksi."

"Näin jo nettisivunne", Haruton isä sanoi. "Teidät tunnetaan nimellä Kolme. Eikö te kolme ole tarpeeksi voimakkaita taistelemaan kaikkia vihollisia vastaan? Miten Haruton kaltainen pikkupoika voi auttaa teitä? Hän tuskin muistaa pestä hampaitaan."

"Ymmärrän sen. Minullakin oli poika, kun olin ihminen."

"Sinä olit kerran ihminen? Mitä pojallesi tapahtui?"

"He kuolivat, ja minusta tehtiin joutsen. Se on pitkä ja monimutkainen tarina. Pääasia on, että vasta äskettäin tiesimme, ettei meillä ollut muita lapsia. Se oli Rosalie. Hän oli hämmästyttävä nainen, jolla oli kyky kommunikoida lasten kanssa mielessään. Hän puhui Lian, Haruton, Brandyn ja Lachien kanssa. Hän toi kaikki yhteen ja maksoi siitä kovan hinnan. Furiat tappoivat hänet, kun hän ei suostunut paljastamaan heille mitään tietoa lapsista. Ilman Rosalieta emme tietäisi toisten olemassaolosta emmekä olisi täällä haluamassa suojella poikaasi tai pyytämässä hänen apuaan noiden pahojen siskojen kukistamisessa.

"Minut lähetettiin puhumaan Haruton kanssa ja selittämään, mitä meillä on vastassamme. Hän voi tietysti kieltäytyä, sinä voit kieltäytyä hänen puolestaan - mutta ilman häntä emme ehkä pysty voittamaan pahoja jumalattaria, jotka tunnetaan nimellä Furies."

Omistaja tarjosi lisää teetä. Alfred kieltäytyi, mutta Haruton isän kädet kuitenkin vapisivat hieman, kun hän nosti juuri uudelleen täytetyn teensä ja siemaisi.

"Onko Haruto nuorin lapsi?"

Alfred nyökkäsi.

"Kerro minulle kahdesta muusta uudesta tulokkaasta."

"Brandy kuolee ja syntyy uudelleen. Lachie voi puhua, ja kaikki olennot ymmärtävät häntä."

"Tämä Brandy syntyy joka kerta uudestaan omana itsenään?" Haruton isä kysyi.

"Niin minä ymmärrän."

"Kuinka vanha hän on?"

"Sitä en tiedä varmasti, mutta uskon hänen olevan teini-ikäinen. Miksi sillä on väliä?" Alfred kysyi.

"Koska se, että Brandy on syntynyt uudelleen toistuvasti pysyessään ihmisen tilassa, tarkoittaa, että hän on juuttunut oppimisvaiheeseen. Siksi hän pärjää hyvin muiden, häntä edistyneempien kanssa. Hän oppii heiltä, ja ehkä se auttaa häntä saavuttamaan seuraavan vaiheen."

Alfred ymmärsi jonkin verran, mutta ei sanonut mitään.

"Poikani ei edistäisi Brandyn elämää, joten en salli hänen osallistua tähän taisteluun. Olen pahoillani, että tuhlasin aikaanne."

"No, olen tullut tänne asti - joten mitäpä se minua haittaisi, jos puhuisin hänelle sinun, vaimosi ja äitisi läsnä ollessa. Anna hänelle mahdollisuus valita. Anna hänen päättää. Jos se ei sovi hänelle, jos hän on mielestänne liian nuori tai valmistautumaton - me ymmärrämme - mutta olkaa kilttejä ja puhukaa edes hänelle siitä. Katsotaan, kuinka paljon hän ymmärtää. Antakaa hänen olla se, joka sanoo ei - sitten minä palaan lentokoneeseen, ettekä te näe minua enää koskaan."

"Sinä olet joutsen, ja sinä lennät lentokoneella?" hän nauroi kovaan ääneen. Muut kahvilan asiakkaat yhtyivät siihen, vaikka heillä ei ollut aavistustakaan, miksi hän nauroi. He nauroivat, koska Haruton isän naurun ääni oli tarttuvaa.

"Kerro minulle, mitä tiimisi aikoo tehdä ja miksi. Sitten minä päätän. Jos pystyt vakuuttamaan minut, annan ehkä sinun yrittää vakuuttaa Haruton."

"Kun me kuolemme, sielumme lähtee ruumiistamme ja menee ikuiseen lepoonsa niin sanottuun sielun sieppaajaan. Tiedän, että tämä on eri asia kuin mitä me uskomme, mutta se on totta. Furiat ovat tappaneet lapsia - tietokonepelejä pelaavia lapsia - ja laittaneet sitten heidän sielunsa muille sieluille tarkoitettuihin sielusieppareihin. Kun muut kuolevat, heidän sieluillaan ei ole paikkaa, minne mennä."

Haruton isä oli hetken hiljaa.

"Jos hän haluaa, poikani, Haruto auttaa. Hän kertoo sinulle, mikä hänen kykynsä on. Hän kertoo sinulle, mitä hän haluaa sinun tietävän, ja hän päättää."

"Kiitos", Alfred sanoi.

He nousivat ylös, poistuivat kahvilasta ja lähtivät Haruton kotiin. Kun he saapuivat, päivällinen tarjoiltiin heti, ja kaikille kerrottiin tehtävästä.

"Mitä muille sieluille tapahtuu? Jos heillä ei ole paikkaa, minne mennä?" Haruto kysyi, laski syömäpuikot alas ja otti kulauksen vettä.

"Sitä emme tiedä varmasti", Alfred vastasi. Hän vilkaisi Haruton isää, joka nyökkäsi. "Mutta Rosalie. Muistatko sinä Rosalien?"

"Kyllä, tunsin hänet ja tiedän, että hän kuoli", Haruto sanoi. Hän istui hyvin suorana: "Tarkoitatko, ettei hänen sielullaan ole kotia? Miten voin auttaa häntä pääsemään kotiinsa?"

"Olen iloinen, että haluat auttaa, Haruto", Alfred sanoi. "Rosalien sielu on turvallisesti kahden wannabe-enkelin hallussa, jotka ovat auttaneet meitä ja E-Z:tä aiemmin. Hän on siis toistaiseksi kunnossa.

"Ennen kuin selitän lisää, olen utelias, mitä erikoisvoimia sinulla on?"

Haruto nousi seisomaan, katsoi isäänsä, joka nyökkäsi ja sanoi sitten. "Liikun hyvin nopeasti." Ja hän alkoi pyörimään, nopeammin ja nopeammin ja nopeammin, kunnes katosi.

"Vau!" Alfred sanoi. "Olet kuin Tasmanian paholaisen katoava versio!" "Olet kuin Tasmanian paholaisen katoava versio!"

"Emme koskaan kyllästy näkemään häntä toiminnassa", hänen äitinsä sanoi. Hän oli ollut huomattavan hiljaa tuohon kommenttiin asti. "Tule nyt takaisin, lapsi", hän sanoi. "Tule takaisin."

Hän saapui samalla tavalla kuin oli kadonnut, mutta tällä kertaa he eivät nähneet hänen pyörivän, ennen kuin hän ilmestyi takaisin. "Minulla on taas nälkä!" Haruto huudahti. Hän istuutui, täytti lautasensa uudelleen ja söi ahnaasti.

"Tekeekö se sinut aina nälkäiseksi?" Alfred kysyi.

"Aina", Sobo sanoi ja tarjosi pojanpojalleen lisää ruokaa. Hän nyökkäsi, liian kiireinen syömään vastatakseen.

Kun Haruto oli syönyt tarpeekseen, Alfred selitti, miten E-Z:n toimisi joukkueen päämajana tai tukikohtana. Hän viivytteli etsien oikeita sanoja kertoakseen heille vaarasta, johon he kaikki joutuisivat.

"Ennen kuin suostutte - haluan sanoa, että Furiat ovat pahoja, kauheita olentoja, jotka rankaisevat lapsia, vaikka he eivät ole tehneet mitään väärää. Ne ovat vieneet lasten henkiä, huonoista ajatuksista, eivät huonoista teoista, ja kaapanneet sielun sieppaajia toisilta. Meidän on pysäytettävä heidät ja saatava asiat jälleen kuntoon. Ja he ovat äärimmäisen vaarallisia ja voimakkaita jumalattaria."

Haruton isä sanoi: "Minä kiellän sinua menemästä!"

"Mutta isä, sinä olet opettanut minulle, että tekoni tässä elämässä jatkuvat seuraavaan. Siksi minun täytyy suostua." Hän katsoi Alfredia ja sanoi: "Minä tulen mukaan!"

"Haruto, äitinäsi ja isänäsi haluamme, että menestyt - mutta haluamme, että olet lähellä meitä, emme kaukana toisella puolella maapalloa vieraiden ihmisten kanssa."

Haruto nousi istuimeltaan ja heitti kätensä isoäitinsä kaulan ympärille. He kuiskuttelivat japaniksi edestakaisin niin, ettei Alfred ymmärtänyt.

"Sobo sanoo tulevansa mukaani, mutta hän pelkää, että hänen aikansa on lähellä. Jos hän kuolee eikä ole Japanissa, miten hänen sielunsa löytää tiensä kotiin?"

"Meillä on joitakin arkkienkeleitä ja arkkienkeliavustajia, jotka työskentelevät kanssamme. He pitävät Rosalien sielua turvassa, ja jos isoäidillesi tapahtuisi jotain, olen varma, että he suojelisivat myös hänen sieluaan. Kunnes heidän sielunvartijansa olisivat valmiita."

"Olen niin ylpeä sinusta", Sobo sanoi, "ja on ilo liittyä seuraasi lennolla. Olen iloinen voidessani tavata loput supersankarilapset. Tämä Sobo saa vielä lisää lapsenlapsia." Hän halasi Harutoa.

Haruton äiti ja isä liittyivät mukaan. Se oli perhehalaus. Kyyneleet valuivat Alfredin kasvoille. Joutsenen itku on maailman surullisin asia.

Kun he erosivat toisistaan, astiat kerättiin ja laitettiin pesuun. Kaikille tarjoiltiin teetä, paitsi Harutolle.

"Laitan laukkuni valmiiksi", hän sanoi. "Hyvää yötä."

"Varaan lentomme ja ilmoitan sinulle yksityiskohdat", Alfred sanoi.

Hän lähti takaisin hotellille ja varasi lentonsa. Sitten hän lähetti kaikki yksityiskohdat Charles Dickensille. Hän toivoi, että Charles voisi tavata heidät Heathrow'n lentokentällä, ja he kaikki lentäisivät yhdessä E-Z:n luokse.

Uuvuttavan päivän jälkeen Alfred hyppäsi Queen Size -vuoteelleen. Hän muhinoi tyynyjä ja katseli televisiota, kunnes lopulta vaipui uneen.

KAPPALE 7
EN ROUTE

KUN KAIKKI LAPSET OLIVAT matkalla E-Z:n talolle, ilmassa oli toivon energiaa. Tämä energia näytti leviävän maailman toiselta puolelta toiselle. Niin paljon, että se saavutti Furiet.

Kolme pahaa jumalatarta tanssivat tulen ympärillä, jonka he olivat luoneet padassa kuolleiden luista. Ylös nousi monipäinen liekkipallo. Aivan heidän silmiensä edessä se jakautui kolmeksi tulipalloksi.

Jumalattaret täyttivät tulipallot yhä suuremmalla energialla, kunnes näytti siltä, että vihaiset pallot räjähtäisivät. Sitten he lähettivät ne matkaan, etsimään ja murskaamaan toivon, joka asui heidän vihollistensa sydämissä.

Ensimmäinen tulipallo lähti kohti kaukaisinta kohdetta, joka oli linjattu kohtaamaan ja tuhoamaan E-Z:n, Lachien ja Babyn. Tulinen esine hajosi matkan varrella, hajoten silkasta nopeudesta, kunnes se oli keilapallon kokoinen. Se kohdistui pahaa-aavistamattomaan kolmikkoon, jota vastaan se eteni.

Hadzin ja Reikin päivityksen ansiosta E-Z:n pyörätuolin anturit varoittivat häntä lähestyvästä vaarasta. GPS havaitsi elottoman esineen, joka liikkui nopeasti ja suuntasi suoraan heitä kohti.

"Jokin tulee suoraan meitä kohti!" E-Z huusi. "Laskeudutaan ja häivytään sen tieltä."

"Selvä", Lachie sanoi, kun kolmikko laskeutui.

Mutta liekkipallo seurasi heitä, aivan kuin sillä olisi ollut oma jäljitin. Vaikka he laskivat kuinka alas, se pysyi heidän perässään hellittämättä.

He pysähtyivät leijuen, ryhmittyneinä yhteen - epävarmoina siitä, laskeutuisivatko he nyt vai yrittäisivätkö huijata sitä jollakin muulla tavalla. Jos he laskeutuisivat ja otus seuraisi heitä, se voisi tappaa tai satuttaa muita. He eivät halunneet saattaa ketään muuta vaaraan sen takia, että se oli heidän perässään.

"Mitä me teemme?" Lachie kysyi.

"Sinä ja Baby suojaudutte, minä ja tuolini hoidamme sen."

"Emme jätä sinua!" Lachie huudahti ja Baby nyökkäsi.

"Okei, mene sitten takanani", E-Z sanoi. Hän tiesi, että hän ja hänen pyörätuolinsa olivat luodinkestäviä, mutta olivatko ne tulenkestäviä? Hän aikoi saada sen selville, 5, 4, 3, 2, 1:ssä.

Baby ojensi kaulaansa, päästi karjaisun suu auki niin leveäksi kuin se vain pystyi - ja tulipallo meni suoraan siihen. Lohikäärmeen silmät pullistuivat, ja sen huulet värisivät, kun se hillitsi tulisen pedon sisällään. Sitten se lähti lentoon, Lachien pitäessä kiinni kaulastaan henkensä kaupalla, lentäen kauas ja etsien paikkaa, jossa se voisi vapautua siitä, mikä poltti sitä sisältä ulospäin.

Vihdoin he löysivät paikan, josta he saattoivat pudottaa sen turvallisesti mereen. Vauva avasi suunsa, ja se lensi ulos. Vielä tulessa oleva otus liukui veden päällä, aivan kuin se olisi päättänyt pysyä hengissä, mutta lopulta se antoi periksi ja sammui upotessaan mereen.

"Kyllä!" E-Z huusi. "Hyvin tehty, kulta!"

Baby ja Lachie palasivat E-Z:n viereen: "Mitä tapahtui?"

"Baby oli uskomaton! Hän pudotti tulipallon mereen. Se on nyt pelkkä toinen kivi."

"Kiitos Baby", E-Z sanoi. "Se oli vähän liian lähellä."

"Samaa mieltä. Ja Baby ansaitsee herkkua. Jotain viileää hänen kurkulleen."

"Mitä ikinä Baby haluaa", E-Z sanoi. "Mennään alas ja pidetään tauko ennen kuin jatkamme."

Lachie halasi Babyn kaulaa, ja he menivät alas ravistelemaan ensimmäistä ja toivottavasti viimeistä kohtaamistaan hullun tulipallon kanssa.

"Luuletko, että se oli The Furies?" Lachie tiedusteli.

"En usko, että he tietävät meistä. Tarkoitan, että he tietävät meidän olemassaolostamme, mutta eivät yksityiskohtia."

"Se otus tähtäsi meihin. Yritti tappaa meidät. Kuka muu haluaisi meidät hengiltä?"

"Olet oikeassa, se tuli suoraan meidän luoksemme. Luultavasti vain sattumaa. Toivottavasti."

"Eikö meidän pitäisi varoittaa muita?"

E-Z katsoi puhelintaan. Hänellä ei ollut yhtään palkkia. "Tiimini pärjää kyllä itsekin, enkä halua säikäyttää heitä. Toivotaan, koska se on ainutkertainen tapaus."

✳✳✳

FURIES LÄHETTI TOISEN LIEKKIKIEKON Yokohaman suuntaan. Alfredin ja Haruton kone oli jo kiitoradalla valmistautumassa nousuun.

Tulipallo lensi heitä kohti, mutta valitsi epäonnisen reitin - se ohitti 59 jalkaisen robotin, joka ojensi kätensä, otti sen kiinni ja murskasi sen. Tuhka paloi alla olevalle tasanteelle.

Lentokentällä Alfredin ja Haruton kone nousi turvallisesti ilmaan, eikä pari koskaan tiennyt, että heidän kohteekseen oli asetettu.

✳✳✳

K OLMAS JA VIIMEINEN LIEKKIPALLO lähti kohti Phoenixia, Arizonaa. Se lensi ympäriinsä ja etsi kohdettaan tuntikausia, mutta ei löytänyt sitä.

Pikku Dorrit oli poikkeuksellinen yksisarvinen, jolla oli käytössään havaitsemiskilpi, ja se oli aina valmiina. Matkustajiensa suojelu oli loppujen lopuksi Little Dorritin tärkein tehtävä.

Lennettyään ympäriinsä päämäärättömästi liekkipallo sen sijaan, että se olisi hajonnut nopeuden myötä, kasvoi kokoaan, kunnes se oli komeetan kokoinen. Sitten se palasi kotiin oikeille omistajilleen - raivostuttajille.

Liekehtivä esine, joka ei erottanut ystävää vihollisesta, jahtasi huutavia Furieseja ympäri Death Valleytä tuntikausia. Ne juoksivat henkensä edestä, kunnes Tisi loi loitsun.

Ensin pallo pysähtyi keskelle ilmaa, ja kolme jumalatarta katsoivat tyytyväisinä, kun se putosi kattilaan ja peittyi sienimuhennokseen.

Alli lensi sitä kohti ja puristi kannen kiinni.

Sitten Furiat heittivät päänsä taaksepäin ja hekottelivat sitä tanssiessaan, laulaessaan ja nauraessaan.

Kunnes kattilan sisältä kuului poksahtava ääni. Kuin popcornin ytimet, jotka kuumenevat. Äänet voimistuivat, kun padan kansi lommottui sisältä ja lopulta nousi niin ylös, että vastasyntyneet tulipallot pääsivät ulos.

Pienet tulipallot, joilla ei ollut paikkaa minne mennä - tähtäsivät raivoihin ja jahtasivat niitä, kun ne yksi kerrallaan sammuivat.

Laulaen, uupuneina ja ärsyyntyneinä kolme jumalatarta huusivat Erielille, että hän tulisi auttamaan heitä, mutta tällä kertaa hän ei vastannut.

 ✳✳✳

E-Z ARVIOI TIIMIÄÄN, KUN hän lensi yksin taivaalla, sillä Lachie ja Baby lensivät hitaammin, koska Baby oli nielaissut tulipallon, ja hänellä oli sivuvaikutuksia. Pari kertaa jonossa hän sai tekstiviestejä, jotka vahvistivat, että hekin ajattelivat häntä.

Lia lähetti viestin, joka vahvisti Brandyn kyvyt ja Alfred oli tehnyt saman Haruton kykyjen suhteen.

E-Z ei ollut vastavuoroisesti kertonut heille Lachien voimista. Sen sijaan hän halusi käydä asioita läpi nähdäkseen, miten hänen ja hänen seitsemän hengen tiiminsä (Charles mukaan lukien) taidot pärjäisivät kolmea voimakasta, mutta pahaa jumalattarta vastaan.

Hän teki mielessään inventaarion ja muistutti itseään tiiminsä voimavaroista:

Minä osaan lentää, samoin tuolini. Olemme luodinkestäviä, ja minä olen supervahva. Olen hyvä johtaja, olen älykäs ja minulla on vahva empatia.

Lia on yllyttävä, empaattinen, kiltti, älykäs ja hän osaa lukea ajatuksia ja tulevaisuuteen.

Alfred on voimakastahtoinen, älykäs ja vanhimpana jäsenenä iän myötä viisas. Hän on empaattinen, osaa joskus lukea ajatuksia ja parantaa sairaita.

Lachie kommunikoi olentojen kanssa. Hän on yksinäinen, mutta se ei ole hänen vikansa. Hän on empaattinen ja älykäs. Hän osaa selviytyä kaikista vastoinkäymisistä ja hänen naamioitumiskykynsä tulee tarpeeseen.

Haruto on nuorin, mutta hän on selviytyjä. Hän pystyy kehräämään itsensä näkymättömäksi.

Brandy on kuollut - useita kertoja - ja palannut takaisin elämään. Hän on varmasti selviytyjä.

Viimeisenä mutta ei vähäisimpänä on Charles Dickens. Hänen kykynsä ovat tuntemattomat. Mutta hän on älykäs, empaattinen ja hän pystyy sopeutumaan.

Käyttäen puhelintaan, kun hänellä oli tarpeeksi harkkoja, hän etsi netistä historiallisia dokumentteja selvittääkseen, mitä kykyjä The Furies toisi mukanaan:

Yli-inhimillinen voima.

Kestävyys, mukaan lukien korkea kivun sietokyky.

Elinvoima.

Hämähäkkimäistä ketteryyttä.

Vammojen vastustuskyky ja supernopea paranemiskyky.

Lentäminen.

Muodonmuutos - toisen ihmisen muotoon.

Näkymättömyys.

Ne voivat aiheuttaa kipua uhreilleen.

Meg voi erittää loisia. YUCK.

Hetkinen, siinä sanotaan, että raivostuttajat edustivat oikeutta. Siinä sanotaan, että ennen ne vahingoittivat vain pahoja ja syyllisiä... että hyvillä ja viattomilla ei ollut mitään pelättävää. Mikä siis muuttui? Miksi he kokivat tarpeelliseksi tappaa viattomia lapsia käyttäen siihen pelimuotoa?

Hän luki eteenpäin ja ihmetteli, miten he tarkalleen ottaen tappoivat lapsia. Legendan mukaan raivohullut eivät koskaan vahingoittaneet fyysisesti ketään väärintekijää. Sen sijaan he käyttivät syyllisyyttä - ajaakseen heidät hulluiksi.

Hän muisteli poikaa, joka oli yrittänyt ampua hänet. He olivat uskotelleet hänelle, että jos hän ei tee kuten he sanovat, he vahingoittavat hänen perhettään. Hän ihmetteli, missä se poika oli nyt. Oliko hän jossakin sielunpyydystimessä?

Hän jatkoi etsimistä saadakseen selville, kykenivätkö Furiat armahtavaisuuteen, mutta ei löytänyt siitä todisteita.

Hän lisäsi listaan jotain, minkä he jo tiesivät - Furiat olivat kuolevaisia. Se oli yksi asia, joka hänellä ja pahoilla jumalattarilla oli yhteistä, ja hänen ja hänen tiiminsä olisi keksittävä keino käyttää sitä hyödykseen.

Lachie ja Baby saivat E-Z:n kiinni.

"Miten Baby voi?" hän kysyi.

"Hän voi nyt paremmin", Lachie vastasi.

Baby heitti päänsä taaksepäin, päästi karjaisun ja kiihdytti eteenpäin.

"Odottakaa minua!" E-Z huusi.

KAPPALE 8
THE FURIES

TOIVON LIKAINEN TUNNE HAISI yhä ilmassa, ja The Furies odotti. He olivat korjanneet palaneet vaatteensa ja siistineet palaneet hiuksensa. Onneksi käärmeet pysyivät vahingoittumattomina. Tehdäkseen itsensä edustuskelpoisiksi heidän tulevan vieraansa saapumista varten.

Hän oli heidän hyväntekijänsä. Se, joka oli tuonut heidät takaisin maahan. Hän ehdotti, että he asettaisivat tukikohdan Death Valleyn sydämeen.

Ennen tulipallo-onnettomuutta he olivat nähneet merkkejä... Merkkejä siitä, että kaikki oli kääntynyt heitä vastaan. Muutos oli hyvä asia, mutta vain jos he hallitsivat sitä. Heidän aikansa oli tulossa. Heidän oli oltava valmiina. Asiat olivat kääntymässä heidän edukseen. Heidän oli vain odotettava sitä. Sitten oli oltava valmiina hyökkäämään.

"Eriel", Meg sihisi.

Arkkienkeli, heidän rakas johtajansa, oli vihdoin saapunut.

"Mitä uutta?" Tisi kysyi. "Olemme ällöttyneitä kaikesta tästä ilmassa olevasta toivosta."

"Niin, tämä toivojuttu saa meidät masentumaan", Tisi ja Allie lauloivat tanssiessaan palavan tulen ympärillä.

Hän katseli heitä, jotka tanssivat alastomina kuin banssit. Rapsuttelivat ruoskiaan, samalla kun käärmeet, jotka heillä oli käsivarsina ja hiuksina, luikertelivat ja sylkivät satunnaisesti.

Eriel laskeutui heidän päälleen kuin musta pilvi, laskeutui ja taittoi sitten siipensä kiinni. Hänen valtavan kokonsa sai Furiat näyttämään nukeilta. Hän seisoi kädet lanteillaan ja laskeutui sitten yhdelle polvelle päästäkseen samalle tasolle heidän kanssaan. Se oli hänen tapansa laskeutua heidän tasolleen ja pysyä samalla heidän yläpuolellaan. Hän halusi heidän tietävän, että he työskentelivät hänelle eivätkä päinvastoin. Hän oli väsynyt vahvistamaan tätä sisaruksille, ja silti hän pelkäsi sen olevan ainoa tapa pitää heidät kurissa.

"Toivoa ei ole - ei nyt, kun työskentelemme yhdessä", Eriel sanoi. "Älkääkä naurako. No, kai sinä voit nauraa. Niin minäkin tein, kun kuulin ensimmäisen kerran, että he lähettävät lapsiryhmän tappamaan sinut."

Furiat olivat hysteerisiä. Heidän äänensä kaikui ympäri Kuolemanlaaksoa ja pelästytti kaikki linnut pois.

"Nuo idiootit!" Meg sanoi.

"Me syömme nuo lapset, aamiaiseksi, lounaaksi ja päivälliseksi", Tisi sanoi nuolemalla huuliaan.

"Me emme syö lapsia", Alli sanoi. "Mutta sinä olet hauska, sisko. Haluamme vain heidän sielunsa. Enkä muista, MIKSI haluamme niitä. Selitä se uudestaan, rakas sisko."

Meg sanoi: "Teemme Erielin käskyä. Hän haluaa sielunsieppaajat, ja me hankimme ne hänelle. Kun täytämme hänen vaatimuksensa, meistä tulee jälleen kerran Nyxin tyttäriä - Kilttejä - ja me hallitsemme yötä ja teemme mitä haluamme."

"Sitten, jos haluan maistaa yhtä lapsista - saanhan minä maistaa, eikö niin?" "Kyllä." Tisi kysyi. "Olen aina miettinyt, miltä ne maistuisivat." Hän pyöräytti silmiään ja haisteli ilmaa. Hänen päässään oleva käärme syöksyi häntä kohti.

Eriel pilkkasi. "Nämä eivät ole tavallisia lapsia, kuten ne, joita väijyt pelissä. Nämä ovat lahjakkaita lapsia, joilla on voimia ja kykyjä. Pidän sinut silti ajan tasalla, ja tarvitset apuani."

"Sinun apuasi? Voittaa lapsia, pelkkiä vauvoja?!" kolmikko naurahti, ja he räpyttelivät nostamalla maasta voimakkaiden lepakkosiipiensä avulla. "Me päihitämme heidät ennen kuin he edes iskevät." Käärmeet sihisivät ja syljeskelivät yhteisymmärryksessä.

"Kuten teimme valkoisessa huoneessa. Kuten teimme heidän ystävänsä Rosalien kanssa. Hän ei suostunut kertomaan meille, kuka meidät lähetettiin hakemaan. Halusimme tietää ja kyllästyimme odottamaan, että sinä kertoisit meille. Niinpä otimme hänet pois", Meg sanoi.

"Niin, ja sinä melkein paljastit pelin! On myös sääli, ettet kauhonut hänen sieluaan ja laittanut sitä sielun sieppaajaan", Eriel sanoi. "Nyt on avoimia kohtia. Löysistä päistä voi tulla johtolankoja niille, jotka etsivät niitä."

He katsoivat taivaalle ja näkivät sateenkaaren kaltaisen väriviirun, joka ulottui laidasta laitaan. Paitsi että se ei ollut sateenkaari, se oli energiaa. Niiden energiaa, jotka arkkienkelit olivat värvänneet tekemään sen, mihin he itse eivät kyenneet.

"Tiedämme, että he ovat tulossa - eikä heillä ole mitään mahdollisuuksia meitä vastaan!" Tisi kiljui.

No, he onnistuivat voittamaan ne lähettämänne lapselliset tulipallot!" Eriel huudahti. "Niin huono ja amatöörimäinen yritys kuin se olikin! Se sai minut häpeämään työskentelyä kanssanne! Hyvä, ettei kukaan tiedä yhteydestämme."

Nyrkit ja hampaat yhteen puristettuina The Furies ei edennyt, ennen kuin Alli mursi jään.

"Sisaret, hänen mielipiteellään meistä ei ole väliä. Me teimme parhaamme. Se oli yrittämisen arvoista. Sitä paitsi meillä on jo runsaasti sieluja käytettävissämme." Hän sekoitti kattilaa, siemaisi keittoa kauhalla ja sylki sen sitten ulos. "Liikaa suolaa", hän sanoi. Hän lisäsi vettä, sitten metsäsieniä ja muutamia vauvaperunoita. "Ja keräämme joka päivä lisää lasten sieluja. Olen kyllästynyt odottamaan täällä, että lasten supersankarit tulevat luoksemme. Että he järjestäytyisivät. Kun he ovat kaikki yhdessä, miksi emme vain TAPAISI HÄNTÄ?"

"Sisar, sinun täytyy olla kärsivällinen."

"Olen kyllästynyt olemaan kärsivällinen. Olen väsynyt - olen yksinkertaisesti väsynyt", Alli sanoi. Hän sekoitti ja heitettyään joukkoon muutamia villiyrttejä ja mausteita hän maistoi keittoa, ja se oli hyvää. "Illallinen on valmis", hän sanoi.

"Sinä olet kärsivällinen etkä toimi - ellen käske sinua toimimaan. Tämä on minun leikkini, ja olen kutsunut teidät leikkimään. Ilman minua olette vain kolme hyödytöntä jumalatarta, jotka nukkuvat loppuelämänsä pois." Hän potkaisi hiekkaa saappaallaan. "Ja on todella sääli, että teidän on syötävä ihmisruokaa. Melkoinen alennustila - sillä nyt tarvitsette ravintoa selviytyäksenne. Kun minä hallitsen maapalloa ja kaikki sielunpyytäjät asuvat täällä, painan MAAPALLOTAUKOA. Hallitsen maapalloa, ja jos pelaatte peliä oikein, - Jos teette niin kuin pyydän, olette vierelläni. Jaatte voitot. Jos menette minua vastaan, niin palaatte tomuksi."

Kun hän oli sanonut sanan pöly, hän avasi kätensä ja siipensä, nousi maasta ja katosi.

Furiat lauloivat yhdessä siemaillessaan keittoa. Käärmeet, jotka olivat nälkäisimpiä, nuolivat sitä, ja vaikka ne putsasivat kattilan, ne halusivat silti lisää.

"Nyt kun hän on poissa", Meg sanoi, "puhutaan omasta loppupelistämme."

Tisi ja Alli naureskelivat.

"Eriel uskoo palauttavansa meidät jumalattaren tilaan, mutta emme anna tuon arkkienkelin vallata maapalloa. Kuka sanoo, ettei hän jätä meitä pölyttymään, kun olemme tehneet kaiken työn? Arkkienkelit eivät aina pidä lupauksiaan. Eihän meidänkään tarvitse pitää lupauksiamme, vai mitä, siskot?"

"Kuka hän luulee olevansa Valittu?" Alli kysyi.

Meg nauroi. "Häntä ei ole valinnut mikään eikä kukaan - mutta me tarvitsemme häntä silti."

"Niin", Tisi sanoi. "Hänen itseriittoisuutensa on hänen vikansa." Hän laski äänensä kuiskaukseksi: "Joka kerta, kun hän puhuu, hän heikentää itseään. Joka kerta, kun hän pettää muut arkkienkelit, hän luovuttaa hieman enemmän voimastaan."

Jälleen kerran sisaret puhkesivat lauluun:

"Rekrytoitujen lasten veri on huomisen keittoa.

Kun olemme syöneet, pidämme hauskaa hulavanteella."

Meg tarttui lauluun,

"Vauvoja, lapsia pahoja pikkuisia ja syyllisiä kuin lika.

Me sanomme pois heidän päänsä, jos saamme kaiken onnen!"

Alli lauloi,

"Pimeyden tyttäret vs. lapset, joilla ei ole aavistustakaan.

Taivas sataa verta ennen kuin olemme valmiit!"

He hihkuivat ja sihisivät naksuttelivat ruoskiaan ja tanssivat kuun noustessa yhä korkeammalle taivaalla. Uupuneina he lankesivat maahan ja nukkuivat multaan. Käärmeet pitivät tätä asentoa parempana - ja nukkuivat myös - kuin sihiseviä ja liikkuvia koko yön.

"Hyvää yötä, siskot", ne sanoivat kierroksittain aivan kuten ne näkivät ihmisten tekevän Waltonit televisiossa satelliittiantennin kautta. Se oli yksi niiden suosikkiohjelmista. "Ja aamulla käymme suunnitelman uudelleen läpi."

KAPPALE 9
PAFHS9

SE OLI KILPAILUA SAMILLE ja Samanthalle, jotka odottivat, kumpi lapsiryhmä saapuisi takaisin ensimmäisenä. Voittaja nousisi ylös kaksosten kanssa joka yö kokonaisen kuukauden ajan, joten panokset olivat korkeat.

Sam valitsi E-Z:n, Lian ja sitten Alfredin. Samantha valitsi Alfredin, E-Z:n ja sitten Lian.

"Mutta E-Z on Australiassa", Samantha huomautti. "Sinä häviät. Ajattelen sinua - EI - kun nukun yöni läpi kuukauden."

"Sinä valitsit Alfredin ja hän lentää lentokoneella! Tiedät, miten ne aina ylibuukkaavat ja harvoin pitävät aikataulujaan. Kun taas E-Z voi tulla ja mennä miten haluaa, ja hänen pyörätuolinsa kulkee hämmästyttävän nopeasti! Minä aion voittaa, ja olen niin varma, että makeutan vedon ja teen siitä kuusi kuukautta. Oletko valmis korottamaan vetoa?"

Samantha harkitsi tätä uutta tarjousta. Tällaiset vedot saattoivat vahingoittaa avioliittoa, ja heiltä puuttui jo nyt unta, kun molemmat heräsivät joka yö huolehtimaan kaksosista. Hän halasi miestä: "Pidetään tämä yksinkertaisena. Yksi kuukausi."

"Kanaa", Sam sanoi kietoen kätensä vaimonsa ympärille. Hän suuteli tätä otsalle, kun Jill päästi itkun, johon Jack pian yhtyi. "Minä menen", hän sanoi.

"Mennään yhdessä", Samantha sanoi ja otti miehensä käden omaansa, ja he lähtivät käytävää pitkin.

Pikku Dorrit siivitti takaisin, kovaa vauhtia.

"Emmekö voisi mennä alas juomaan jotain?" Brandy kysyi.

"Ei vain", Little Dorrit sanoi.

"Tule", Lia sanoi, "siihen menee vain pari minuuttia."

"En halua pelotella sinua", Pikku Dorrit sanoi, "mutta minulla on paha aavistus ja haluan, että lähdemme mahdollisimman pian pois avoimesta paikasta." "En halua pelotella sinua", Pikku Dorrit sanoi.

"Hyvä on", tytöt suostuivat.

Koska he olivat nyt melkein kotona, Lia lähetti Samanthalle tekstiviestin, jossa kertoi, että he olisivat kotona muutaman minuutin kuluttua.

"Ah, me molemmat olimme väärässä!" Lia sanoi.

"Mutta jommankumman meistä on silti noustava joka yö ylös kaksosten kanssa", Sam sanoi.

"Me vuorottelemme", Samantha sanoi, kun hän ja Sam nyt, kun kaksoset olivat asettuneet takaisin nukkumaan päiväunilleen, menivät ulos puutarhaan. Pian hän näki Pikku Dorritin laskeutuvan.

Lia ja Brandy hyppäsivät pois.

"Se oli tosi siistiä", Brandy sanoi. "Kiitos, Pikku Dorrit." Hän halasi yksisarvista, joka vastasi: "Eipä kestä."

"Niin, kiitos, että huolehdit meistä", Lia sanoi.

"Huolehtiminen teistä, oliko mitään ongelmia?" Sam kysyi.

"Ei mitään, mistä en selviäisi", Pikku Dorrit sanoi. "Jos ette tarvitse minua vähään aikaan, haluaisin hakea vettä ja välipalaa."

"Mene vain", Sam sanoi, "ja kiitos, että huolehdit tytöistämme."

Pikku Dorrit iski Samille silmää, lähti sitten liikkeelle ja oli pian poissa näkyvistä.

Samin ja Samanthan esittäytymisen jälkeen Brandy soitti kotiin ilmoittaakseen äidilleen, että he olivat saapuneet turvallisesti.

Muutamaa tuntia myöhemmin Alfred, Charles, Haruto ja hänen isoäitinsä saapuivat. Kuten aiemminkin, esittäytymiset tehtiin, ja Brandy ja Lia lisättiin joukkoon.

"Et voi olla se Charles Dickens", Brandy sanoi kulmia kohottaen. "Ja sinä olet vasta lapsi, joka on tuskin päässyt vaipoista", hän sanoi Harutolle, joka vastauksena pyöräytti itsensä näkymättömäksi.

"Hups!" Brandy huudahti. "Ja sinä, sinä olet iso höyhenpeitteinen joutsen! Miten aiot auttaa meitä voittamaan Raivostajat!"

"Ensinnäkin", Alfred aloitti, "olet paljon töykeämpi kuin sinun pitäisi olla. Jopa kaltaisellani sivistymättömällä joutsenella on tapoja."

"Anata wa gakidesu!" Haruton isoäiti sanoi, mikä käännettynä tarkoittaa "Olet kakaraa!"."

Näkymättömästä Harutosta kuului kikatusta.

Lia astui väliin ja pyysi anteeksi: "Minä selitän hänelle. Hän on siisti. Anna hänelle vain vähän aikaa sopeutua", hän sanoi. "En tiennyt ennen kuin juuri äsken, kun näin itse, mihin Haruto pystyy." Pikkupojalle hän sanoi: "Tule takaisin, Haruto, ole kiltti. Hän ei tarkoittanut loukata tunteitasi."

"Anteeksi", Brandy sanoi silmät laskeutuneina lattiaan.

Haruto palasi, häivähdellen sisään ja ulos. Hän seisoi käsi isoäitinsä vyötärön ympärillä. Alfred ja Charles siirtyivät lähemmäs heitä.

"Me tulimme juuri lentokoneesta ja olemme väsyneitä - joten menemme virkistäytymään. Kun palaamme, odotan, että laitat hänelle hihnan tai teipin suuhun. Tai opetatte hänelle käytöstapoja", hän sanoi ja lähti käytävää pitkin kaksi muuta perässään.

"Vau!" Brandy sanoi. "Vau! Sanoin olevani pahoillani."

"Ei, hän oli oikeassa", Lia sanoi.

Samantha sanoi: "Olet nyt meidän talossamme, emmekä salli sinun olla töykeä kenellekään."

Sam taittoi kätensä rintansa yli, juuri kun kaksoset alkoivat taas itkeä.

"Heillä on varmaan nälkä. Älä huoli, pärjään kyllä", Samantha sanoi, mutta ennen kuin hän lähti, hän tuijotti Brandya.

"Brandy, olet oudossa paikassa, jossa et tunne vielä ketään muuta kuin Lian ja Pikku Dorritin", Sam sanoi. "Jos haluat olla osa tätä tiimiä, voittaa Furiet - silloin teidän on tehtävä yhteistyötä. Joukkuetovereiden loukkaaminen ei ole tehokas tapa aloittaa. Ehdottaisin, että pyydät anteeksi vielä kerran niin kuin tarkoitat sitä, kun he palaavat, ja pyydät päästä aloittamaan alusta."

Brandyn silmät täyttyivät kyynelistä: "Olin vain yllättynyt, kun näin muut tiimin jäsenet, joiden kanssa tulen työskentelemään. Mutta olet oikeassa, pyydän vielä kerran anteeksi ja pyydän uutta mahdollisuutta. Toivon, että he antavat minulle anteeksi. Äiti sanoo aina, että olen liian suorapuheinen omaksi parhaakseni."

Lia hymyili. "Tulet rakastamaan Alfredia, kunhan tutustut häneen. Tämä on ensimmäinen kerta, kun minäkin tapaan Charlesin henkilökohtaisesti. Charles on oudossa tilanteessa. Kun hän oli kymmenvuotias, se oli vuonna 1822. Ajattele sitä. Ja minäkin tapaan Haruton ja hänen isoäitinsä ensimmäistä kertaa."

"Se on hullua! James Monroe oli silloin presidentti - ja hän oli viides presidenttimme!" Brandy huudahti. Hän kyynärpäätä kevyesti Liaa: "Äiti ja isä olisivat superinnoissaan, että muistin tuon tiedon! Ja se poika, tarkoitan Haruto, no, hän vaikuttaa aivan liian nuorelta laittamaan henkensä alttiiksi."

Lia nauroi ja Sam yhtyi nauruun, sitten hän kuuli vaimonsa kutsuvan häntä auttamaan kaksosten kanssa ja ryntäsi ulos huoneesta.

Charles vastasi: "Yrjö IV oli valtaistuimella, kun olin täällä viimeksi. Ainakaan minun ei tarvitse olla huolissani siitä, että joudun ensi vuonna takaisin työväentaloon", hän sanoi hymyillen, joka haihtui nopeasti.

Lia päästeli tahattoman kiljahduksen, kun taas Brandy purskahti kyyneliin ja sanoi: "Olen niin pahoillani, Charles."

"Ah, olet siis kuullut työväentaloista", hän sanoi. "Mutta minä olen täällä ja selvisin siitä ja ilmeisesti jatkoin kokemukseni pohjalta kirjoittamaan hahmoista kuten Oliver Twist ja Little Dorrit, kaksi mainitakseni. Kyllä, olen lukenut itsestäni internetistä ja täytyy sanoa, että olen jopa tehnyt vaikutuksen itseeni."

"Et ole vielä tavannut Pikku Dorritia, yksisarvista", Lia sanoi. "Hän lähti virkistäytymään, mutta hän palaa pian."

"Kuka?" Charles tiedusteli.

Pikku Dorrit ilmestyi takaisin heidän päänsä yläpuolella kiertäen ja laskeutuen nopeasti.

"Pikku Dorrit, tässä on Charles Dickens. Charles, tässä on Pikku Dorrit", Lia sanoi.

Charles oli sanaton, kun ystävällinen yksisarvinen nuuski häntä. "En olisi ikinä uneksinut, että tapaisin yksisarvisen."

"Hauska tavata, Charles", Pikku Dorrit sanoi.

Charles haukkoi henkeään: "Ja vieläpä taitavasti puhuva sellainen!" Hänellä oli miljoona kysymystä, mutta niiden piti odottaa, sillä taivaalla E-Z, Lachie ja Baby olivat laskeutumassa. "Olenko hereillä vai näenkö unta?" Charles kysyi. "Nipistä minua, niin olen varma."

Kun Baby oli laskeutunut ja Lachie poistunut kyydistä, kaikki esittäytyivät, kun E-Z ryntäsi sisälle vessaan. Kun hän palasi, Sam ja Samantha kaksoset perässään, Haruto ja Alfred liittyivät heidän seuraansa.

"Koko jengi on täällä", Alfred sanoi.

"Voinko puhua sinulle ja Harutolle", Brandy kysyi. Kun nämä nyökkäsivät, hän sanoi: "Olen hyvin, hyvin pahoillani. Pyydän, antakaa anteeksi töykeyteni ja antakaa minulle toinen mahdollisuus." Hän katsoi jalkojaan.

"Aloitetaan alusta", Alfred sanoi.

"Saikai suru", Haruto sanoi ja käänsi sitten: "Mitä hän sanoi."

"Anata wa yurusa rete imasu", Haruton isoäiti sanoi, joka käännettynä tarkoittaa: "Saat anteeksi."

Vauva ja Pikku Dorrit seisoivat vierekkäin, mikä oli hyvin outo näky. Pikku Dorrit ei ollut pieni, hän oli yksisarvinen, joka oli yli kaksi metriä pitkä, kun taas

Baby, ei ollut mikään vauva, sillä hän oli yli kaksi metriä pitkä.

"Uh, luulen, että teidän kahden - viitaten Babyyn ja Little Dorritiin - on löydettävä jokin muu paikka, jossa nukkua, sillä puutarha ei ole tarpeeksi suuri teille kahdelle", E-Z sanoi.

Little Dorrit sanoi: "Tiedän paikan, josta saamme jotain herkullista syötävää ja vettäkin."

"Kuulostaa hyvältä", Baby sanoi.

Haruton isoäiti taputti vauvaa päähän ja kysyi: "Josha wa dodesu ka?", mikä käännettynä tarkoittaa: "Miten olisi kyyti?".

Vauva vastasi: "Tashika ni, tobinotte!", mikä tarkoittaa suomeksi: "Toki, hyppää kyytiin!".

Haruto juoksi hänen luokseen ja sanoi: "Matte watashi o wasurenaide!", mikä käännettynä tarkoittaa: "Odota, älä unohda minua!".

Vauva laskeutui alas, jotta Haruto ja hänen isoäitinsä voisivat kiivetä hänen selkäänsä. He lähtivät lentoon Pikku Dorritin seuratessa heitä läheltä.

Sam sanoi: "Luulen, että kaikkien pitäisi asettua paikoilleen, ja voitte jutella ja suunnitella huomenna sydämenne kyllyydestä."

"Hyvä ajatus", E-Z sanoi, kun Baby jätti Haruton ja hänen isoäitinsä kyydistä. Sobon hiukset seisoivat kuin hän olisi laittanut sormensa pistorasiaan.

Kun Haruton isoäiti oli sanaton, Samantha johdatti hänet huoneeseensa. "Haruto nukkuu minun huoneessani", hän sanoi.

"Toki, tulen kohta takaisin." Hän eteni käytävää pitkin E-Z:n huoneeseen.

"Miten meni?" E-Z kysyi Harutolta.

"Subarashi!" hän huudahti, mikä käännettynä tarkoittaa "Fantastista!".

"Meille tuotiin tänään pinnasänky ja kerrossänkyjä", Sam sanoi, "joten Haruto, Charles ja Lachie, te olette E-Z:n ja Alfredin kanssa heidän huoneessaan. Alfred nukkuu E-Z:n sängyn päässä."

"Kiitos", E-Z sanoi, kun he suuntasivat hänen huoneeseensa. "Ai niin, muuten", hän sanoi, kun he olivat kahden, "oliko kenelläkään teistä ongelmia paluumatkalla?".

Alfred sanoi, ettei heillä ollut.

"Entä sinä, Lia?" hän kysyi mielessään.

"Ei."

"Mitä sitten tapahtui?" Alfred kysyi.

"No, jäljillämme oli liekehtivä tulipallo."

Lia haukkoi henkeään.

"Mutta Babyn nopean ajattelun ansiosta se tuhoutui."

"Miten hän onnistui tuhoamaan sen?" Alfred tiedusteli.

"Baby nielaisi sen ja pudotti sen sitten mereen."

"Se on pelottavaa", Haruto sanoi.

"Olen silti hieman huolissani Babystä", E-Z sanoi, "sillä paluumatkalla huomasin, että hän yski ja aivasteli pari kertaa."

Lachie sanoi: "Yksi kipinä jopa lensi hänen suustaan ja sieraimistaan. Hän sanoo olevansa kunnossa, mutta pidän häntä tarkasti silmällä."

"Emmehän me nyt oikein voi viedä sitä eläinlääkäriin, vai voimmeko?" Alfred sanoi.

Haruto nauroi ja nauroi.

"Mikä on niin hauskaa?" E-Z tiedusteli.

"Hyoryu Doragon", hän sanoi. "Hyoryu Doragon!" - mikä tarkoittaa suomeksi lohikäärmeeläinlääkäriä - ja hän karjui taas naurusta.

Alfred ja E-Z kohauttivat olkapäitään, kuten myös Charles, joka vaihtoi puheenaihetta kysymällä, pitäisikö heidän muiden mielestä keksiä joukkueelleen uusi nimi, koska heitä oli nyt seitsemän kolmen sijasta.

"Ehkä", E-Z sanoi.

"Mitkä ovat tärkeimmät ominaisuutemme?" Charles kysyi.

"Lupaus", Haruto ehdotti, kun hän oli rauhoittunut ja lopettanut nauramisen.

"Pyrkimys", Charles sanoi.

"Usko", E-Z sanoi.

"Toivo", Alfred sanoi.

Samantha kuunteli oven ulkopuolella muutaman minuutin ajan. Kaikki kuulostivat riittävän ystävälliseltä, joten hän palasi puhumaan Haruton isoäidin kanssa.

"Haruto asettuu muiden poikien joukkoon ja he juttelevat. Voit siirtää hänet tänne huomenna, jos haluat. Hänellä on siellä oma pinnasänky. He suunnittelivat uutta nimeä supersankarijoukkueelleen - joten en halunnut keskeyttää heidän aivoriihitystään."

Haruton isoäiti nyökkäsi: "Kiitos."

Lia ja Brandy osallistuivat nyt huoneesta toiseen käytävään keskusteluun.

"Voima x 7", tytöt ehdottivat.

"Uh, hän osaa joskus lukea ajatuksemme", E-Z vahvisti.

Charles huudahti: "Entä PAFHS7?"

"Pidän siitä", E-Z sanoi, "mutta emmekö unohda kahta tiimimme avainhenkilöä? Tarkoitan Little Dorritia ja Babya. He ovat olennaisia jäseniä ja he ovat pelastaneet meidät jo pari kertaa."

Alfred toisti sanat, samoin Haruto.

"Entä PAFHS9!" Lia ja Brandy lauloivat.

PAFHS9 ei voinut sille mitään, he nauroivat - kunnes kuulivat jonkun kävelevän heidän päänsä yläpuolella katolla.

"Mitä hittoa tuo oli?" E-Z kysyi.

"Juu-huu! Se olemme me!" Rafael sanoi. "Eriel ja minä.

KAPPALE 10
RUCKUS KATON PÄÄLLÄ

SAM IHMETTELI, OLIKO JOULU tullut etuajassa, kun hän kompuroi kylpytakissaan ulos tutkimaan katolta kuuluvaa meteliä. Hän ei nähnyt, kuka siellä oli, ennen kuin seisoi keskellä etupihaa.

"Shhh!" hän kuiskasi. "Saimme juuri vauvat nukkumaan."

Arkkienkelit eivät vastanneet. Sen sijaan he pudottivat päätään kuin kaksi toruttua lasta.

"Haluaisitteko tulla sisälle?" hän kysyi.

"Kiitos paljon", Rafael vastasi.

POOF

POW

Hän ja Eriel katosivat.

Sam ei heti liikahtanut nurmikolta. Hänen jalkansa olivat märät ruohon kastumisesta, ja kun hän tunki nyrkkinsä aamutakin taskuihin, hän huomasi Pikku Dorritin ja Babyn kiertelevän taloa.

"Onko siellä kaikki hyvin?" Pikku Dorrit tiedusteli.

"On", Sam sanoi, "mutta älkää menkö liian kauas varmuuden vuoksi. Minä vihellän, jos tarvitsemme apua." Hän vilkutti ja astui sitten takaisin taloon, joka oli nyt täynnä ääniä ja tuolien kolinaa. Hän kiristeli hampaitaan ja toivoi, että kaksoset nukkuivat sikeästi. Nyt keittiössä hän huomasi, että kaikki olivat hereillä ja hereillä, paitsi Haruton isoäiti.

Pöydän päässä istuva Rafael muistutti nyt naista, joka oli pukeutunut sairaanhoitajaksi hotellissa, kun Alfredin henki oli pelastettu. Hänen pitkä, virtaava, ylioppilastutkinnon kaltainen kaapunsa lisäsi hänen asemaansa muiden joukossa kuin hän olisi istuva professori tai tuomari.

Eriel puolestaan oli muuttanut ulkonäköään niin, että hän näytti edesmenneeltä laulajalta, jonka tavaramerkki oli pukeutua päästä varpaisiin mustaan, mukaan lukien tummareunaiset aurinkolasit.

"Tarvitsemmeko lisää tuoleja?" Samantha tiedusteli.

"Luulen, että meillä on kaikki hyvin", Sam sanoi. "Toivottavasti tämä ei kestä kovin kauan. Niin, ja E-Z, sinä otat pöydän toisen pään, koska olet valittu johtajamme."

"Uh kiitos", E-Z sanoi siirtyen paikalleen. "No, mitä hittoa te kaksi teette täällä keskellä yötä?"

Brandy nauroi: "Ja kuka sanoi, että minä olen töykeä?"

Lia sanoi: "Shhh."

Raphael vilkaisi jokaista lasta. Se oli ensimmäinen kerta, kun hän näki Haruton, Charlesin, Brandyn ja Lachien. He olivat kaikki niin uskomattoman nuoria, niin rohkeita. Hänen silmänsä kyynelehtivät, kun hänen katseensa osui E-Z:hen. Hän painoi päätään.

E-Z odotti ja tajusi sitten, että Rafael pyysi häneltä lupaa puhua. Hän nyökkäsi.

Ennen kuin hän puhui, Raphael oikaisi uusia silmälasejaan. Raphael sai E-Z:n säätämään vanhoja lasejaan, joita hän ei koskaan poistanut kasvoiltaan, kuten niiden alkuperäinen omistaja oli pyytänyt.

Kaarle, joka hyvin epätyypillisesti oli käymässä yhä kärsimättömämmäksi, kysyi: "Rouva, miksi olen täällä kymmenvuotiaana poikana, kun minusta olisi paljon enemmän hyötyä tälle tiimille aikuisena."

"HILJAA!" Eriel huudahti ja löi nyrkkejään pöytään. "Meillä on puheenvuoro. Puhu, sisko, sillä nämä lapset alkavat olla yhä kärsimättömämpiä. Heidän silmänsä välkkyvät ja suihkuttavat ympäri huonetta. Aivan kuin he odottaisivat sinun pudottavan heidät kuumiin vaha-altaisiin!"

"Törkeää!" Brandy huudahti. "En minä sinua pelkää!"

"Shhh", Lia kuiskasi.

Charles hymyili Brandylle.

"Sinun pitäisi pelätä", Eriel sanoi irvistellen. "Erittäin pelätä."

"Järjestystä! Järjestystä!" Rafael huusi ja hän odotti, kunnes kaikki olivat istumassa ja rauhoittuneet.

"Olemme täällä tänä iltana teidän vuoksenne." Rafael sanoi melko paljon äänekkäämmin kuin hän odotti.

"Täällä! Täällä!" Eriel puuttui asiaan.

"Miten niin?" E-Z tiedusteli.

"Hän kertoo sinulle, jos olet hiljaa!" Eriel totesi.

Raphael odotti jälleen, ennen kuin hän puhui uudelleen.

"Nyt ei ole aikaa hienoille suunnitelmille tai viivyttelylle. Furiat tekevät tuhoa, yhä enemmän joka päivä piraattisielunpyydyksiä. Heittämällä vanhoja sieluja avoimeen tyhjyyteen. Siellä vallitsee täydellinen kaaos! Ja he luovat lisää joka sekunti, joka minuutti, joka tunti joka päivä. Lyhyesti sanottuna, heidät on pysäytettävä. Välittömästi."

"Mutta..." Alfred sanoi, "et edes maininnut lapsia."

Eriel nousi tuoliltaan. Hän tuijotti Alfredia pakottaen tämän katsomaan muualle. "Hän ei ole vielä lopettanut."

Rafael jatkoi tällä kertaa epäröimättä.

"Me, Eriel ja minä, olemme täällä antamassa sinulle neuvoja - olematta suoraan mukana. Tehtävämme on auttaa teitä, auttaa itseänne pelastamaan lapset."

E-Z ei pitänyt tästä, ei lainkaan. Hän löi nyrkkejään pöytään.

"Olemme jo sopineet taistelevamme Raivoja vastaan. Ensin meidän on valmistauduttava, laadittava suunnitelma. Kun olemme valmiita, tuhoamme heidät. Jos olette tulleet tänne hoputtamaan meitä, työntämään meidät taisteluun ennen kuin aika on oikea, niin koska minut on valittu johtajaksi, haluaisin vetäytyä. Olemme vain lapsia, ja pyydätte meitä vaarantamaan henkemme. Minä en ole, me emme ole, halukkaita etenemään eteenpäin ennen kuin olemme täysin valmistautuneet."

Lia nousi ensimmäisenä seisomaan ja alkoi taputtaa, ja muutkin hänen tiiminsä liittyivät siihen.

"Mitä hän sanoi", Alfred huokaili, koska joutsenet eivät osaa taputtaa.

"Odottakaa!" Rafael sanoi. "Emme ole täällä tönimässä sinua, vaan auttamassa sinua."

Erielin väri muuttui valkoisesta punaiseksi, äärimmäisenä kontrastina hänen mustaan asuunsa. E-Z ja muut katselivat, kun arkkienkelin ihonväri jatkoi punoittamistaan, ja pelkäsivät, että hänen päänsä voisi räjähtää.

"Rauhoittukaa ja istukaa!" Rafael määräsi. Eriel hengitti muutaman kerran syvään ja vajosi sitten takaisin istuimelleen.

Raphael pysyi rauhallisena pää pystyssä. Hän työnsi tuolinsa taaksepäin ja nousi. Ja jatkoi nousemista, kunnes hän oli muiden yläpuolella. Hän asettui paikalleen kuin taikamatolla ja kallisteli päätään oikealle kuin poseeraisi selfietä varten.

"Olemme sitoutuneet sinuun ja tehtävään, mutta voimillamme on rajansa. Jos teille on tuttu sanonta 'olemme täällä teitä varten hengessä' - niin sitä me olemme. Olemme tänään murskanneet kaikki säännöt, kun tulimme tänne kotiinne. Teimme tämän vastoin esimiehemme neuvoja ja vastoin tervettä järkeä.

"Tullessamme tänne olemme altistaneet itsemme näkymättömille ja tuntemattomille vaaroille, mutta te olette riskin arvoisia. Siksi päätimme tulla ja tarjota apuamme henkilökohtaisesti."

"Ymmärrämme myös, että olette laatineet suunnitelmaa ja olemme täällä äänitorvenanne. Voitte testata sitä meihin, nähdä, toimiiko se. Jos havaitsemme puutteita, huomautamme niistä ja autamme teitä."

E-Z vilkaisi tiiminsä jäseniä, jotka istuivat taas alas. "Harkitsemme vaihtoehtoa vetää jumalattaret peliin ja kukistaa heidät siellä."

"Vai niin", Raphael sanoi. "Uskotte, että voitte voittaa heidät heidän omassa pelissään, niin sanotusti fiksusti. Varsin fiksua, mutta ei valitettavasti tarpeeksi fiksua."

"Mitä tarkoitat?"

"He ovat keksineet, miten manipuloida ja hallita kaikkia pelimaailman pelaajia. He tietävät kaikki mahdolliset temput - koska peliteollisuus on tehnyt siitä helppoa, kun kerran olet pelissä mukana. Pel ataksesi sinun on tapettava. Edetäksesi eteenpäin sinun on tapettava. Voittaaksesi sinun on tapettava.

"Pelimaailma E-Z:n sisällä sinunkin on tapettava. Kun teet sen, olet vapaata riistaa raivostuttajille. He voivat vangita jokaisen teistä, yksi kerrallaan. Ette voi pysyä joukkueena siellä. Joukkueet pelissä ovat pelkkiä illuusioita. Yksikään pelaaja ei ole vapaa heidän kostonhimoiselta juoneltaan.

"Muistakaa, että jumalattarilla on mandaatti - joka on rankaista rankaisemattomia. Ja he noudattavat sitä täsmällisesti, ilman jos ja mutta. He käyttävät kuitenkin harmaata aluetta hyväkseen. Mikään ei voi pysäyttää heitä - edellyttäen, että he noudattavat mandaattia." Hän pysähtyi ja vilkaisi Erieliin: "Haluatko lisätä jotain?"

"Jos olisin sinä", Eriel sanoi, "hyökkäisin heidän kimppuunsa suoraan ulkona. Siellä ja silloin, kun he vähiten odottavat sitä. Se asettaisi sinut valta-asemaan ja tekisi heidät haavoittuviksi."

"Jos he eivät näe meitä tai aavista, että olemme tulossa hakemaan heitä", Brandy sanoi. "En vieläkään ymmärrä, miten he tappavat lapsia. Meidän on nähtävä se, jotta ymmärtäisimme sen ja tietäisimme, mitä meillä on vastassamme. Sanoin auttavani, mutta odotin ehdottomasti tarkempaa tietoa."

"E-Z", Raphael kysyi, "oletko valmis palauttamaan silmälasini minulle? Lyhyeksi aikaa? Niiden avulla voin näyttää sinulle Furien tekniikan. Miten he vangitsevat lapset pelin sisällä reaaliajassa. Brandy on oikeassa, näkemällä uskoo, mutta en voi tehdä sitä ilman alkuperäisiä lasejani. Vain sinä voit tehdä sen päätöksen. Jos todella haluat nähdä. Jos todella haluat tietää."

"Siistiä", Brandy sanoi. "Ryhdytään hommiin, E-Z."

Eriel vilkaisi kattoa. "Ophaniel on kutsunut minut. Minun on nyt mentävä." Hän kumarsi.

ZIP

Hän katosi yöhön.

E-Z otti punaiset silmälasit pois ja taittoi ne kokoon, ennen kuin hän ojensi ne Rafaelille, joka yhä leijui pöydän yläpuolella. Kun hän kurottautui niiden luo, lasit lensivät hänen käsiinsä.

Raphael otti uudet lasit pois ja kiillotti vanhat ennen kuin laittoi ne hänen kasvoilleen. Hän hymyili, kun hän ja kaikki muut huoneessa katselivat, kuinka veri liikkui kehysten ympärillä käärmemäisesti, aivan kuin se olisi tutustunut häneen uudelleen.

Kun veri laseissa oli palannut raflaavaan virtaukseensa, hän laittoi ne kasvoilleen ja osoitti sitten itseään kohti seinää, kun voimakkaat, kirkkaat, sykkivät valot säteilivät hänen laseistaan, aivan kuin elokuvateatterissa voisi odottaa näkevänsä.

"Ennen kuin aloitamme", Raphael sanoi, "tämä ei ole heikkohermoisille. Se, mitä aiotte nähdä, on luokiteltu aikuisten seuraksi. En usko, että Haruton pitäisi nähdä sitä."

Samantha sanoi: "Älä viitsi Haruto. Sinä ja minä voimme katsoa vähän televisiota toisessa huoneessa."

Molemmat lähtivät. Ja ohjelma alkoi.

Ruudussa oli pieni poika. Noin seitsemän, ehkä kahdeksanvuotias. Vaikka oli keskellä yötä, hän istui tietokoneen ääressä. Hänen päässään oli kuulokkeet.

Hänen suunsa edessä oli pieni mikrofoni, joka oli kiinnitetty hänen päähineeseensä.

"Gotcha!" hän sanoi. "Tarvitsen enää yhden tappamisen, niin pääsen seuraavalle tasolle."

HHIIIIIIIIIIISSSSSSSSSSSSS.

Ja hekin kuulivat sen.

"Sinä olet murhaaja!"

"Vain pahat pojat tappavat - ja sinä olet paha poika. Tietääkö äitisi, millainen paha poika-murhaaja sinä olet?"

"Minä pelaan peliä", hän sanoi. "Se on vain peliä, ja jos en tapa, en pääse eteenpäin." "Se on vain peliä, ja jos en tapa, en pääse eteenpäin."

"Poikaparka", E-Z sanoi.

Hiljaisuus.

Poika jatkoi peliään. Pian tuli aika, jolloin hänen piti taas tappaa. Tällä kertaa hän epäröi.

"Anna mennä. Olet tappanut kerran, tiedät, että se oli hauskaa, joten anna mennä ja tapa uudestaan. Tiedät, että haluat."

"Ei!" hän sanoi.

"Ei sillä ole väliä. Yksi tappo riittää!"

Sitten sihisevä ääni voimistui taas hyvin kovaksi, kovemmaksi, kovemmaksi, kovemmaksi.

"Lopettakaa!" hän huusi.

"Lopeta se, Rafael!" Lia huusi.

"En voi", arkkienkeli vastasi. "Sanoit, että haluat nähdä, miten he tekevät sen. Jos joku teistä pelkää liikaa, poistukaa huoneesta tai peittäkää silmänne.

Brandy oli oikeassa, teidän on nähtävä se itse. Tähän asti minäkään en ole nähnyt sitä."

HHIIIIIIIIIISSSSSSSSSSSSS.

Jatkakaa. Olet tappanut kerran, tiedät, että se oli hauskaa, joten anna mennä ja tapa uudestaan. Tiedät, että haluat."

Jatka vaan. Olet tappanut kerran, tiedät, että se oli hauskaa, joten anna mennä ja tapa uudestaan. Tiedät, että haluat."

Jatka vain. Olet tappanut kerran, tiedät, että se oli hauskaa, joten anna mennä ja tapa uudestaan. Tiedät, että haluat."

"La, la, la, la, la", poika lauloi. Yritti sulkea äänet pois.

"Hän on tullut hulluksi", sanoi hänen pelikaverinsa, joka myös pelasi peliä. "Minä lähden. Nähdään huomenna koulussa, Tommy."

"La, la, la, la, la!" Tommy jatkoi laulamista.

Hänen pulssinsa kiihtyi. Hänen sydämenlyöntinsä kiihtyi. Se jyskytti ja jyskytti, aivan kuin se olisi halunnut purkautua hänen rinnastaan. Hän ei saanut henkeä. Hän yritti nousta ylös, mutta hänen jalkansa menivät hyytelöksi.

Hän kuuli äänen päässään. Se kuulosti hänen äitinsä ääneltä, mutta se ei ollut sitä.

"Me häpeämme sinua niin paljon, Tommy. Emme ansaitse murhaajaa poikanamme!"

Toinen ääni, joka kuulosti hänen isänsä ääneltä.

"Meidän poikamme ei ole murhaaja, kuka sinä olet? Sinä et ole meidän poikamme."

Tommy itki.

"Minä olen murhaaja", hän sanoi kaatuessaan tuoliltaan ja lyyhistyessään lattialle palloksi.

Nyt kuvaruudusta kuului vielä kaksi ääntä. Tommyn veli Alex ja hänen siskonsa Katie lauloivat vanhempiensa kanssa laulua, laulua, joka oli laulettu suosittuun lastenlauluun mulperipensaasta. Heidän versionsa kuului näin:

"Tommy on mur-der-er; mur-der-er, mur-der-er, mur-der-er, mur-der-er, Tommy on mur-der-er, emmekä enää rakasta häntä."

Tommy-parka oli nyt aivan yksin.

"Älä anna periksi", Lia huusi, vaikka tiesi, ettei Tommy kuule häntä.

Lattialla, palloksi käärittynä, hän kuvitteli äitinsä, isänsä, siskonsa ja veljensä tanssivan hänen ympärillään. He kiersivät häntä kuin korppikotka saalistaan.

"Tommy on mur-der-er; mur-der-er, mur-der-er, mur-der-er, mur-der-er, Tommy on mur-der-er, emmekä me enää rakasta häntä."

Tommyn pieni sydän oli särkynyt. Se työntyi ulos hänen kehostaan ja lensi pois.

Furiat nappasivat sen ja työnsivät sen sielun sieppariin. Ne löivät oven kiinni.

Raphael otti lasit pois. Välittömästi seinäprojektori loppui. Kun hän ojensi lasit takaisin E-Z:lle, kyynel vieri pitkin hänen poskeaan.

Hiljaisuus pöydän ympärillä oli kuurouttavaa.

"Niiden rinnalla Shakespearen Macbethissä kuvaamat noidat näyttävät kiltteiltä", Alfred sanoi.

"En ymmärrä, miten minun kykyni naamioitua tai puhua eläimille auttaa, ei heitä vastaan", Lachie sanoi.

"Tappaisin yhden, kuolisin, palaisin, tappaisin toisen, kuolisin, palaisin ja tappaisin kolmannen", Brandy sanoi. "Antakaa minun saada ne käsiini!"

"Hetkinen", E-Z sanoi. "Nyt kun olemme nähneet sen, meidän on puhuttava siitä. Ennen kuin syöksymme sisään. Ehkä meidän pitäisi äänestää uudelleen? Osallistumisemme on oltava yksimielistä."

Sam käytti puheenvuoron. "Ei tarvitse hävetä, jos sanoo ei. Kukaan ei nimittänyt teitä maailman pelastajiksi."

"Hän on oikeassa", Rafael sanoi. "Kukaan ei nimittänyt teitä - silti ei ole ketään muuta, joka voisi tehdä sen."

"Miksi te arkkienkelit ette voi tehdä sitä?" Brandy kysyi.

"Kokeilimme kaikkea, mitä tiesimme, ja epäonnistuimme. Siksi tulimme teidän luoksenne", Rafael sanoi. "Ja yhden asian haluan tehdä teille kaikille selväksi... Jos joskus tulee hetki, jolloin pelkäätte lopun olevan lähellä, juuri silloin me tulemme auttamaan teitä."

"Miten aiotte sitten auttaa meitä, kun juuri sanoitte olevanne hyödyttömiä?" Charles kysyi.

"Sitä minäkin halusin kysyä", Brandy sanoi.

"Jos, kun, loppu on lähellä... Me arkkienkelit saamme muita voimia. Kunnes niitä tarvitaan, nuo voimat nukkuvat syvällä maan uumenissa.

"Sillä välin, E-Z, sinä tiedät taikasanat, joilla voit kutsua Erielin puolellesi. Samat sanat tuovat minut ja muut, jos tarvitset meitä.

"Me tulemme. Taistelemme rinnallasi. Mutta älä tuhlaa kutsua. Jotta muinaiset voimat heräisivät, on oltava kiistattomia todisteita siitä, että ihmiskunnan loppu on lähellä."

"Entä jos kutsumme teidät, eivätkä ne voimat, joita sanotte olevanne, tule. Mitä sitten?" E-Z kysyi.

"Silloin me kuolemme teidän rinnallanne."

E-Z löi nyrkkejään pöytään.

"Niiden näkeminen toiminnassa saa vereni kiehumaan. Meidän on voitettava heidät."

"Tässä! Tässä!" Charles huusi.

"Mutta ensin", Sam sanoi, "sinun on kerrottava näille lapsille, ennen kuin lähetät heidät taisteluun. Kerro heille tarkalleen, miten sinä ja muut arkkienkelit yrititte kukistaa Furiat."

"Asetimme heille ansan, kun huomasimme, että he olivat palanneet. Se petti meidät, paljasti meidät, ja sitten he muuttivat Kuolemanlaaksoon. Kuolemanlaakso on nyt arkkienkeleiltä kielletty."

"Rajojen ulkopuolella? Kuka siitä teki niin?"

"Siihen kysymykseen en voi vastata. Tiedän vain sen, että joukko suunnattoman voimakkaita arkkienkeleitä ei pystynyt murtautumaan niiden asettamien suojaesteiden läpi."

"Siinäkö kaikki?" Brandy kysyi. "Siinä kaikki, mitä yrititte, ja haluatte meidän ottavan nyt vallan. Oikeasti."

Raphael laski kätensä lanteilleen: "Olemme arkkienkeleitä ja voimamme maan päällä ovat rajalliset." Hän nauroi: "Meidän valtamme muualla ovat myös rajalliset." Hän nauroi.

"Okei, okei", E-Z sanoi. "Me ymmärrämme sen. Meillä ei ole vaihtoehtoja, ei oikeastaan, mutta jättäkää se meidän huoleksemme."

"Hyvä on", Rafael sanoi. "Mutta ennen kuin lähden, Charles, halusin vastata kysymykseesi. Arkkienkelit eivät kutsuneet tai vapauttaneet sinua. Uskomme, että läsnäolosi täällä on sattumaa.

"Emme myöskään usko, että Furiat tietävät sinusta. Ehkä olet salainen ase. Sinulla voi olla valtavia voimia sisälläsi.

"Sanoit, että olisit toivonut, että sinut olisi tuotu takaisin aikuisena miehenä. Ikäsi on merkittävä. Uskomme, että lapsilla on ihmiskunnan tulevaisuus käsissään. Vain lapset voivat voittaa puhtaan pahan."

"Mutta miksi vain lapset?" Charles tiedusteli.

"Koska he syntyvät puhtaalla sydämellä", Rafael sanoi.

Charles istui hieman korkeammalle istuimellaan.

Rafael jatkoi: "Charles Dickens, älä pelkää kokeilla ja paljastaa todellista itseäsi. Sisimmässäsi saattaa olla ovi, jonka vain sinä voit avata. Avain.

"Pelkästään se, että sinun, E-Z:n ja Samin välillä on verilinja, on merkittävä. Älkää pelätkö riskeerata kaikkea löytääksenne tuon avaimen. Olet täällä auttaaksesi pelastamaan ihmiskunnan. Siitä ei ole epäilystäkään. Käytä aikasi täällä viisaasti. Tehkää jotain."

Charles itki, sillä tähän asti hän oli tuntenut itsensä hyödyttömäksi. Muut lohduttivat ja rauhoittivat häntä.

"Onnea teille kaikille", Rafael sanoi.

POW.

Ja hän oli poissa.

"Kun selviämme tästä", Lia sanoi, "ja me selviämme siitä, aiomme järjestää kaikkien aikojen suurimmat voitonjuhlat."

"Charles", E-Z sanoi. "Jos Raphael on oikeassa, sinusta voi tulla tiimin tärkein jäsen. Ole hyvä ja käytä aikaa pieneen sieluntutkimukseen."

"Miten sitä, sielunetsintää?" hän tiedusteli.

"Meditaatio on yksi tapa", Brandy sanoi.

"Tai kävely luonnossa", Lachie sanoi.

"Yksinoloaika, vain ajattelemista", Alfred tarjosi.

"Mennään nukkumaan ja jatketaan tätä keskustelua aamulla", E-Z sanoi.

"En usko, että saan paljon unta katseltuani Tommy-parkaa", Lia sanoi. "Se oli vielä pahempaa kuin kuvittelin."

"Niin, Tommy-parka", Alfred oli samaa mieltä.

"Ovatko kaikki vielä mukana?" E-Z kysyi.

Kaikilta kuului "JAA".

"Entä Haruto kuitenkin?"

"Luulen, että hän on vielä mukana", E-Z sanoi, "mutta selitän kaiken Sobolle, ja hän voi keskustella asiasta Sobon kanssa. Ymmärtäisin täysin, jos he jättäytyisivät pois."

"En kuitenkaan usko, että he tekevät niin", Samantha sanoi. "Haruto nukkuu. Häntä hävetti, koska hän oli liian nuori näkemään, mitä sinä näit. Aivan kuin hän olisi ollut vähemmän joukkueen jäsen."

"Teit oikein, kun otit hänet pois huoneesta", Sam sanoi. "Se, mitä näimme, oli kauheaa."

"Olen samaa mieltä", E-Z sanoi.

Charles sanoi: "Eli kaikki yhden puolesta ja yksi kaikkien puolesta. Aivan kuten Kolme muskettisoturia -elokuvassa."

"Olen aina rakastanut sitä kirjaa!" Alfred sanoi.

Kirjat yhdistivät aina ihmisiä pahimmissakin tilanteissa. Jokainen PAFHS9:n jäsen toivoi, että se oli yksi asia maailmassa, joka ei koskaan muuttuisi.

KAPPALE 11

DEJA VU

E-Z:LLä JA SAMILLA EI ollut enää paljon kahdenkeskistä aikaa, mutta kumpikaan ei valittanut siitä. Samantha oli huolissaan siitä, että he olivat menettämässä yhteyden, ja hän oli päättänyt korjata tilanteen yllättämällä heidät Early Bird -aamiaisella Ann's Caféssa.

He saapuivat keittiöön samaan aikaan - sillä molemmat olivat saaneet tekstiviestin, jossa heitä pyydettiin pukeutumaan ja tulemaan keittiöön välittömästi.

"Mitä kuuluu?" Sam kysyi.

"Joo, mikä hätänä?" E-Z tiedusteli.

"Ei mikään", Samantha sanoi. "Teillä kahdella on pöytävaraus Ann'sissa, joten menkää sinne heti - ennen kuin kaikki heräävät ja haluavat liittyä seuraanne."

Sam suuteli vaimoaan.

"Ajattelin, että teidänkin olisi aika syödä taas aamiaista yhdessä."

E-Z halasi Samanthaa.

"Mennäänkö me sinne itse?"

"Ehdottomasti, Sam-setä."

Sam tarttui reppuunsa, jossa oli kannettava tietokone, ja he lähtivät matkaan.

Oli kaunis kevätaamu, ja runsaasti linnunlaulua serenadina matkalla kahvilaan.

"Tuo sinun vaimosi on aika erikoinen."

"Kyllä, hän on yksi miljoonasta."

Pian he saapuivat kahvilaan. Se oli lähes tyhjä, eikä Annia näkynyt missään, mutta E-Z tunnisti hänen siskonsa Emilyn. Hän ei ollut nähnyt häntä sitten pikkupoikavuosiensa.

"Et ole muuttunut paljon", Emily sanoi ja heitti kätensä hänen ympärilleen.

"Etkä sinäkään", E-Z sanoi vaimealla äänellä, kun Emily tukahdutti hänet muhkeaan villapaitaansa. "Ja tämä on Sam-setä."

"Näen kyllä yhdennäköisyyden", Emily sanoi ja kätteli häntä lujasti. "Minulla on sinulle täydellinen pöytä, seuraa minua."

Kun he ohittivat heidän tavallisen pöytänsä, hän epäröi ja vilkaisi setäänsä. "Haittaako, jos istumme sen sijaan tähän, Emily?"

"Totta kai!" Emily sanoi, asetti aterimet ja ojensi ruokalistat. "Kahvia?" Sam nyökkäsi, hän kaatoi hänelle höyryävän kuuman mukin täyteen.

"Otatko tavallista?" hän kysyi E-Z:ltä. Siskoni kertoi, mitä ne voisivat olla."

"Ehdottomasti."

"Ja se oli suklaapaksua pirtelöä, olenko oikeassa?"

Hän oli aivan oikeassa.

"Entä sinä, Sam?" hän kysyi. "Mitä sinä otat tänään?"

"Kaksi sellaista, mitä veljenpoikani ottaa", hän sanoi, "mutta älä ota paksua pirtelöä. Kahvi on ainoa juoma, jonka tarvitsen tänä aamuna."

"Selvä!" hän sanoi ja lähti keittiöön.

Sam avasi kannettavan tietokoneensa ja sulki sen sitten taas.

"On mukavaa tulla paikkaan, jossa kaikki on aina samanlaista", E-Z sanoi.

"Minun pitäisi tuoda Sam ja kaksoset tänne joku päivä pian. Haluan tukea paikallisia yrityksiä, ja se on hyvä esimerkki Jackille ja Jillille."

"Ehdottomasti. Tästä paikasta on minulle vain hyviä muistoja", E-Z sanoi. "Mutta jonain päivänä aion uskaltautua ja tilata jotain erilaista. Minun on näytettävä hyvää esimerkkiä serkuilleni, eikö niin?"

Sam nauroi ja otti sitten kulauksen kahvia. Hetkeä myöhemmin Emily tuli ja täytti kupin uudelleen. "Ihan kuin hänellä olisi silmät takaraivossa."

E-Z nauroi. Hänen mielessään leijui tietty aihe, josta hän halusi keskustella: Furiet. Samalla hän ei halunnut ryhtyä heti raskaaseen keskusteluun.

"Niin. Vaimollani on talo täynnä vieraita ruokittavana, kun kaikki nousevat ylös."

"Sobo auttaa."

"Totta, mutta en usko, että meidän pitäisi käyttää sitä hyväksemme. Haluaisin, että voisimme tehdä uusinnan, jos ymmärrät mitä tarkoitan."

"Ehdottomasti. Mennään siis asiaan."

Sam käänsi kannettavan tietokoneensa jälleen auki. Tällä kertaa hän käynnisti sen ja kirjoitti hakukoneeseen:

Kuinka voittaa Furies.

E-Z nyökkäsi, kun hänen pirtelönsä asetettiin hänen eteensä. Hän yritti heti siemaista hieman paksua pirtelöään, mutta se oli liian paksua saadakseen mitään pillin läpi - mikä oli juuri sellaista, mistä hän piti. "Onko mitään hyödyllistä?"

"Siinä sanotaan, että Erinyes - tai Furies - voidaan lepyttää vain rituaalisella puhdistuksella."

"Mitä se tarkoittaa?"

"Luulen, että se tarkoittaa, että sinun pitäisi tehdä jokin teko - heidän pyynnöstään, sovitukseksi."

"Eikö sovitus tarkoita samaa kuin katumus? En pidä siitä, miltä se kuulostaa", E-Z sanoi. "Emme ole tehneet mitään, mistä voisimme hyvittää heille."

"Se voi tarkoittaa myös lunastusta. Hyvitystä. Hyvitystä. Hyvitystä."

"Neljä R:ää, se on tarttuvaa, mutta kysyn jälleen kerran, mitä me aiomme korvata heille?

"Ajattele laatikon ulkopuolella", Sam sanoi. "Mitä jos voisitte tehdä jotain, rohkaista heitä lähtemään vaellukselle ja jättämään lapset ja sielunpyytäjät rauhaan?"

E-Z nauroi. "Jos olisi keino, se olisi täydellistä. Myös liian helppoa."

Sam raapi päätään. "Tässä sanotaan, että Furiat rankaisivat miehiä ja naisia rikoksista kuoleman jälkeen ja elinaikana. Sitä he tekevät nytkin - lapset, eivät aikuiset. En tiennyt sitä."

"Sitä en ymmärrä, miksi. Miksi he ovat palanneet nyt? Mikä on muuttunut..."

"Kaikki erinomaisia kysymyksiä, joihin en osaa vastata", Sam sanoi. "Mutta, voi, tässä on jotain mielenkiintoista. Siinä sanotaan, että kohtalon jumalattarina he estivät ihmisiä oppimasta tulevaisuudesta."

"Miten tarkalleen ottaen?"

"Sitä ei sanota", Sam sanoi, juuri kun Emily saapui jälleen virkistämään kahvikupin. "Vain vähän", hän sanoi. Hän pelkäsi kelluvansa kotiin, jos hän joisi lisää kahvia.

"Aamiaisesi tulee ihan kohta", Emily sanoi. "Toivottavasti sinulla on nälkä!"

"Ehdottomasti on", E-Z sanoi yrittäessään taas juoda paksua pirtelöään ja onnistuessaan saamaan sitä jonkin verran pillin läpi ylös.

Emily hymyili ja meni sitten tervehtimään uusia asiakkaita.

"Ennen tätä kaikkea", Sam sanoi, "en ollut koskaan edes kuullut The Furiesista. Täällä sanotaan, että sekä kreikkalaisessa että roomalaisessa mytologiassa ne olivat oikeuden ja koston henkiä. Heidän toinen nimensä Erinyes tarkoittaa vihaisia." Hän selasi alaspäin. "Näen muutaman maininnan pelimaailmassa. Yksikään niistä adjektiiveista, joita käytetään kuvaamaan heitä, ei ole ristiriidassa sen kanssa, mitä jo tiedämme, eli että Furiat ovat pahoja synkkiä olentoja, jotka eivät anna armoa."

"Kunpa PJ ja Arden olisivat taas kanssamme. He tietäisivät varmaan peliensä velhotietämyksellään, mitä tehdä. Siitä lähtien kun menetimme heidät, olen potkinut itseäni siitä, että menetimme yhteyden. Kaikki vain siksi, että minusta tuli liian itsekeskeinen supersankari. Minulla on todella ikävä heitä."

"He eivät haluaisi, että potkit itseäsi. Ja minäkin kaipaan heitä."

Emily laski ruoan pöydälle: "Nauti!" hän sanoi.

E-Z ja Sam söivät ahnaasti, eivätkä puhuneet hetkeen. Monien ruoan nauttimisen äänien jälkeen he jatkoivat keskustelua.

"Ajattelin juuri suunnitelmaa - voittaa heidät pelin sisällä. Se kuulosti tosiaan hyvältä - tai ainakin luulimme niin, kunnes Raphael kertoi meille muuta. Onneksi hän kuitenkin kertoi meille suoraan, muuten... no, en halua edes ajatella, mitä kenellekään lapsista olisi voinut tapahtua."

"Silti ajattelen koko ajan, että Furioilla täytyy olla akilleenkantapää. Muistatko sen tarinan?"

"Muistan. Jos heillä on heikko kohta, en tiedä mikä se on. Tiedämme, että he ovat kuolevaisia kuten mekin. Jos he voivat kuolla, kuten me, niin ainakin pelikenttä on tasapuolinen."

"Keskitytäänpä vähän enemmän heidän heikkouksiinsa: vihaan, kaunaan, kostoon."

"Nuo ovat samoja asioita, joista he rankaisevat muita, joten miten ne voivat olla heidän heikkouksiaan?" E-Z kysyi tunkiessaan haarukallisen pannukakkuja suuhunsa. "Niin, hyvä."

Sam nyökkäsi: "Niin ovatkin." Hän joi toisen kulauksen kahvia. "Totta, mikä tarkoittaa, että me voimme ehkä käyttää samoja asioita, joista he rankaisevat muita, heitä vastaan."

"Mutta miten?"

"Sitä en tiedä - vielä."

"Saatamme tarvita useamman kuin yhden tällaisen istunnon yhdessä, jotta voimme selvittää asioita", E-Z sanoi. Hänen toinen lautasellinen pannukakkuja laskeutui hänen edessään olevalle pöydälle.

"Ann soitti juuri ja käski minun varmistaa, että tuon sinulle toisen erän pannukakkuja", Emily sanoi.

"Kiitos. Ja sano Annille, että toivon hänen vointinsa paranevan pian."

"Toivon niin. Lisää kahvia?"

Sam nyökkäsi, joten Emily täytti hänen kupinsa uudelleen. Kun Emily lähti, hän sanoi: "Tulen kohta takaisin", ja lähti kylpyhuoneeseen.

E-Z käänsi näytön häntä kohti ja kirjoitti:

MITEN TAPAN FURIAT?

Joitakin vastauksia avautui, mutta ne kaikki liittyivät siihen, miten kolme jumalatarta voitettiin pelimaailman hahmoina.

Sam palasi takaisin. "Löysitkö mitään?"

"Ei mitään hyödyllistä. Tosin siinä sanotaan, että Furien juuret saattavat ulottua aina esihistorialliselle ajalle asti."

"No, Babyn sukujuuret ulottuvat myös aika kauas taaksepäin."

"Olisitpa nähnyt, miten nopeasti se ahmi tuon tulipallon! Hetkeäkään epäröimättä."

Kun he olivat saaneet ateriansa valmiiksi, he kiittivät Emilyä ja lähtivät kotiin. He olivat niin kylläisiä, etteivät uskonut enää koskaan syövänsä.

"Oli todella mukavaa viettää aamupäivä kanssasi", E-Z sanoi. "Tuntui kuin vanhoina aikoina."

"Niin tuntui. Tehdään se pian uudestaan. Sillä välin mietitään lisää sitä, mitä opimme tänään, sillä kuten vanha sanonta kuuluu - missä on tahto, siellä on myös tie."

"Totta, totta, Samu-setä. Totta totta."

KAPPALE 12

KOTONA

KUN HE SAAPUIVAT TAKAISIN talolle, Sam heittäytyi ensimmäisenä vaimonsa syliin. Nainen oli iloinen nähdessään hänet, mutta hänen kätensä olivat täynnä aamiaisen valmistelua.

"Kiva, että nautit siitä", Samantha räksytti.

"Voinko auttaa jotenkin?" Sam kysyi, kun hän arvioi kaksosten tilannetta.

"Kaikki onnistuu", Samantha sanoi, kun hänen takanaan kaksoset päästivät ulvonnan.

Enimmäkseen siksi, että Haruto oli keskeyttänyt hetkeksi leikkimästä versiotaan hon no pikusta, joka käännettynä tarkoittaa kurkistelua. Haruton versiossa hän teki naaman, pyörähti sitten todella nopeasti, kunnes katosi, sitten hän ilmestyi uudelleen, ja kaksoset kikattavat.

"Tuo on hyvin luovaa!" Sam sanoi, kun Lachie astui viihdyttävään rooliin.

Lachie siirtyi suoraan muutamaan eläinimitaatioon ja sai kaksosilta raikuvat arvostelut, kun hän nauroi kuin kookaburra:

Koo-koo-koo-koo-kaa-kaa-KAA!-KAA!-KAA!

Sitten oli Charlesin vuoro viihdyttää tarinallaan nimeltä The Three Boulders.

"Iwa?" Haruto sanoi, mikä käännettynä tarkoittaa lohkareita.

"Kyllä", Charles sanoi, kun E-Z ja Sam vetäytyivät ovensuuhun kuuntelemaan tarinaa, sillä Alfred, Sobo, Brandy, Lia ja Samantha jatkoivat ruoan valmistelua.

"Olipa kerran", Charles aloitti, "oli kukkula, korkealla Englannin kanaalin yläpuolella. Sen päällä oli monia, monia lohkareita. Itse asiassa niitä oli liian monta laskettavaksi.

"Eräänä päivänä iso ja raskas kuorma-auto rullasi mäkeä ylös ja narskutteli ja jauhoi hammaspyöriä mennessään. Kun se pääsi huipulle, se otti käyttöön lohkareen nostimen, joka kamppaili jokaisen kiven painon kanssa. Tuntikausien aikana se onnistui keräämään niin monta kiveä kuin mahdollista. Kunnes kuorma-auton takaosa oli täynnä. Ei kuitenkaan liian täyteen. Ylitäyttö merkitsi sitä, että lohkareet vierivät kuorma-autosta sen liikkuessa, mitä oli vältettävä hinnalla millä hyvänsä.

"Kuorma-auto ajoi mäkeä alas. Se tyhjensi lohkareet toiseen isompaan kuorma-autoon. Kuorma-auto, joka oli liian iso, jotta se olisi päässyt mäkeä ylös, eikä siinä ollut nostomekanismia. Kun pienempi kuorma-auto oli taas tyhjä, se meni takaisin mäkeä ylös. Pian se oli taas täynnä lohkareita.

"Tämä prosessi jatkui useita kertoja, kunnes isompi kuorma-auto oli aivan huipulle asti täynnä. Kaikki jäljellä olevat lohkareet oli kuljetettava pienemmällä kuorma-autolla. Nyt kun molemmat kuorma-autot olivat täynnä, raskas työ oli valmis. Oli siis lounasaika. Miehet söivät voileipänsä ja joivat termospullot täynnä kuumaa, makeaa teetä.

"Takaisin kallion huipulla oli jäljellä enää kolme yksinäistä lohkaretta. Ne olivat surullisia, koska olivat menettäneet ystävänsä ja tunsivat itsensä hylätyiksi, ei-toivotuiksi, tarpeettomiksi ja melko vihaisiksi samaan aikaan. Liian monen tunteen tunteminen yhtä aikaa voi olla hämmentävää, mutta tunteiden jakaminen ystävien kanssa, voi auttaa, joten kolme lohkaretta keskustelivat ahdingostaan."

"Mitä he tekevät kaikille ystävillemme?" ensimmäinen lohkare, jonka nimi oli Rocky, kysyi.

"En tiedä", toinen lohkare, jonka nimi oli Pebbles, sanoi. "Ehkä hekin tarvitsevat ystäviä sinne, minne ovat menossa. Minulle tulee varmasti ikävä heitä."

"Ei", sanoi kolmas lohkare, joka oli vanhempi ja viisaampi ja jonka nimi oli Craggy. "Eivät he vie heitä maailmalle. Eivätkä olemaan heidän ystäviään. Etkö tiedä, että he murskaavat meidät tehdäkseen tietään."

"Ei!" Rocky ja Pebbles huusivat. "Eivät ne voi murskata ystäviämme muusiksi!"

"Olisivatpa he ottaneet minutkin", Craggy sanoi. "Olen liian vanha istumaan täällä ylhäällä kaikessa ankarassa säässä. Kovat tuulet rikkovat ulkokerrokseni, enkä viitsisi viettää tulevaisuuttani tien päällä. Silloin minulla ainakin olisi tarkoitus."

"Tarkoitus?" Rocky huudahti. "Kutsutko tarkoitukseksi sitä, että olet murskana ja ajoneuvot ajavat ylitsesi joka päivä ja joka yö?"

"Se on parempi kuin istua täällä, vain me kolme ikuisesti. Olen kyllästynyt tuuleen ja sateeseen ja kaikkeen muuhun", Craggy sanoi.

"No, jos olet niin innokas", Pebbles sanoi, "niin sinun ei tarvitse kuin vierittää itsesi alas reunalta. Putoaisit suoraan alla olevan rekan takaosaan ja lähtisit muiden ystäviemme kanssa."

"Voi, se on liian kaukana", Rocky sanoi rullatessaan itsensä vähän lähemmäs reunaa. "Haluatko todella jättää meidät, niin paljon? Etkö löydä tarkoitusta jäämällä tänne meidän kanssamme? Me tarvitsemme sinua. Olet vanhempi ja viisaampi."

Craggy siirtyi reunaa kohti ja kurkisti laidan yli. Se oli totta, kuorma-auto oli tuolla. Muutama hikihelmi valui alas. Joko ne olivat hikihelmiä tai kyyneleitä.

"Se on kauhean pitkä matka alas", Craggy sanoi. "Eikä olisi oikein jättää teitä kahta nuorukaista yksin."

Pebbles sanoi: "Entä jos ette osuisi kuorma-autoon ja rysähtäisitte tuolla alhaalla palasiksi! Me olisimme täällä ylhäällä, josta avautuisivat upeat näkymät, ja te olisitte siellä alhaalla aivan yksin."

"Sitä paitsi", Rocky sanoi, "he saattavat tulla jonain päivänä hakemaan meitä. Sillä välin voimme jutella ja nauttia maisemista ja raittiista ilmasta."

Heidän alapuolellaan kuorma-auto käynnistyi uudelleen.

CHUGGA CHUGGA VROOM, VROOM.

"Nyt tai ei koskaan", Craggy sanoi, kun kuorma-auto ajoi pois.

"Ainakin olemme yhdessä", Rocky sanoi.

"Kolme lohkaretta ahtaasti olkapäätä vasten. Ne käänsivät selkänsä tuuleen, hengittivät raikasta ilmaa ja katselivat kaunista näkymää horisontissa laskevasta auringosta.

"Tarinan opetus on", Charles sanoi...

Ne olivat viimeiset sanat, jotka E-Z kuuli, ennen kuin hän oli taas siinä kirotussa siilossa.

KAPPALE 13

SILO

"**T**ERVETULOA TAKAISIN!" ÄÄNI SEINÄSSÄ sanoi riemukkaasti, mikä sai E-Z:n hartiat jännittymään kuin joku olisi seisonut niiden päällä. Vastahakoisesti hän pyöritteli hartioitaan ensin eteenpäin ja sitten taaksepäin toivoen lievittävänsä jännitystä.

"DOT. DOT", toinen ääni seinässä sanoi, mutta tällä kertaa ääni oli hiljaisempi, melkein kuiskaus.

Hän avasi suunsa vastatakseen, mutta mitään ei tullut mieleen, joten hän pysyi hiljaa, lukuun ottamatta sormiensa säröilyä, jonka hän toivoi helpottavan hänen jännittynyttä kehoaan.

Ensimmäinen ääni kysyi rauhoittavampaan sävyyn: "Näen, että olet jännittynyt ja huolissasi. Voinko antaa sinulle jotain, jolla voit viettää aikaa odotuksenne aikana? Juomaa? Kirjan? Matka mielessänne?"

Hän oli hyvin tarkkanäköinen ääneksi seinässä, ja tämä auttoi häntä hieman rentoutumaan, mutta hän ei kuitenkaan halunnut tarttua hänen tarjoukseensa, koska hänellä ei ollut aavistustakaan siitä, mitä mielenmatka sisältäisi.

"Huomaan, että epäröit..."

Hän istui suorana ja pystyssä tuolissaan ja rummutti sormiaan käsinojilla kuin rokattaisi Deep Purplen Smoke on the Waterin tahtiin. Hän ja hänen isänsä olivat kaksintaistelleet sitä Guitar Heron vanhentuneella versiolla, ja heillä oli ollut hauskaa. Tuon hetken muistaminen nyt sai hänet tuntemaan, että hänen isänsä oli siilossa hänen kanssaan.

"Oletko varma, ettet halua matkaa mieleesi?" nainen seinässä kysyi jälleen. "Sinulla tulee olemaan hauskaa!"

Räjähdys. Hän oli juuri käyttänyt tuota sanaa mielessään kuvaillakseen Guitar Heroa isänsä kanssa. Epäilemättä nainen seinässä osasi lukea hänen ajatuksiaan.

"Mitä se tarkalleen ottaen on?" hän kysyi. "En sano, että haluaisin kokeilla sitä, en ennen kuin tiedän enemmän siitä, mitä se pitää sisällään."

"Miksi, se on paikka, jonne voin lähettää sinut. Erikoinen paikka, jossa voit elää unelmaasi."

Se kuulosti uskomattomalta... ja ennen kuin hän ehti vastata...

DUH DUH DUH DUH,
DUH DUH DUH DUH DUH
DUH DUH DUH DUH
DUH DUH.

Hän oli lavalla, soittamassa soolokitaraa bändin kanssa, jonka hän tunnisti heti alkuperäiseksi Deep Purpleksi.

Laulaja, joka oli lähtenyt bändistä mutta soitti alkuperäistä kitaraa Smoke in the Waterissa, ei näyttänyt välittävän siitä, että E-Z soitti nyt hänen rooliaan, eikä hänkään tehnyt siinä huonoa työtä. Laulaja näytti hänelle peukkua ja käveli sitten lavan poikki sinne, missä E-Z istui pyörätuolissaan. Yhdessä he soittivat muutaman riffin yleisön huutaessa, hurratessa ja taputtaessa. Seuraava asia, jonka hän huomasi, oli taas siilossa, mutta jännittynyt tunne, jonka hän oli aiemmin kokenut, oli nyt täysin poissa.

"Kiitos! Uh, se oli ihan helvetin upeaa! En voi kertoa teille, miten paljon se merkitsi minulle. En unohda sitä koskaan. Koskaan!" Hän epäröi ja ajatteli, että ainoa asia, joka olisi tehnyt siitä vielä paremman, olisi ollut se, että hänen isänsä olisi ollut siellä lavalla hänen kanssaan.

"Olen pahoillani, etten voinut ottaa isääsi mukaan... mutta se oli vain esimakua. Ja olet oikein tervetullut. Istu alas. Odotusaika on yksi minuutti."

"Luulen, että oikea esitys räjäyttäisi sitten tajuntani!" E-Z sanoi nojatessaan päätään taaksepäin ja eläytyessään kokemukseen uudelleen tuntien itsensä jo niin täysin rentoutuneeksi, että hän olisi voinut ottaa torkut.

PFFT.

Tuoksu oli tällä kertaa erilainen, piparminttua ja jotain muuta, jota hän ei oikein osannut määritellä.

"Se on rosmariinia", ääni seinässä sanoi.

"Melko virkistävää." Hänen silmänsä olivat kiinni ja hän ajelehti ajatuksissaan, kun katto hänen päänsä yläpuolella haukotteli auki. Hän ravisteli päätään ja avasi silmänsä valmistautuakseen tulevaan.

Valonsäteet leimahtivat metallisäiliöön, kimpoilivat ja kimpoilivat seinältä toiselle. Hän peitti silmänsä suojellakseen niitä häiritsevältä valoshow'lta. Kun pomppivat valot loppuivat, hahmo putosi sisään avoimen katon kautta. Millaisen sisääntulon hän oli tehnyt. Se oli Rafael.

"Hei", hän sanoi. "Se oli aikamoinen sisääntulo."

"Minut on ylennetty", arkkienkeli myönsi, "ja tietty määrä korskeutta vaaditaan. Ehkä hieman liioiteltua tässä tapauksessa, mutta se on suhteellisen uusi ylennys. Kaikissa ylennyksissä on oppimiskäyrä."

"Onnittelut ylennyksestä."

"Kiitos, nyt mennään siihen asiaan, miksi olet täällä." "Kiitos."

"Totta kai."

E-Z odotti kärsivällisesti, että Raphael puhuisi taas, mutta vähään aikaan hän ei puhunut. Sen sijaan hän huilasi ympäriinsä kuin lintu, joka testaa siipiään ensimmäistä kertaa. Oliko hän leuhkimassa? Jos kyllä, miksi? Sitten hän näki sen, hänellä oli upouudet silmälasit. Ne olivat isommat, erikoisemman näköiset, niissä oli suuremmat kehykset ja paksummat linssit, ja ne saivat hänet näyttämään naispuoliselta versiolta herra McGoosta.

"Uh, hienot lasit", hän valehteli.

"Ne eivät olleet ensimmäinen valintani", Raphael myönsi, "mutta niiden täytyy kelvata." Hän siirtyi lähemmäs sitä, missä mies istui, ja leijaili. "Siltä näyttää." Hän pysähtyi ja liikahti vaivautuneesti.

SKIDOO

Paikalle saapui tuoli, johon hän istahti hetkeksi.

SKIDOO

Ja se oli poissa. Hän leijaili jälleen. Asetti avokämmenensä kasvojensa sivulle. "Muutama asia on tullut tietoisuuteemme. En tarkoita sitä kuninkaallisessa mielessä, vaan kaikkien arkkienkelien mielessä."

"Kuten?"

Jälleen hän hötkyili.

"Pitäisikö minun pyytää seinää suihkuttamaan laventelia rentouttavaksi? Vaikutat aika kireältä."

Sitten hän oli hänen kasvoillaan ja kiljui: "LAVENDELI EI TEHOKKAAN ARKIANGELIIN! Se on iljettävä, inhimillinen..." Hän veti syvään henkeä. "Olen hyvin pahoillani."

"Ei se mitään. Ymmärrän, että sinulla on huonoja uutisia kerrottavana. On parempi repiä laastari pois. Tarkoitan sitä, että kerro minulle suoraan."

"Hyvä on. No niin."

E-Z nojautui lähemmäs: "Okei, ammu."

Seinässä olevista kaiuttimista soi laulu, jotain sheriffin ampumisesta.

Hän hyräili aluksi mukana: "Lopeta!" E-Z käski. "Ja kerro, miksi olen täällä."

"Hän haluaa mennä suoraan asiaan", Raphael sanoi itsekseen. "No sitten, tässä se on. Menen suoraan asiaan."

"Okei, tee niin." E-Z sanoi toivoen, että hän tekisi niin.

"Lyhyesti sanottuna", hän sanoi, "Eriel on jäänyt kiinni punaisella kädellä - pelaa molemmille puolille."

"Pelaamassa mitä?" Sitten jokin hänen mielessään virittyi. "Ei, et kai voi tarkoittaa, että hän petti meidät?"

Hän napautti luisevaa sormeaan leukaansa, samalla kun E-Z avasi ja sulki suunsa kuin muikku vedestä.

"Kyllä. Eriel oli henkilökohtaisesti vastuussa ystäväsi Rosalien kuolemasta. Hän oli myös vastuussa Valkoisen huoneen tuhosta. Kaikki hän. Kaikki Eriel."

E-Z otti kaiken vastaan. Rosalie-parka. "Hetkinen! Eikö hän työskennellyt sinulle? Tarkoitan, etkö sinä ollut vastuussa hänestä? Miten tämä saattoi tapahtua sinun vahtivuorollasi? Olen lukenut joitakin juttuja arkkienkeleistä, mutta vapaaehtoisesti apunaan olevien lasten pettäminen on niin alhaista kuin voi mennä. Leopardit eivät taida vaihtaa pilkkua."

"En ollut vastuussa Erielistä. Hän ja minä olimme työtovereita, tovereita. Työskentelimme yhdessä ja luulin, että kunnioitimme toisiamme. Olin väärässä."

"Ja silti sinut ylennettiin."

"Niin tehtiin, mutta nämä kaksi asiaa eivät liittyneet suoraan toisiinsa. Voin vain sanoa, että Eriel oli kerran yksi meistä, nyt hän ei ole. Petettyään meidät ja sinut. Käännettyään selkänsä periaatteilleen - kaikelle, mitä me edustamme - hän on ulkona. Tarkoitan pysyvästi ulkona."

E-Z haukkoi henkeään. "Väitätkö, että Eriel on paljastanut meidät? Meillä tarkoitan minua ja tiimiäni?"

"Michael, joka on johtajamme, on kyseenalaistanut Erielin. Vaati jonkin verran työtä saada hänet puhumaan. Mutta hän on tunnustanut tuoneensa Furien takaisin maahan. Käyttänyt heitä asemansa edistämiseen. Ei ole mitään pelastusta. Ei anteeksiantoa Erielille."

"Olen sanaton. Miten tämä tapahtui?"

"Miten? No, jos tietäisimme miten, tietäisimme miksi - mitä emme tiedä. Sen tiedämme, että hän on Eriel ja Eriel tekee aina sen, mikä on parasta Erielille. Tiesimme, että hänellä oli ongelmia, ja silti annoimme hänelle jatkuvasti tilaisuuksia todistaa itseään - ja kun hän petti meidät - annoimme hänelle anteeksi ja annoimme hänelle toisen mahdollisuuden ja toisen mahdollisuuden. Jatkoimme uskomista häneen tähän asti. Hän on mennyttä. Valmis."

"Valmis? Tarkoitatko kuollut? Kuolevatko arkkienkelit? Ja miksi annoit hänelle niin monta tilaisuutta? Etkö tiedä sanontaa, että kolme kertaa lyö ja olet ulkona?"

"Kyllä, olen kuullut tuon baseball-terminologian, mutta me olemme arkkienkeleitä, ja meidän kaikkien odotetaan epäonnistuvan tai uusiutuvan jollain tasolla. Ja olet oikeassa siitä Eedenin puutarhan tapauksesta. Historiamme ulottuu kauas taaksepäin... mutta luulimme pärjäävämme paremmin, kehittyvämme. Olen itse nuorten suojeluspyhimys, kuten sinä ja ystäväsi.

"Siksi ehdotin, että työskentelisimme kanssanne niiden hirvittävien Furien kukistamiseksi. Eriel rohkaisi minua tekemään niin. Hän löysi sinut. Joka lähetti Hadzin ja Reikin luoksesi. Ennen kuin nuo kauheat sisaret saapuivat, lisäsimme jotain positiivista teidän kaikkien elämään... Annoimme teille tarkoituksen. Muistatteko ajat, jolloin halusitte luovuttaa? Ette luovuttaneet, koska me autoimme teitä jatkamaan eteenpäin."

"Okei, ymmärrän, että Eriel on pahis. Mitä tämä tarkoittaa minulle ja tiimilleni? Minun näkökulmastani tehtävämme on vaarantunut. Olemme siis ulkona, ja teidän pitäisi siirtyä B-suunnitelmaan."

"Ongelma on", Rafael sanoi ja pysähtyi sitten, kun katto yläpuolella avautui uudelleen ja Ophaniel saapui ilman minkäänlaista mahtipontisuutta leijaillessaan alas heitä kohti.

"Pitkästä aikaa ei ole nähty", Ophaniel sanoi suunnattuna E-Z:lle. Sitten Rafaelille: "Onko hän vauhdissa mukana?"

"Kyllä on. Ja olen varmasti iloinen, että olet täällä, koska hän haluaa tietää, mikä on B-suunnitelmamme."

Ophaniel nyökkäsi. "Hyvä on. Sanoakseni asian niin selvästi kuin mahdollista, meillä ei ole B-, C- tai D-suunnitelmaa - koska sinä ja tiimisi olitte kaikki suunnitelmamme yhdessä."

E-Z pudisti epäuskoisena päätään. "Ettekö te arkkienkelit ole kuulleet sanontaa, että älä laita kaikkia munia samaan koriin?"

Ophaniel nauroi. "Kyllä, se on peräisin Cervantesin Don Quijoten hahmosta, mutta se ei ole koskaan ollut minusta järkevää. Mahdollisesti siksi, että me arkkienkelit emme syö munia. Jo pelkkä ajatus niiden hyytelömäisestä hyytelömäisyydestä - hyi - saa minut oksentamaan."

"Niin minäkin", Rafael sanoi peittäen suunsa kämmenselällään. "Sen lisäksi, että ne näyttävät ällöttäviltä, miksi ylipäätään laittaa munia koriin? Miksei kulhoon? Jos valmistaa munia..."

"Samaa mieltä", Ophaniel sanoi. "Olen nähnyt Jamie Oliverin valmistavan munakasta. Hän käyttää ensin kulhoa, sitten hän keittää ne."

"Voi veli, enkä voi uskoa, että te arkkienkelit katsotte yhtään televisiota saati sitten Jamie Oliveria." Hän pudisti päätään. "Se tarkoittaa, että jos laitat kaikki munat yhteen, yhteen paikkaan - kuten koriin tai kulhoon tai pannuun tai mihin ikinä haluatkaan - jos pudotat korin tai kulhon tai pannun - niin kaikki munat rikkoutuvat ja pilaantuvat kuorineen - joten sinulla ei ole munia aamiaiseksi."

"Mutta eivätkö kanat muni munia joka päivä? Jos et siis saa munia tänään, tulet vain huomenna takaisin", Ophaniel sanoi.

"Mitä on yksi päivä ilman munaa?" Rafael tiedusteli.

E-Z avasi kätensä ja löi sitä päätään vasten. "Argghh!" Arkkienkelit katsoivat häntä ja odottivat, kun hän hengitti hyvin syvään sisään ja sitten hyvin äänekkäästi ulos. "Mitä me teemme tälle Erielin tilanteelle?"

"Ensinnäkin", Ophaniel sanoi, "täällä palaa tänään teidän erityisestä pyynnöstänne, rumpujytinä - kaksi ystävääsi..."

POP

POP

Hadz ja Reiki, tai se, mikä muistutti kahta wannabe-enkeliä, saapuivat. He olivat mustuneet noesta, päästä varpaisiin. Niiden terälehdet olivat vinossa, revittyjä, jotkut olivat auki ja ylhäällä, jotkut kuolleita ja kuihtuneita. Heidän siipensä roikkuivat, aivan kuin he olisivat unohtaneet, miten lentää, tai kuin heillä ei olisi ollut enää tahtoa lentää, ja heidän kasvoillaan, heidän kasvoillaan oli äärimmäisen epätoivoinen ilme.

"Mitä niille tapahtui?" hän kysyi.

Ophaniel siirtyi lähemmäs kahta syrjäytynyttä wannabe-enkeliä, ja nämä perääntyivät.

"Olette nyt turvassa", Rafael sanoi pehmeällä äidillisellä äänellä, mikä sai heidät puhkeamaan nyyhkytykseen, joka muuttui itkuksi.

Ophaniel peitti korvansa, siirtyi sitten lähemmäs E-Z:tä ja kuiskasi. "Eriel oli vanginnut heidät. Kesti jonkin aikaa löytää heidät tällä kertaa. Raukat eivät voineet auttaa itseään, koska hän riisti heiltä voimat."

"Voi raukkoja", E-Z sanoi.

E-Z, Ophaniel ja Rafael kääntyivät olentoja kohti. Hadz ja Reiki yrittivät hymyillä. Ne eivät päässeet edes lähellekään.

Ne rimpuilivat ympäriinsä, aivan kuin ne olisivat torjuneet haaskalaumaa.

"Olkaa hiljaa", Ophaniel sanoi.

Hadz ja Reiki lopettivat liikkumisen. Nyt he istuivat kuin likaiset nuket silmät kiinnittyneinä mihinkään ja kehenkään. He olivat varjo entisestä itsestään.

"En halua olla epäkohtelias", E-Z kuiskasi, "mutta nykyisessä tilassaan heistä ei ole meille paljon apua. Siis jos saat meidät vakuuttuneiksi siitä, että meidän on jatkettava tätä suunnitelmaa näissä olosuhteissa."

E-Z:n sanat iskivät kahteen wannabe-enkeliin kuin läimäys heidän kasvoilleen.

POP

POP

"Kuinka erittäin töykeää ja tarpeetonta julmuutta!" Ophaniel torui ennen kuin katosi.

ZAP

"Olet näyttänyt meille hyvin julman puolen luonteestasi E-Z Dickens, ja jos äitisi ja isäsi olisivat täällä, he häpeäisivät sinua."

"Anteeksi", E-Z sanoi, "mutta älä koskaan puhu minulle vanhemmistani. Teille arkkienkeleille he ovat kiellettyjä. Onko selvä?"

Rafael nyökkäsi.

"Sitä paitsi en tarkoittanut loukata heidän tunteitaan. Tietysti voimme käyttää heitä. Jos meidän on taisteltava Furioita vastaan, tarvitsemme kaiken mahdollisen avun. Tulkaa takaisin, olkaa hyvä, Hadz ja Reiki. Antakaa minulle toinen mahdollisuus."

Ei mitään.

E-Z yritti uudelleen. "Tulkaa takaisin, niin olette tervetulleita tiimimme jäseniä."

POP

POP

Kaksikko oli nyt puhdas ja siisti kuin entinen itsensä.

"Tervetuloa takaisin", E-Z sanoi.

Hadz ja Reiki lensivät hänen luokseen. Kumpikin otti paikan jommallekummalle hänen hartioilleen. He vapisivat tahtomattaan, peläten omia varjojaan.

"Kaikki järjestyy", hän sanoi. "Me suojelemme teitä nyt, kun kuulutte tiimiimme."

He yrittivät hymyillä, ja hän arvosti yritystä.

"No niin", E-Z sanoi, "mitä Eriel tarkalleen ottaen kertoi Furioille meistä?"

"Hän kertoi heille, että lähetämme lapsia kukistamaan heidät - siinä kaikki."

"Niinkö hän kertoi teille? Mistä tiedämme, ettei hän valehtele? Ja miten saamme selville, mikä on The Furiesin päämäärä?"

"Me luulemme tietävämme, että Furien ja Erielin päämääränä oli hallita maapalloa. He aikoivat lyödä MAAPALLON PAUSEen ja muuttaa sen Uudeksi Haadekseksi, eli helvetiksi maan päällä. Jossa he voisivat hallita muodostamalla joukkueen sieluista, jotka olisivat heidän armoillaan. Kyllä, he päästäisivät sieluja vaeltamaan vapaasti, mutta kun he saisivat vapautensa - heidän olisi luovuttava siitä."

"Miksi he suostuisivat luopumaan siitä?" hän kysyi.

"Koska ihmiset, edes ihmissielut eivät pysty käsittelemään vapauden käsitettä. Sen sijaan he haluavat mieluummin olla rajoitettuja. Vapauden puute on ihmisen turvapeite."

"Tuo on valetta", E-Z sanoi. "Tekee minut niin vihaiseksi! Me ihmiset osaamme arvostaa vapauttamme. Rakastamme luontoa, sitä, että voimme hengittää ilmaa, jakaa ajatuksemme ja tunteemme muiden kanssa, arvostaa maailmaa ja kaikkea, mitä meillä on siinä."

"Oletko tarpeeksi vihainen taistellaksesi oman ja muiden vapauden puolesta?" Ophaniel sanoi.

E-Z ei ollut edes huomannut hänen paluutaan.

"Kyllä", hän sanoi. "Mutta kerrohan, että tässä uudessa maailmassaan he valitsisivat vain ne sielut, joita he voisivat hallita. Mitä muille tapahtuisi?"

"Ne leijuisivat ikuisesti ilman kotia", Rafael sanoi. "Heidän uudessa maailmassaan kuolemanjälkeinen elämä poistuisi. Maa olisi ikuisesti taukotilassa. Sielut jäisivät ruumiisiin, jotka eivät enää olisi eläviä eivätkä kuolleita. Sydämet eivät enää löisi. Ei enää rakkautta tai lapsia syntyisi. Ei sieluja, jotka nousisivat ylös - enää - koskaan."

E-Z pysyi hiljaa, ajatteli, otti kaiken vastaan.

Ääni seinässä kysyi: "Haluaisiko joku virvoketta?"

"Ei kiitos", E-Z sanoi, mutta hän oli iloinen keskeytyksestä, sillä se toi hänet takaisin hetkeen. "Ymmärrän, mihin Eriel käytti Raivoja. Tosiasia on kuitenkin se, että hän on arkkienkeli kuten sinä, ja tiesit, että hänellä oli ongelmia, ja silti annoit hänelle mahdollisuuden toisensa jälkeen, vaikka hän ei ansainnut sitä. Nyt siis ihmettelen, miksi meidän, minun ja tiimini, pitäisi korjata se, minkä yksi teidän omista arkkienkeleistänne on mokannut?"

"Koska..." Raphael aloitti.

"En ollut vielä valmis", E-Z sanoi, "ennen kuin sinä ja Eriel vierailitte talossani, kun hän tapasi perheeni ja muut tiimin jäsenet, luulimme hänen olevan meidän puolellamme. Hän on nähnyt, missä asumme. Hän tietää meistä kaiken. Olemme suuressa vaarassa hänen takiaan."

"Tämä on totta", Ophaniel sanoi.

"Kiistämätöntä, ja olemme hyvin pahoillamme", Rafael sanoi.

"Käske Erielin kutsua heidät pois. Hän loi tämän sotkun, ja hänen pitäisi korjata se." Hän iski suljetut nyrkkinsä tuolinsa käsinojiin, mikä sai Hadzin ja Reikin hyppimään ja värisemään. Hän taputti wannabe-enkeleitä päähän. "Ei se mitään, olen pahoillani, että hermostutin teidät."

"Bravo!" Hadz hurrasi.

"Hurraa!" Reiki huusi.

Rafael ja Ophaniel sanoivat yhteen ääneen: "Eriel on sidottu syvälle maan sisuksiin. Hän on paikassa, jonne kenenkään ihmisen ei pitäisi uskaltaa mennä. Lyhyesti sanottuna häntä ei voi tavoittaa."

"Mutta me pakenimme kerran kaivoksista", Reiki sanoi.

"Kahdesti", Hadz sanoi.

"Hän ei ole kaivoksissa, hän on toisessa paikassa, syvemmällä, ei niin syvällä kuin tulipaloissa, mutta toisessa paikassa, jossa on niin kylmä, että kaikki muuttuu jääksi, jopa suonissa virtaava veri. Paikka, jossa yksikään ihminen ei voisi selvitä hengissä!

"Eriel on siellä myös voimaton, koska hänen voimansa on riistetty. Hän on lukkojen takana, hän ei näe ketään. Ei kuule mitään. Häntä ei koskaan päästetä pois siitä paikasta - EI IKINÄ."

"Haluan puhua hänelle", E-Z sanoi. "Minun on esitettävä hänelle kysymyksiä - kysymyksiä, joihin vain hän voi vastata."

Rafael ja Ophaniel huusivat: "Et voi! Ette saa!"

"Sitten perun tiimini tuen. Palauttakaa minut kotiini. Haruto ja muut voivat palata perheidensä luo." Hän pysähtyi puhumaan, kun hänen mielessään välähti välähdys PJ:stä ja Ardenista. Jos hän ei tekisi mitään, he jäisivät koomaan, ehkä ikuisiksi ajoiksi.

Hän muisti kaikki ne kerrat, kun he olivat auttaneet häntä. Hänen ensimmäinen koulupäivänsä pyörätuolissa. Kun he opastivat hänet jälleen pelaamaan baseballia - kaikki joukkueen pojat olivat kentällä tervehtimässä häntä. Kun he auttoivat häntä, kun hänen vanhempansa kuolivat. Kyynel valui hänen poskelleen. Hän pyyhki sen pois.

"OTTAKAA HÄNET!" ääni seinässä jyrisi.

Sitten se muuttui yhtäkkiä hyvin, hyvin kylmäksi. Niin kylmäksi, että hän kuvitteli voivansa todella tuntea veren muuttuvan suonissaan jääksi.

KAPPALE 14
ERIEL JÄÄLLÄ

AIVAN YKSIN. NIIN KOVIN yksin. Ja niin kylmä, niin hyvin hyvin kylmä. Oli kuin hän olisi ollut onton jääkuution sisällä. Kun hän hengitti sisään, jää täytti hänen keuhkonsa.

Hän meni reunalle. Hän hengitti siihen. Se huurtui. Se ei ollut jääkuutio, vaan lasikuutio. Ja siinä oli kahva. Se näytti siltä kuin se olisi tehty mitalista. Peläten, että hänen ihonsa tarttuu siihen, hän käytti paitaansa ja avasi sen.

Sisällä oli kokoelma lämpimiä peittoja, peittoja, villatakkeja, pipoja, hattuja, hanskoja - kaikkea. Hän kurottautui sisään ja kerrostui.

Kun hän laittoi kätensä villatakkiin, hänen mielensä lensi takaisin aikaan, jolloin hänen isällään oli samanlainen villapaita hiihtoretkellä. Se oli vihreä, kuten tämäkin, ja se tuntui ulkopuolelta raapaisevalta, mutta sisältä se oli lämmin kuin paahtoleipä. Kun hän veti sen päälleen ja napitteli sen etupuolta, hänen sieraimiinsa täyttyi hänen isänsä suosikkipartavaahdon tamminen tuoksu. haistoi siinä isänsä partavaahdon. Voimakas déjà vu -tunne valtasi hänet, kun hän laittoi sormensa mustiin samettihanskoihin - hanskoihin, joiden hän vannoi kuuluneen hänen isälleen. Ne eivät kuitenkaan voineet olla, koska kaikki oli tuhoutunut tulipalossa. Hän kietoi kätensä ympärilleen yrittäen lämmetä. Hän arveli, että kylmyys oli vallannut hänen ruumiinsa ja mielensä.

Hän työnsi pois joitakin muita tavaroita ja löysi laatikon pohjalta huovan, jonka hän tunnisti heti. Hänen äitinsä oli neulonut sen käsin sohvalla yö toisensa jälkeen, ja kun se oli valmistunut, se otti paikkansa - nahkasohvan selkänojalla. Elokuvailtoja varten ja peittämään silmät, jos jotain pelottavaa tapahtuisi.

Hän riisui hanskat ja kosketti sitä nähdäkseen, oliko se aito, ja siveli sitä sitten poskeaan vasten. Hänen äitinsä hajuveden kukkainen tuoksu tavoitti hänet, lohdutti häntä. Kyynel valui pitkin hänen poskeaan, kun hän laittoi hanskat takaisin ja kietoi sitten äitinsä peiton isänsä villatakin ympärille. Hän piti huopaa kuin huppua ja katseli ympäristöään.

Hänen päänsä yläpuolella, mutta terävine piikkeineen alaspäin osoittaen oli kaikenkokoisia ja -muotoisia jäästä tehtyjä tippukiviä. Jos yksi niistä putoaisi, ne lävistäisivät hänen kallonsa päälaen ja jatkuisivat hänen lävitseen aina varpaisiin asti. Hän toivoi, että hänellä olisi ollut rakennushattu -

BINGO

Ja hänen päähänsä ilmestyi keltainen suojakypärä, sitten toinen ja toinen ja toinen ja toinen. Hän tunsi itsensä kuin Curious George ja hymyili. Nyt hän oli valmis kaikkeen.

Hän etsi ovea ja eteni kuution seiniä pitkin. Mitään kahvaa ei näkynyt. Millaiseen vankilaan hänet oli pudotettu?

Vihdoin hän löysi reunat, keskellä oikeaa seinää. Hän riisui hanskan ja raaputti kynsillään pintaa, jonka hän pian huomasi olevan ikkuna. Se, mitä hän näki, ei vähentänyt hänen ahdistustaan. Hänen kuutionsa oli yksi monista, jotka ulottuivat tunnelissa niin pitkälle kuin silmä näki. Yksikään asukas ei näkynyt omien kuutioidensa lasitettujen ikkunoiden takaa.

Hän hengitti lasille ja kirjoitti siihen sanan "HELP!" takaperin kirjoitettuna siltä varalta, että joku näkisi sen. Sitten hän pyyhki sen nopeasti pois muistaen, ketä hän oli tullut tapaamaan: Eriel.

E-Z siirtyi kuution etupuolta pitkin kauimmaiselle sivulle ja löysi jälleen kerran kehyksen, josta hän oli varma, että se oli ikkuna. Hän raaputti pinnan pois ja löysi pian etsimänsä henkilön: petturin.

Aikoinaan voimakas arkkienkeli näytti säälittävältä, aivan kuin joku olisi pistänyt häntä neulalla ja päästänyt kaiken ilman ulos. Hänen ruumiinsa oli kiinnitetty seinään. Ensin E-Z luuli, että häntä piti paikallaan painovoima tai jokin näkymätön voima, mutta sitten hän tajusi tarkemmin tarkasteltuaan, että Erielin koko keho oli paksun jäälohkareen sisällä. Erielin kuutio oli muotoiltu hänen kehonsa mukaan, joten jäävesi täytti hänen muotonsa jokaisen kolon, eikä hänellä, toisin kuin E-Z:llä, ollut mahdollisuutta käyttää huopia.

CLANK. CLANK. CLANK.

E-Z ojensi niskaansa vasemmalle, kun hän kuuli askelten äänen kaikuvan. Hän tunsi, että olio lähestyi, mutta hän ei nähnyt sitä.

KLANKKI. RÄKKÄYTYS. RYÖPPÄYTYS.

E-Z pudisti päätään. Hänen oli keskityttävä, pysyttävä tässä hetkessä, ja silti hän koki jälleen yhden oudon déjà vu -tunteen.

Hänen mielensä lensi takaisin uneen, jonka hän näki jokin aika sitten syntymäpäiväjuhlista PJ:n ja Ardenin kanssa. Tuossa unessa huppupäinen hahmo oli saapunut paikalle ja pitänyt samanlaista ääntä. Unessa oli ollut kyse kadonneen pesäpallolakin löytämisestä.

Kun ääni muuttui korviahuumaavaksi, hän näki vilauksen hahmosta, joka oli elämää suurempi soturi, jolla oli kahden täysikasvuisen vaahteran kokoiset siivet. Toisessa kädessään arkkienkeli kantoi kultaista kilpeä ja toisessa miekkaa. E-Z suojasi silmänsä, kun valo osui miekan runkoon.

KLANKKI. CLANK. CLANK.

Arkkienkelisoturi pysähtyi Erielin eteen, joka ei nostanut silmiään kohdatakseen uuden tulokkaan katseen.

Ennen pysähtymistään E-Z ei ollut huomannut arkkienkelin valtavia siipiä, jotka olivat hänen kävellessään olleet levossa. Nyt soturi kohotti itseään, niin että hänen ja Erielin kasvot olivat samalla tasolla.

"Sinulle on vieras", hän sanoi.

Erielin silmät pysyivät alhaalla.

"Silmäsi eivät huijaa minua", soturi sanoi. "Olet häpäissyt itsesi. Olet häpäissyt meidät kaikki - etkä silti ole pahoillasi etkä kadu. Puhu minulle. Kerro minulle, miksi minun pitäisi ylipäätään sallia sinulle vierailija."

Eriel jatkoi lattian tuijottamista, kun hän mutisi jotakin kuulumatonta.

"Puhu kovempaa!" soturi vaati.

"Minä kadun!" Eriel puuskahti. "Kadun sitä, etten ole..." "Kadun sitä, etten ole..."

"Hiljaa!" soturi vaati.

KLANKKI. CLANK. CLANK.

Nyt soturi seisoi lasin toisella puolella, kasvotusten E-Z:n kanssa.

"Minä olen Michael", hän sanoi.

"Hei, minä olen E-Z." Hän tunsi miehen äänen. Hän oli se, joka määräsi Rafaelin ja Ophanielin antamaan hänen puhua Erielin kanssa.

"Nouse ylös", Mikael sanoi.

"En pysty kävelemään", hän sanoi.

"Pystyt, jos minä sanon niin", Mikael paljasti, "ja minä sanon niin. Nouse E-Z Dickens!"

E-Z tunsi itsensä yhdeksi niistä, jotka valmistautuvat parantumaan televisiossa järjestettävässä jumalanpalveluksessa. Vastahakoisesti hän nosti itsensä ylös tuolistaan. Hänen jalkansa horjuivat hieman, lähinnä pelosta kuin epäuskosta. Olihan Mikael voimakkain arkkienkeli. Sekuntia myöhemmin E-Z seisoi pystyssä jääseinän sisällä.

"Pyysit puhua tuon, tuon pudonneen olion kanssa tuolla seinällä. Hän ei auta sinua, sillä hän on mätä sisimpäänsä myöten. Silti hänen PITÄISI auttaa sinua. Hänen PITÄISI auttaa meitä kaikkia pelastaakseen itsensä muuttumasta jääveistokseksi - pysyväksi osaksi tätä paikkaa."

Mikaelin ääni sai E-Z:n tuntemaan itsensä vahvemmaksi ja luottavaisemmaksi jokaisella sanalla.

Eriel kohotti silmiään.

Sekunnin ajan E-Z vilahti siellä jotain. Oliko se tappio? Oliko se katumus?

Eriel sulki silmänsä, kun hänen ruumiinsa veltostui häntä pitelevässä jäävankilassa.

"Hän taisi pyörtyä", E-Z sanoi.

CLANK. CLANK. CLANK.

Mikael palasi katsomaan tarkemmin jäävankilaansa. Käärme liukui hänen saappaansa päältä ja alkoi ryömiä kohti Erielin kasvoja. Otus luikerteli ylös, ylös, haarautuva kieli liikutti edestakaisin kuin se olisi ollut verenhimoinen.

Mikael sanoi: "Ystäväni ruumis sulaa tietään kohti kasvojasi Eriel. Etkö aio avata silmiäsi ja tervehtiä?"

Eriel avasikin silmänsä, ja kun hän näki käärmeen tekevän tietään hänen kehoaan ylöspäin, hän päästi huudon.

"GARUUUUUUUUUUUUUUMMMMMMM!"

Mikael napsautti sormiaan ja käärme lopetti liikkeen. Kynsillään Mikael raaputti jäätä. Sen sisällä Erielin keho värähteli. Kuin häntä olisi sähköisku.

"MMMMM,hhhhh,MMMMMMMMM!"

"Seis!" E-Z huusi peittäen korvansa. "Ole kiltti!"

Mikael lopetti skarppaamisen. Hän nosti kätensä, ja käärme kierähti ympäri ja luikerteli takaisin hänen saappaansa sisälle.

"Tämä poika osoittaa sinulle armoa Eriel. Se on enemmän kuin ansaitset."

Eriel jatkoi epätoivoista voihkimista.

Mikael jatkoi kääntyen E-Z:n puoleen: "Annan sinulle viisi minuuttia aikaa esittää Erielille kaikki mahdolliset kysymyksesi." Hän jatkoi.

Sitten Erielille: "Voimme pakottaa sinut puhumaan hänelle, mutta pitäisin parempana, jos päättäisit auttaa häntä omasta tahdostasi. Kerran kerran päätit pelastaa tämän nuoren pojan hengen. Hän puolestaan maksoi velkansa takaisin. Nyt olet pettänyt meidät, ja sinun on ansaittava luottamuksemme uudelleen."

Mikael nosti jalkansa ja potkaisi jäärakennetta, johon Eriel oli koteloitunut. Se tärisi, mutta ei haljennut tai murtunut.

"Sinä ällötät minua! Odotat tämän ihmispojan korjaavan virheesi. Itse asiassa korjaamaan vääryytenne.   Silti hän haluaa antaa sinulle mahdollisuuden vastata hänen kysymyksiinsä. Auta siis häntä. Tämä on ainoa tilaisuutesi, ainoa tilaisuutesi todistaa meille, että sinussa on vielä jotain pelastamisen arvoista. Jokin osa sinusta, joka ei ole vielä mädäntynyt sisimpääsi myöten."

Eriel kohotti silmiään: "Sire." Hän laski ne jälleen.

"Saat ehkä anteeksi, mutta jos päätät olla auttamatta häntä - yhteistyöhaluttomuutesi pannaan asianmukaisesti merkille."

Erielin katse pysyi keskittyneenä lattiaan.

"Ymmärrätkö sinä?" Mikael kysyi. Kun Eriel ei vastannut, Mikaelin ääni jyrähti eteenpäin: "YMMÄRRÄTKÖ?" "Ymmärrätkö?"

E-Z:stä tuntui, että jää hänen ympärillään tärisi ja värisi jo pelkästä Mikaelin äänen äänestä, ja hän oli jälleen kerran kiitollinen kaikista kypäristä, jotka suojasivat hänen kalloaan. Hän toivoi, että ne riittäisivät, muuten hänet haudattaisiin tähän paikkaan Erielin ja Mikaelin kanssa ikuisesti eikä hän enää koskaan näkisi Setä Samulia tai ystäviään.

Eriel nyökkäsi.

"Viisi minuuttia", Mikael sanoi.

KLANKKI. KLANKKI. KLANKKI.

Ja hän oli poissa.

Hän ja Eriel olivat yksin.

E-Z siirtyi lähemmäs Erieliä ja kysyi: "Miten voimme voittaa Furiat?"

Eriel avasi suunsa puhuakseen, mutta ei sanonut mitään. Hän sulki silmänsä.

"Ole kiltti", E-Z rukoili. "Auttakaa meitä."

CLANK. CLANK. CLANK.

Michael oli jo palannut. Siihen ei voinut mennä viittä minuuttia - ei vielä. Hän ei ollut oppinut mitään, ei yhtään mitään Erieliltä.

Eriel kuiskasi kolme sanaa hampaat kiristettyinä ja paukutellen: "Käytä Rafaelin laseja."

"Mitä?" E-Z huusi ja löi nyrkkejään jääseinää vasten. "Miten?"

Seuraavaksi hän oli taas keittiön oviaukossa. Hänellä ei ollut enää yllään vanhempiensa vaatteita, mutta hänen isänsä partavaahdon ja äitinsä hajuveden yhdistetty tuoksu viipyi. Hän halasi itseään ja kuunteli, kun Charles selitti tarinansa moraalia.

"Tarinani opetus", Charles sanoi, "on se, että kaikki on parempaa, kun on ystäviä, joiden kanssa jakaa sen."

"Ai", E-Z sanoi, kun Samantha ilmoitti, että aamiainen oli tarjoiltu.

"Asettukaa tänne jonoon. Ottakaa lautanen, lautasliina ja ruokailuvälineet. Ota itse", hän sanoi. "Se on smorgasbord."

Sobo sanoi: "Sumogasubodo!" Harutolle, joka vinkui ilosta.

"Tein sushia", Samantha sanoi. "Se oli ensimmäinen kertani."

Sobo nyökkäsi: "Kiitos, mutta ensi kerralla anna minun auttaa sinua."

Samantha nyökkäsi: "Se olisi hienoa."

E-Z siirsi tuolinsa eteenpäin.

Sam-setä kuiskasi kävellessään hänen vierellään: "Minne sinä menit? Tarkoitan, että olit siellä, ja tuolisi oli siellä, mutta olit myös jossain muualla, etkö ollutkin?"

"Öh, kyllä, selitän myöhemmin. Tarvitsen aikaa käsitellä kaikkea tapahtunutta. Anna minulle muutama minuutti aikaa. Ai niin, ja muuten, kiitos."

"Mistä?" Sam kysyi.

"Aamiaisesta, se oli kuin ennen vanhaan. Hauskaa."

"Varmistetaan, että teemme sen pian uudestaan."

"Ehdottomasti", hän sanoi lähtiessään huoneeseensa.

KAPPALE 15
KOTI SULOINEN KOTI

NYT HE OLIVAT YKSIN, ja tuntui hyvältä tietää, että Eriel ei enää ollut fyysinen uhka heille. Hän oli ollut toimintakyvytön Michaelin ansiosta, mutta vasta sen jälkeen, kun hän oli pettänyt kaikki.

Eriel oli mennyt aivan liian pitkälle, mutta miksi? Miksi hän olisi pettänyt oman lajinsa? Tietäen hyvin, että Mikael oli häntä voimakkaampi. Siinä ei ollut mitään järkeä.

POP.

POP.

"Tervetuloa kotiin!" hän sanoi.

Hadz ja Reiki laskeutuivat hänen eteensä sängylle: "Kiitos, E-Z. Kohtelet meitä aina ystävällisesti."

"Olen pahoillani, että Eriel oli niin kamala sinulle. On hyvä, että hän on nyt lukkojen takana. Sen hän ansaitsee."

"Mitä mieltä sinä olit heistä?" Hadz kysyi.

"En ole varma, mitä tarkoitat."

"Me lähetimme laatikon."

"Ai, ehkä se ei toiminut", Reiki sanoi.

"Se olit sinä?" E-Z:n silmät kyynelehtivät.

"Hyvä, että se saapui turvallisesti", Hadz sanoi, kun parin wannabe-enkelin hymy venyi heidän kasvoilleen niin, että näytti siltä, että heidän muut piirteensä olivat pienentyneet.

"Kiitos paljon. Luulin, että kaikki vanhempieni omaisuus oli tuhoutunut tulipalossa." Hän veti syvään henkeä taistellen kyyneleitä vastaan. "Toivon vain, että olisin voinut tuoda sen tänne mukanani. Vaikka se merkitsi paljon, että sain sen edes vain..."

ZAP.

"Sinun olisi tarvinnut vain sanoa sana. Ne ovat loppujen lopuksi sinun", he sanoivat.

Se oli siellä, hänen sänkynsä päässä. Hänen vanhempiensa laatikko, tai se, mitä he kutsuivat huopalaatikoksi. Siinä oli aarteita, joita hän oli käynyt läpi lapsena. Ja nyt se oli hänen. Käsiteltävä aarrearkku, joka oli täynnä muistoja hänen vanhemmistaan.

"Mutta miten?" hän kysyi.

"Onnistuimme pelastamaan muutaman tavaran, piipahtamalla siellä ja siellä, kun talo oli tulessa", Hadz sanoi.

"Päätimme pitää ne turvassa sinulle, kunnes olisit valmis saamaan ne takaisin. Toivottavasti ajoitus oli oikea."

Hän liikkui kuin unessa kohti arkkua ja avasi kannen. Hänen isänsä myskipuinen partaveden tuoksu, joka sekoittui hänen äitinsä makean sitruunan tuoksuun, tervehti häntä kuin syleily. Varoen, ettei kaikki pääse kerralla ulos, hän sulki varovasti kannen.

"En voi kiittää teitä kahta tarpeeksi. En koskaan pysty kiittämään teitä. Käyn kaiken läpi, toisen kerran. Vielä kerran, kiitos teille molemmille niin paljon." Hän ojensi kätensä, ja kaksi wannabe-enkeliä lensi niihin.

"Hän alkaa olla liian söpöläinen", Hadz sanoi.

"Onko kukaan sanonut sinulle; tarvitset hiustenleikkuun?" Reiki kysyi.

E-Z kammasi hiuksiaan sormella ja taputti keskiosaa, joka maan jäätävän kylmissä uumenissa olon vuoksi oli pystyssä kuin harjakset harjassa. "Paremmin?"

"Vähän", Hadz sanoi.

"Okei, minun on keskityttävä. Muut tulevat pian tänne ja kertovat Erielin tilanteesta. Minun on kerrottava heille Michaelista. Luuletko, että he ovat vaikuttuneita siitä, että tapasin hänet?"

"Ei sillä ole väliä, ovatko he vaikuttuneita", Hadz sanoi. "Tärkeintä on, kertoiko Eriel sinulle mitään hyödyllistä?"

"Kyllä, mutta yritän yhä selvittää, mitä hän tarkoitti."

"Kerro meille, ehkä voimme ratkaista mysteerin!"

"Mitä kuka tarkoitti?" Alfred kysyi, kun hän tökkäsi nokkansa huoneeseen.

"Tule sisään", E-Z sanoi.

Alfred kahlasi sisään. Oli karvanlähtökausi, ja muutama höyhen lepatsi hänen takanaan. "Hei Hadz, hei Reiki."

"Hei", ne vastasivat.

"Pitkä tarina, mutta päästäkseni suoraan asiaan minut kutsuttiin takaisin siiloon, jossa Raphael ja Ophaniel kertoivat minulle Erielin tilanteesta. Hän on työskennellyt joka puolella. Teeskennellyt olevansa liittolainen meidän, arkkienkeleiden ja Furien kanssa. Älä huoli, hänen petoksensa paljastui ja hänet vangittiin ja vangittiin. Häntä vartioi pääarkkienkeli Mikael, joka antoi minun puhua Erielin kanssa lyhyesti."

"Ja mitä Eriel sanoi?" Alfred tiedusteli.

"Ehdin esittää hänelle vain yhden kysymyksen. Niinpä kysyin häneltä, miten voisimme voittaa Furiat. Siksi tulin tänne miettimään, mitä hän sanoi."

"Ah, halusit siis olla yksin?" Alfred kysyi. "Tule Hadz ja Reiki, annetaan E:lle vähän rauhaa ja hiljaisuutta." Hän liikkui kohti ovea, mutta he jäivät paikoilleen.

"Ratkaistu ongelma on jaettu ongelma", he lauloivat.

"Totta. Ja se oli Charlesin tarinan opetus."

"No niin, kerääntykää tänne." Hän piti tauon ja sanoi sitten: "Eriel sanoi, että meidän pitäisi käyttää Rafaelin laseja."

"Niinkö, siinäkö kaikki?" Alfred sanoi. "Ymmärrän, ettet ole varma, mitä hän tarkoitti. Se on hyvin epämääräistä."

"Tiedän. Eikä hän sanonut, miten niitä käytetään."

Hadz kumartui ja kuiskasi jotain Reikille.

POP.

POP

Ja ne olivat poissa.

"Ehkäpä aloitetaan alusta. Kerro minulle tarkalleen, mitä Eriel kertoi sinulle."

"Kerroin jo. Hän käski käyttää Rafaelin laseja. Siinä kaikki. Mikael piti meidät aikakellossa. Aluksi luulin, ettei Eriel sanoisi sanaakaan. Hän sanoi ne kolme sanaa ja aika loppui. Seuraavaksi tajusin olevani taas täällä."

Alfred käveli ja huomasi sängyn päässä olevan huopalaatikon. "Mikä tämä sitten on?"

"Se kuului vanhemmilleni", E-Z sanoi taistellen nyyhkytystä vastaan. "Hadz ja Reiki pelastivat sen tulipalosta. He vain kertoivat pelastaneensa sen minun vuokseni - riskeerasivat jopa henkensä."

"Se oli niin", hän kyynelehti, "huomaavaista heiltä. Oletko jo käynyt sen läpi?"

"En, mutta aion käydä."

"Millainen Michael oli?"

"Hän klinkkasi paljon kävellessään. Se muistutti minua unesta, jonka näin PJ:stä, Ardenista ja giljotiinista."

"Ai, muistan, että kerroit meille siitä unesta. Oliko hän yhtä pelottava kuin pyöveli?"

"Mikael oli hyvin vihainen ja syystäkin. Eriel petti hänet, kaikki arkkienkelit ja meidät. Se, mitä en ymmärrä, oli, mikä voisi olla sellaisen riskin arvoista?"

"Valta - jotkut ihmiset tekisivät mitä tahansa saadakseen sitä. Mutta meidän on selvitettävä, miten voimme käyttää Rafaelin laseja pysäyttää Erielin ja Furien liikkeelle paneman suunnitelman."

E-Z poisti ne kasvoiltaan. Kun hän käytti niitä, veri ei sykkinyt eikä liikkunut kehyksissä, kuten se teki, kun Rafael käytti niitä. Hänellä ne olivat aivan kuin muutkin silmälasit.

"Käskekää lasien tehdä jotain", Alfred ehdotti.

"Lasit katoavat", E-Z käski.

Hän pudotti ne, ja ne putosivat lattialle.

E-Z huokaisi. Kaksi päätä ei todellakaan ollut tässä tapauksessa parempi kuin yksi. Hän nauroi.

"Oli mukava nähdä Hadz ja Reiki takaisin. Ovatko he täällä jäädäkseen? Tarkoitan, auttamaan meitä?"

"Ovat, mutta he ovat kokeneet paljon viime aikoina, ja he saattavat kärsiä PTSD:stä - se tarkoittaa posttraumaattista stressihäiriötä."

"Niin, tiedän. Mitä tapahtui?"

"Eriel tapahtui, se tapahtui. Hän on aiheuttanut kaaosta ja tuhoa maapallolla ja kaikesta päätellen muuallakin." E-Z piti tauon. "Entä jos käyttäisin laseja muodonmuutokseeni?"

"Ja tehdä mitä?"

"Jos voisin vaihtaa muotoani, voisin vierailla Furien luona Erielinä."

"Se onnistuisi vain, jos he eivät tietäisi, että hän oli jäänyt kiinni", Alfred sanoi.

"Joo, mutta jos he eivät tietäisi. Ajattele vahinkoa, jota voisin aiheuttaa. Voisin mennä sinne. He luulisivat, että olen heidän puolellaan. Ja voisin kääntyä heitä vastaan. BAM, voisin tyrmätä heidät suoraan puistosta!"

POP.

POP.

"Se olisi aivan liian vaarallista!" Hadz kiljui.

"Aivan liianooooooooooooooooooooo vaarallista!" Reiki kaikui.

"Sitä paitsi meillä on toinenkin idea."

"Kerro meille", E-Z sanoi.

"He ovat luoneet Valkoisen huoneen uudelleen, joten menimme sinne katsomaan, onko siellä kirjoja Rafaelin silmälaseista."

"Ja? Oliko siellä kirjaa?"

"Ei", Hadz sanoi.

"Mutta löysimme tämän", Reiki sanoi.

Se oli pikkuruinen vihko, noin E-Z:n etusormen pään kokoinen. Selkämyksen otsikossa luki: Raphaelin ensimmäinen Eenokin kirja.

Hadz ja Reiki selasivat sivuja, sillä kirja oli juuri sopivan kokoinen, jotta he pystyivät pitelemään sitä yhdessä.

"Tässä sanotaan", Hadz luki ääneen, "että Rafaelin tarkoitus oli parantaa maa, jonka langenneet enkelit olivat saastuttaneet."

"Muistatko, Rafael sanoi, että voin kutsua häntä vain silloin, kun loppu on lähellä? Ehkä lasit paljastavat voimansa minullekin vasta, kun niitä tarvitaan."

"Juuri niin", Hadz ja Reiki olivat samaa mieltä.

"Luulen, että tarvitsemme aivoriihen muiden kanssa, mutta ideasi muuttaa ulkonäkösi Erielin näköiseksi on hyvä", Alfred sanoi. "Meidän pitäisi vain keksiä, miten voisimme tukea sinua, kun teet sitä - jotta olisit turvassa."

"Se on huono ajatus", Hadz sanoi.

"Erittäin huono ajatus!" Reiki sanoi.

"Miten niin?" Alfred tiedusteli.

"Ensinnäkään et tiedä, mitä Furiat tietävät."

"Tai eivät tiedä."

"Toiseksi, se voi olla ansa."

"Erielin ja Furien järjestämä ansa."

"Kolmanneksi, ja mikä tärkeintä, -

"Eriel pelkää Mikaelia."

He sanoivat yhteen ääneen: "Rafaelin silmälasien täytyy olla avain kaikkeen. Eriel etsii anteeksiantoa ja lunastusta Mikaelilta ja muilta arkkienkeleiltä. Se on hänen ainoa toivonsa. Sinä olet hänen ainoa toivonsa. Siksi uskomme, että hän kertoi sinulle totuuden."

"Mutta entä jos Furiat eivät tiedä Erielin - tilanteesta? Kun he ovat pimennossa, meillä on tässä etulyöntiasema", Alfred sanoi.

"Olen samaa mieltä", E-Z sanoi.

Lia tunki päänsä huoneeseen, jota seurasi muu jengi. "Mitä kuuluu?" hän kysyi.

"Tule sisään, niin selitän. Niin, ja sulje ovi perässäsi."

"Kuulostaa epäilyttävältä", Lia sanoi. Hän huomasi Hadzin ja Reikin ja vilkutti heille. Sitten hän sulki oven heidän takanaan ja lukitsi sen

KAPPALE 16
MITÄ SEURAAVAA?

"**I**STUKAA ALAS, ASETTUKAA MUKAVASTI", hän sanoi, kun kaikki kasaantuivat hänen sängylleen. "Ensinnäkin niille, jotka eivät ole vielä tavanneet heitä - tämä on Hadz ja tämä on Reiki. He ovat ystäviä ja wannabe-enkeleitä. Heidät on nimitetty auttamaan meitä."

Haruto kumarsi, Lachie sanoi: "Hyvää päivää!" Charles ja Brandy kättelivät heitä.

Kun kaikki oli esitelty virallisesti, tiimi istui sängyn reunalla. E-Z:n mielestä he näyttivät bussia odottavilta matkustajilta.

"Me kaikki olemme täällä kukistamassa The Furiesia. Mutta meidän on otettava huomioon joitakin ajankohtaisia tietoja. Ennen kuin jatkamme eteenpäin."

"Mitä tarkoitat?" Lia kysyi. "Tarkoitatko, että voisimme jättäytyä pois?"

E-Z selvitti kurkkunsa.

"On parasta, että annatte minun kertoa teille kaiken, ja sitten voitte esittää kysymyksiä. Minun olisi varmaan pitänyt aloittaa sillä. Mutta käsittelen vielä kaikkea itse." Hän epäröi. "Tarkoitan, että anna minulle vähän löysää, sillä tilanne on hankala ja vielä hankalampi selittää."

Kaikki nyökkäsivät, joten hän jatkoi.

"Arkkienkelit ovat ottaneet Erielin huostaansa. Hän petti heidät ja on pettänyt meidät. Hän ei ole enää uhka meille, mutta hän on vaarantanut tehtävämme. Ongelma on, ettemme tiedä kuinka paljon. Mutta tiedämme enemmän hänen aikeistaan - saada Maa hallintaansa keinolla millä hyvänsä. Se, että hän lähti sitä varten arkkienkeleitä vastaan, oli jonkinlaisen riskin ottamista - jopa silloin, kun hänellä oli Furiat puolellaan."

Kaikkien kuultavissa oleva haukkuminen sai hänet pysähtymään hetkeksi tai kahdeksi, ennen kuin hän jatkoi.

"Arkkienkelit ovat kääntäneet hänelle selkänsä. Tapasin arkkienkeleitä johtavan Mikaelin, ja hän inhosi Erieliä. Ja Eriel oli kauhuissaan hänestä."

Lisää kuuluvia huokauksia.

"Suunnitelmamme A oli vangita Raivostajat peliympäristöön. Eriel oli tietoinen tästä suunnitelmasta. Itse asiassa hän rohkaisi meitä jatkamaan sitä. Meidän on siis siirryttävä suunnitelmaan B. Pelkästään se, että hän tiesi suunnitelmasta A, riittää meille sen hylkäämiseksi."

Lisää huokauksia ja "Voi ei!"

"Joten, suunnitelma B. Tiedän, että ajattelette itsestäänselvää asiaa: eli meillä ei ole suunnitelmaa B. No, meillä ei ollut. Mutta nyt meillä on. Järkyttääkö sinua, että B-suunnitelmamme on tullut petturimme suusta?"

Kaikki nyökkäsivät.

"Kuten sanoin aiemmin, tapasin Michaelin. Hän oli se, joka ehdotti Erielille, että hänelle voidaan antaa armahdus, jos ja vain jos hän auttaa meitä.

"Michael antoi meille vain viisi minuuttia aikaa. Ja suurimman osan siitä ajasta Eriel ei sanonut mitään. Sitten, juuri kun aika oli päättymässä, hän sanoi kolme sanaa: "Käytä Rafaelin laseja" - siinä kaikki. Muistin joskus myöhemmin, että Rafael oli sanonut, että Charles voisi olla salainen aseemme, joten lasien avulla meillä voisi olla kaksi asetta, joista he eivät tiedä."

Charles haukkoi henkeään.

E-Z kuittasi Charlesin nyökkäyksellä.

"Mutta ennen kuin rajaamme asian ja teemme aivoriihen, meidän on katsottava kokonaiskuvaa ja päätettävä, onko tämä meidän taistelumme. Jos tämä on jotain, mihin haluamme vielä tiiminä osallistua.

"Erielin ansiosta olen tänään elossa. Hän pelasti minut ja sanoi, että olen hänelle ja muille arkkienkeleille velkaa. Takaisinmaksuakseni tämän velan suoritin useita kokeita. Alfred ja Lia tulivat mukaan, ja yhdessä muodostimme Kolmen. Sitten erosimme heidän pyynnöstään.

"Perustimme oman supersankarisivuston ja autoimme ihmisiä. Kunnes arkkienkelit pyysivät apuamme Soul Catcher -piraattien kukistamiseksi. Aikanaan saimme tietää, keitä he olivat: Furiat, voimakkaat ja pahat kreikkalaiset jumalattaret, jotka olivat palanneet.

"Hadz ja Reiki veivät minut tiedustelemaan, näyttääkseen minulle heidän päämajaansa Kuolemanlaaksossa. Siellä näin omin silmin lasten sieluja täynnä olevien säiliöiden varastoinnin. Myöhemmin PJ ja Arden vietiin meiltä. Heidän tilansa ei ole muuttunut. Ja me näimme omakohtaisesti, kiitos Rafaelin, nuo ilkeät jumalattaret työssään.

"Furiat ovat arvokkaita vastustajia. Jos taistelemme heitä vastaan, voimme kuolla. Tämä ei tietenkään ole viimeisintä tietoa, mutta kannattaako riskeerata henkemme nyt, kun Eriel on pettänyt meidät?

"Ottaen kaiken huomioon ja erityisesti sen, että meillä on kaksi salaista asetta puolellamme. Tosin aseita, joita emme tiedä miten voimme käyttää. Ehkä olemme hyvässä tilanteessa voittaaksemme tämän taistelun. Se on, jos pysymme yhdessä ja jos pidämme toistemme selustaamme. Jos olemme valmiita laittamaan henkemme likoon vielä suuremman hyvän puolesta. Maapallon parhaaksi, maapallon pelastamiseksi. Mitä sanotte?"

Seuraavaksi kaikki - Alfredia lukuun ottamatta - pomppivat sängyllä ja sanoivat: "Yksi kaikkien puolesta ja kaikki yhden puolesta!"

E-Z nosti kätensä. "

"Kaikki, jotka kannattavat raivojen torjuntaa, sanokaa "Aye"."

Päätös oli yksimielinen.

Sobo koputti oveen kysyen: "Ehkä minäkin voin auttaa."

KAPPALE 17

KYSYÄ CHARLES DICKENS

B RANDY PILKKASI KUULUVASTI, MIKÄ sai kaikki huoneessa olevat katsomaan hänen suuntaansa. Nyt kun hän oli saanut kaikkien huomion, hän kysyi: "Ja miten sinä, vanhempi kansalainen, aiot auttaa supersankarilasten tiimiämme voittamaan kolme voimakasta pahaa jumalatarta?" Hän kysyi.

Huoneen läpi kajahti haukkuminen, mikä sai Haruton siirtymään nopeasti Sobonsa puolelle. Hän tarttui tytön käteen ja piti sitä sydäntään vasten.

Sobo, jota Brandyn tietämättömyys ei häirinnyt, kuiskasi pojanpojalleen rauhoittavia sanoja japaniksi.

"Pyydä anteeksi", E-Z vaati.

"Ei se mitään", Sobo sanoi. "Hän on oikeassa, en ehkä ole supersankari kuten te kaikki, mutta jokaisella tässä elämässä on jotain annettavaa."

"Anteeksi, Sobo", Brandy sanoi. Hän ei lopettanut siihen. "Tarkoitin, että..."

"Turpa kiinni!" Lia huudahti. "Tule sisään, Sobo."

"Tarvitsemme kaiken mahdollisen avun", E-Z sanoi.

Charles nousi seisomaan ja tarjosi paikkaansa Sobolle ja Harutolle.

"Kiitos", Sobo sanoi, ja hän ja hänen pojanpoikansa istuivat vierekkäin puhumatta hetken aikaa.

"Voitko sinä tarpeeksi hyvin?" Haruto kysyi.

"Kyllä, pikkuinen", Sobo sanoi. "Minullakin on supervoima. Sitä supervoimaa kutsutaan muodonmuutokseksi. Olen elänyt monia elämiä ja näytellyt monia rooleja... jokaisessa elämässä opin jotain uutta. Olen avoin oppimiselle, siitä elämässä on kyse. Tarjoan elämäni; tekisin mitä tahansa pelastaakseni sinut. Te kaikki."

"Jopa minut?" Brandy kysyi.

Sobo nauroi. "Varsinkin sinut, lapsi."

Brandy ylitti huoneen ja heitti kätensä Sobon kaulan ympärille. "Kiitos. Mutta miksi juuri minä?"

Haruto nousi seisomaan ja huudahti kädet lanteillaan: "Koska sinä olet hullu!"

Kaikki nauroivat, myös Brandy.

Sobo sanoi: "Koska olet peloton. Kyllä, pelottomuus on voimakas tunne, mutta sinun on opittava kärsivällisyyttä. Tarvitset molempia selviytyäksesi tässä maailmassa. Molempien avulla sinusta tulee entistäkin suurempi voima, jonka kanssa on varauduttava. Elämässä on kyse muutoksesta, itsesi muuttumisesta sisältä ulospäin, ulkoa sisäänpäin. Opi. Kasva. Meidän on oltava kuin puut, jotka muuttuvat vuodenaikojen mukana, taipuvat tuulen mukana."

"Niin kaunista", Charles sanoi.

"Mutta maailma on täynnä sekä hyvää että pahaa", Sobo sanoi. "Niin sen on oltava. Toisen on oltava olemassa, jotta toinen voi olla. Ja meidän, sinun ja minun ja kaikkien täällä olevien, on taisteltava vain hyvän puolella. Tässä maailmassa voi olla vain yksi voittaja. Tuon voittajan on oltava koko ihmiskunnan parhaaksi."

Sobo lopetti puhumisen. Hänen hengähtäessään muut pysyivät hiljaa odottamassa, että hän jatkaisi.

"Miksi olen täällä", Sobo jatkoi, "on tuoda terveisiä Rosalielta."

"Sinä ja Rosalie, Sobo, mutta miten?" Lia tiedusteli.

"Rosalie tuli luokseni unessa. Mistä tiesin, että se oli hän? Koska hän kertoi minulle niin. Unet ovat voimakkaita yhdistelijöitä. Henget ylittävät maailmoja ja sekoittuvat meihin ollakseen kanssamme tai kertoakseen meille asioita, joita emme tiedä, kuten varoituksia, ennakkoaavistuksia. Rosalie halusi auttaa meitä taistelemaan, taistelemaan ja voittamaan."

"Niin", E-Z sanoi. "Näen usein unta vanhemmistani. Joskus he paljastavat minulle asioita tai kertovat minulle asioita, joista he eivät voineet tietää. Elleivät he jakaisi elämääni kanssani."

"Kyllä, rakkaus on voimakas tunne, jolla ei ole rajoja. Ne, joita rakastat, etsivät sinua, löytävät sinut, auttavat sinua, jopa synkkinä aikoina."

"Onko hän", Lia kysyi, "onnellinen?"

Sobo hymyili. "Onnellisuus ei ole kaikki. Saanen vain sanoa, että hän on oma itsensä. Muuta sinun ei oikeastaan tarvitse tietää. Ja omana itsenään, astiana, joka taistelee myös vain hyvän puolella, hän uskoo sinuun, herra Charles Dickens. Te olette meidän voimamme."

"Minäkö?" Charles kysyi.

"Kyllä, Charles. Vie meidät kirjastoon. Kirjastoon pilvissä."

"En ole koskaan kuullutkaan siitä. En voi viedä teitä sinne. Hän on varmaan sekoittanut minut johonkin muuhun."

"Mikä kirjasto?" Brandy kysyi.

"Ja miksi se on pilvissä?" Lia tiedusteli.

"Olen käynyt siellä", Sobo sanoi. "Se on hyvin vanha ja suojeltu... vain ne, jotka tietävät, tietävät."

"Minä en ole yksi heistä", Charles sanoi.

"Tarvitset vain vähän apua", Sobo sanoi. "Anna hänelle Rafaelin silmälasit, niin hän on sitten, hän tietää."

"Hetkinen", E-Z sanoi. "Miten sinä pääsit sinne?"

"Etkö usko minua?" Sobo hymyili. "Rosalie vei minut sinne unessa... hän on henki... ja hän johdatti minut unikävijänä."

"Oletko varma, ettei se ollut muisto, jonka hän jakoi Valkoisesta huoneesta?"

"Ehdottomasti ei. Mistä minä sen tiedän?" Sobo kysyi. "Koska Rosalie kertoi minulle, ettei hän koskaan halunnut palata paikkaan, jossa nuo ilkeät sisaret murhasivat hänet."

"Siinä on järkeä, ja silti jokin, mitä Rafael sanoi siitä, ettei hän koskaan luovuta laseja - kenellekään - saa minut huolestumaan siitä, että menisin vastoin hänen toiveitaan." "Se on järkevää."

"Entä jos Rosalie ei kuuluisi niihin, jotka tietävät asiasta?" "Mitä jos Rosalie ei kuuluisi niihin, jotka tietävät asiasta?" Sobo tiedusteli. "Pitäisikö meidän jättää käyttämättä tämä tilaisuus, jolla voimme lisätä mahdollisuuksiamme voittaa Raivostajat, hylkäämällä Rosalien luotetun ystävän ja uskotun henkilön viimeisimmät tiedot?"

"Kerro ensin", E-Z sanoi, "millaista se oli?"

Sobo sulki silmänsä. "Kuvittele aika, jolloin laitoit kuuman veden päälle vain suihkussa tai kylpyammeessa, ilman tuuletinta ja ilman ikkunaa auki. Lähdit huoneesta hakemaan jotain ja suljit oven. Kun avasit sen myöhemmin, huone oli täynnä höyryä, ja kun astuit sisään, et nähnyt mitään - aluksi. Mutta silmäsi sopeutuivat, ja sitten näit kaiken. Minulle kävi samoin, kun astuin ensimmäistä kertaa sisään Pilvikirjastoon."

Hän avasi silmänsä. "Kuvittele pilven sisätila, jossa oli kirjoja. Jokainen kirjoitettu, julkaistu kirja kaikki siellä edessäsi. Saatavilla luettavaksi, otettavaksi, opittavaksi. Sellaista Pilvikirjastossa oli. Ja meidän kaikkien on tarkoitus mennä katsomaan sitä itse, nyt. Tänään."

"Se kuulostaa taianomaiselta", Charles sanoi. "Minä haluan mennä. Haluan viedä teidät kaikki sinne."

"Se kuulostaa liian hyvältä ollakseen totta", Brandy sanoi.

Sobo hymyili.

E-Z epäröi ennen kuin otti lasit pois ja ojensi ne Charlesille.

"E-Z", Sobo sanoi, "Rosalie kertoi, että poikkeus Rafaelin sääntöön oli Charles. Muistatko? Ja hän oli se, joka paljasti, että Charles oli salainen aseemme."

E-Z nyökkäsi ja antoi lasit Charlesille.

Epäröimättä Charles laittoi ne päähänsä. Kun hän pujotti ne korviensa taakse, kehysten värit sykkivät kaikissa tunnetuissa väreissä. Kaikki värit paitsi punainen. Kun lasit asettuivat ruohonvihreän sävyyn, Charlesin niska vääntyi vasemmalle oikealle oikealle oikealle vasemmalle. Hän suoristui ja tuijotti eteenpäin.

"Olen valmis", hän sanoi. "Pitäkää toisianne kädestä kiinni, jotta olemme kaikki yhteydessä toisiimme, ja vien teidät sinne."

"Odottakaa meitä!" Hadz ja Reiki huusivat, kun he hyppäsivät E'Z:n olkapäille ja pitivät kiinni henkensä edestä. Hetkeä myöhemmin kukaan ei ollut mennyt minnekään.

KAPPALE 18

MIKÄ MENI PIELEEN?

"E N YMMÄRRÄ", CHARLES SANOI. "Näin sen mielessäni. Ehkä tarvitsen ohjeita tai joitakin taikasanoja. Kertoiko Rosalie sinulle jotain erityistä, mitä minun pitäisi tehdä sen lisäksi, että laitan lasit Sobolle?" Charles tiedusteli.

Sobo pudisti päätään. "Kokeile jotain muuta."

"Vie meidät Pilvihuoneeseen!" hän vaati.

Tällä kertaa ryhmänä kaikki huojuivat, kuin joku olisi avannut ikkunan.

"Sulkekaa silmänne", Charles sanoi. "Ovatko kaikki valmiina?" Kaikki nyökkäsivät. Hän sulki silmänsä, kun supersankariryhmä plus Sobo hajosi.

"Jokin tuntuu, erilaiselta", Lachie sanoi avaten silmänsä. "Minusta tuntuu erilaiselta."

Myös E-Z tunsi itsensä oudoksi avatessaan silmänsä. Hadz ja Reiki kuorsasivat nyt. Tuntui oudolta ajalta ottaa torkut. Ja mikä muu oli erilaista? Rafaelin silmälasit olivat värittömät. Miksi? Sitä ei ollut koskaan ennen tapahtunut. Mitä muuta? Alfred - missä hemmetissä Alfred oli?

"Alfred? Missä sinä olet?"

Lia purskahti itkuun.

"Miksi sinä itket?" E-Z kysyi.

"Koska en näe mitään, enkä käsilläni. En enää."

"Charles. Silmälasit", Brandy sanoi.

"Entä ne?" Hän otti ne pois.

He peittivät korvansa, kun Sobo heitti päänsä taaksepäin ja ulvoi kuin banshee, kunnes pehmeä orkesterimusiikki peitti hänen itkunsa, ja kaikki nukahtivat.

$$* * *$$

N YT KUN KAKSOSET NUKKUIVAT, Samantha ja Sam miettivät, miten kokous sujui E-Z-huoneessa. Kun he saapuivat paikalle, ovi oli lukossa, eikä kukaan vastannut, kun he koputtivat.

"Sepä outoa", Sam sanoi. "E-Z ei koskaan lukitse ovea.

"Hae avain", Samantha sanoi.

Samilla oli paha aavistus, kun hän työnsi avaimen lukkoon.

Sam ja Samantha katsoivat, kun Sobo, Brandy, Lia, Lachie, Haruto, Charles ja E-Z tuijottivat eteenpäin kuin mallinuket näyteikkunassa.

"He tuskin hengittävät", Sam sanoi.

"Ja missä Alfred on?"

"Ja miksi Charlesilla on Rafaelin silmälasit?"

"Minua pelottaa", Samantha sanoi ja otti miehensä käden omaansa.

"Minusta meidän ei pitäisi häiritä täällä mitään", Sam sanoi. "Minusta tuntuu, että jotain on tekeillä, josta emme tiedä."

"Se on karmivaa."

"Mikä se on?" Sam kysyi huomaten laatikon E-Z:n sängyn päässä. "En voi uskoa tätä! Se ei voi olla totta." Hän kumartui ja nosti arkun kannen, jonka hän oli nähnyt monta kertaa veljensä huoneessa. Arkun, jonka hän oli luullut tuhoutuneen tulipalossa. Kuten oli tapahtunut E-Z:n kanssa, sisällä olevien tuoksujen synnyttämät muistot nousivat esiin, ja tunteet valtasivat hänet.

"Lähdetään pois täältä", Samantha sanoi. "Voit kertoa minulle lisää arkusta ulkona."

"Annetaan sille vähän aikaa. He heräävät pian ja..."

"En usko, että meillä on muuta vaihtoehtoa", Samantha sanoi, kun he sulkivat oven takanaan.

KAPPALE 20
CLOUD ROOM

CHARLES SEISOI HETKEN JA katseli ympäristöään. Oliko hän tuonut heidät väärään paikkaan? Hän ja muut (jotka kaikki nukkuivat) olivat korkealla taivaalla, eikä yhtään pilveä näkynyt. He olivat laskeutuneet keskelle lasista tehtyä alustaa. Hänellä ei ollut aavistustakaan, miten se oli pysynyt pystyssä. Hän huomasi E-Z:n pyörätuolin vierivän eteenpäin, joten hän ryntäsi paikalle ja herätti hänet.

"Missä me olemme?" hän kysyi ja nykäisi Hadzin ja Reikin, jotka olivat yhä hänen harteillaan äänekkäässä unessa, hereille.

"Herätys! Herää!" Charles käski.

Yksi kerrallaan he avasivat silmänsä, sitten he tajusivat, kuinka korkealla he olivat, ja tarrautuivat toisiinsa yrittäen olla liikkumatta. He yrittivät olla katsomatta alas lasin läpi, joka esti heitä putoamasta maahan.

"Kunpa tässä olisi kaide!" Lia huudahti. Hän näki nyt kaiken, mutta osa hänestä toivoi, ettei näkisi.

"Mikä sitä pitää pystyssä, sitä en saa selville", Charles sanoi.

"En ole koskaan ollut b-suuri korkeiden paikkojen ystävä", Brandy sanoi tarttuessaan lähimpään saatavilla olevaan käteen, joka kuului Charlesille.

"Voi", hän sanoi tuntien, kuinka kylmä hänen kätensä oli.

"Minä lennän tuonne katsomaan", E-Z sanoi, ja hän lähti lentoon liikkuen alustan ympärillä, joka näytti kuin se olisi kasvanut tyhjästä, eikä mikään pitänyt sitä pystyssä eikä mikään ankkuri pitänyt sitä paikallaan.

Haruto piti kiinni isoäitinsä kädestä. Hän heräsi hitaammin kuin muut. Kun hän näytti olevan täysin hereillä, hän sanoi vain "Voi ei". Uudestaan ja uudestaan.

"Eihän tämä ole Pilvihuone, jonne Rosalie vei sinut?" Charles kysyi.

Sobo otti askeleen, kaksi askelta, kun lapset takertuivat häneen. Hän sulki silmänsä, puristi ne tiukasti kiinni ja avasi ne sitten uudelleen.

"Mitä sinä teet?" Brandy tiedusteli.

"Etsin kirjoja", Sobo sanoi. "Jos tämä on se paikka, täällä pitäisi olla kirjoja. Paljon kirjoja. En näe yhtään. En yhtäkään."

E-Z, joka tutki yhä alustan rakennetta, kysyi: "Tuntuuko siltä, että olemme oikeassa paikassa? Voisivatko kirjat olla naamioituja? Näkeekö kukaan niitä?"

Kaikki pudistivat päätään kieltävästi, jopa Hadz ja Reiki, jotka eivät tähän mennessä olleet sanoneet sanaakaan keskenään.

"Minulla on paha, paha tunne tästä paikasta", Hadz ja Reiki lauloivat yhteen ääneen.

Charles epäröi ennen kuin puhui. "Näin päässäni kirjaston, kun laitoin lasit päähäni, ja se oli sellainen kuin Sobo kuvaili sen meille. Siellä ei ollut lasialustaa. Tämä paikka ei ole sellainen kuin kuvittelin. Aluksi ajattelin, että lasit olivat tehneet virheen, mutta nyt, jos Hadzilla ja Reikillä on paha aavistus, ja Sobolla myös, luulen niin." Sobo nyökkäsi, ja hän huomasi, että nainen vapisi. "Luulen, että meidän on häivyttävä täältä - ja nopeasti."

E-Z huomasi, että Alfred puuttui. "Tietääkö kukaan, mitä Alfredille tapahtui? Meidät kaikki yhdisti kosketus, kun tulimme tänne. Miten hän olisi voinut kiintyä?" Nyt hän huomasi, että Hadz ja Reiki näyttivät olevan poissa tolaltaan. Melkein kuin heidät olisi huumattu, sillä heidän silmänsä lysähtivät päähän ja heidän oli vaikea pysyä hereillä.

"Joutsenilla ei ole sormia, joita koskettaa", kaksi wannabe-enkeliä lauloivat yhteen ääneen. He purskahtivat nauruun ja pyörivät ympyrää, kunnes heitä huimasi liikaa pysyäkseen pinnalla, ja he putosivat lasilattialle RÄJÄHDYKSELLÄ.

"Okei, Charles, se riittää minulle todisteeksi. Vie meidät takaisin kotiin - nyt."

Charles, joka oli ottanut Rafaelin lasit pois, laittoi ne nyt takaisin tarkoituksenaan noudattaa E-Z:n käskyjä, huudahti: "Ai, tuolla ne ovat!"

"Näetkö nyt kirjat?" Sobo kysyi.

"En nähnyt, kun saavuimme, mutta nyt näen. Mitä minun nyt pitäisi tehdä?"

"Siinä ei ole mitään järkeä", Sobo sanoi, "miksi ne olisi naamioitu sinulle ja sitten paljastettu? Rosalie ei maininnut näitä asioita."

"Luulen, että ilma täällä ylhäällä vaikuttaa aivoihin", E-Z sanoi. "Minulla alkaa olla huono olo ja huimausta. Meidän on parasta häipyä täältä ja äkkiä, tai päädymme kasvot alaspäin laiturille kuten Hadz ja Reiki."

Charles ojensi kätensä, ja siihen lensi kirja, jonka hän tunki paitansa sisään. "Vie meidät takaisin!" hän huusi. Kuten ensimmäisellä kerralla, kun he yrittivät sitä, mitään ei tapahtunut.

"Ehkä meidän on pidettävä toisemme kädestä kiinni", Sobo sanoi. "Ja sulkea silmämme uudelleen."

He tekivät molemmat niin, ja heti valtavat tuulenpuuskat alkoivat puhaltaa heitä ympäriinsä laiturilla. He käpertyivät yhteen kuin jalkapallojoukkue ennen isoa peliä ja takertuivat toisiinsa. Työnsivät jalkojaan alustalle toivoen, etteivät ne lentäisi pois.

E-Z pyöritteli aivojaan yrittäen keksiä ulospääsyä. Oliko ainoa keino käyttää ainoaa ja ainoaa mahdollisuutta kutsua Rafael apuun? Hän katsoi Charlesia, joka näytti häipyvän. "Charles!" hän huusi, ja sitten hän huomasi olkansa yli, että heitä kohti tulivat nopeasti Baby, Little Dorrit ja Alfred.

Alfred huusi: "Meidän on saatava sinut pois täältä - nyt. Tämä paikka on kuin majakka, joka valaisee sinut koko maailman nähtäväksi, myös Furien!"

Sobo nyyhkytti: "En tiennyt, että he käyttivät Rosalieta ansana."

"Charles näki kirjat, ja hän sai jopa yhden. Mennään turvaan. Ketään ei voi syyttää. Aikeenne olivat kaikki hyvät", E-Z sanoi.

"Kiitos", Sobo sanoi, kun hän alkoi häipyä sisään ja ulos, kuten Charles oli tehnyt. Brandy tarttui hänen käteensä ja piti siitä tiukasti kiinni, kunnes Sobo ei enää himmennyt.

Alfred sanoi: "Tule!"

Lachie hyppäsi Sobon selkään, veti vapisevan Charlesin mukaansa, ja he lensivät. Hänen paitansa sisällä oleva kirja, jota hän piti siellä, laajeni ja kaksi hänen paitansa nappia lensi irti. Hän piti kirjaa tiukasti kiinni toisella kädellä ja toisella Lachiesta kiinni, kun Baby kiihdytti vauhtia.

Little Dorrit kumartui alas koskematta laituriin, jotta muut pääsivät kyytiin, kun E-Z tarttui Hadziin ja Reikiin. He lähtivät lentoon, Alfred ja E-Z lensivät vierekkäin, kun taivas muuttui sinisestä mustaksi, mustasta siniseksi, mustaksi, ja tähdet tulivat esiin, mutta ne eivät olleet tähtiä. Ne olivat silmämunia. Mörköjä ampuvia silmämunia, kuten ne, jotka hän oli kohdannut Kuolemanlaaksossa, kun hän kohtasi ensimmäisen kerran Furiet.

RÄPSY. RÄPSY. SPLAT.

SPLAT. SPLAT. SPLAT. SPLAT.

SPLAT. SPLAT. SPLAT. SPLAT. SPL-

Charles huusi täysillä: "KOTI!" Ja tällä kertaa se toimi. He olivat taas kotona. Turvassa.

Haruto heitti kätensä isoäitinsä ympärille.

"On niin mukavaa olla taas kotona", molemmat sanoivat toisilleen.

Hetkeä myöhemmin Sam ja Samantha saapuivat.

∗∗∗

"N äimme ruumiinne nukkumassa huoneessanne. Emme tienneet, mitä tehdä", Sam sanoi.

"Se on pitkä tarina", E-Z sanoi.

Sobo kysyi Charlesilta: "Onnistuitko pitämään kirjan hallussasi?" "Totta kai onnistuin", Charles sanoi ja piteli kirjaa. Se oli iso nide, kovakantinen, jossa oli paksu selkämys, jonka kaikki näkivät ja pystyivät lukemaan -

Charles Dickensin kirjoittama Suuri odotus.

"Toitko yhden omista kirjoistasi?" Brandy huudahti.

Lachie pilkkasi.

"I..." Charles sanoi. "Käskit minun valita minkä tahansa kirjan, ja tämän otin sattumanvaraisesti."

"Kaikella on syynsä", Lia sanoi.

"Mutta tämä on todella liioiteltua", Brandy huudahti.

"Rauhoittukaa kaikki", E-Z sanoi. "Charles teki parhaansa näissä olosuhteissa - ja ainakin HÄN näki kirjat. Kukaan meistä ei päässyt."

"Suuret odotukset", Alfred sanoi, "on grrr-syö-kirja!" Hän kuulosti brittiversiolta Tony Tiikeristä muromainoksissa.

"Hän on oikeassa", Sam ja Samantha olivat samaa mieltä. "Se on yksi hienoimmista romaaneista, joita on koskaan kirjoitettu."

Charles otti Rafaelin silmälasit pois ja ojensi ne takaisin E-Z:lle, joka laittoi ne heti päähänsä. Hän pudisti päätään, mutta Charlesin kädessään pitämän kirjan nimi oli edelleen toinen. Hän luki uuden otsikon ääneen,

"Unelmien kenttä, kirjoittanut W. P. Kinsella."

"Anna minun kokeilla", Lia sanoi ja kurottautui Rafaelin silmälaseihin.

"Odota!" E-Z huusi, kun Lia otti ne pois hänen kasvoiltaan. "Älä laita niitä. Muista, että Raphael sanoi, että vain minä saisin pitää niitä, mutta tein poikkeuksen Charlesille Sobon unen takia, mutta mielestäni meidän ei pitäisi jakaa niitä ympäriinsä. Sitä paitsi tiedämme jo vastauksen kysymykseen, jonka me kaikki kysymme itseltämme. Se on kirja, joka muuttuu sellaiseksi kuin lukija haluaa."

"Tai tarvitsee nähdä", Sobo sanoi.

"Mutta minä en halunnut tai tarvinnut nähdä Suuria odotuksia. En ole koskaan edes kuullut siitä!"

"Mutta kuvittele", Sam sanoi, "millainen kirjasto se voisi olla tulevaisuudessa. Meidän tarvitsee vain keksiä kirjan nimi, ja voila, pidämme sitä käsissämme."

"Se ei kuitenkaan olisi kovin hyvä kirjailijoille, tarkoitan, miten he saisivat palkkaa?" Samantha tiedusteli.

"En tiedä, miten se kaikki toimisi, ja ehkä meiltä jää tässä jotain suurta huomaamatta", Alfred sanoi.

"Isoa, kuten mitä?" E-Z tiedusteli.

"Entä jos kirja valitsisikin lukijan eikä päinvastoin?" "Mitä jos kirja valitsisikin lukijan?"

"Doo-doo-doo-doo-doo", Brandy lauloi, mikä oli Twilight Zonen musiikkia.

"Kerrataanpa vielä kerran. Sobo näki unta, jossa Rosalie näytti hänelle Pilvikirjaston ja Rafaelin silmälasien avulla Charles saattoi viedä meidät sinne. Jonka hän tekikin, mutta paikka ei ollutkaan sellainen kuin odotimme. Vain Charles näki kirjat, hän nappasi yhden ja paluumatkalla kimppuumme hyökkäsivät räkäisiä ampuvat silmämunat, samanlaiset kuin ne, jotka hyökkäsivät Hadz Reikin ja minun kimppuumme Kuolemanlaaksossa." "Siinäpä se pähkinänkuoressa", Brandy sanoi.

"Mietin vain, kertoiko Eriel The Furiesille siitä, että Raphael antoi E-Z:lle hänen silmälasinsa", Lachie kysyi.

"Sitä emme ehkä koskaan saa tietää", E-Z sanoi, "koska Michael antoi Erielille vain yhden tilaisuuden puhua minulle." "Se on jotain, mitä emme ehkä koskaan saa tietää", E-Z sanoi. Hän meni ikkunan luo ja katsoi ulos. "Ihmettelenpäs", hän sanoi.

"Mitä ihmettä?" kaikki huudahtivat.

"Tietävätkö Furiat lasista ja niiden voimista. Jos he huijasivat meidät Rosalien kautta käymään Pilvikirjastossa, heidän täytyy tietää Charlesista. Se tarkoittaa, ettei hän ole enää salainen ase. Miten he ovat voineet tietää? Ja vielä silmäpussit - se on liian suuri yhteensattuma."

"Eriel käski sinun käyttää laseja", Alfred sanoi.

"Näin hänet, miten häntä pidettiin vangittuna, eikä hän olisi mitenkään, ei mitenkään mitenkään voinut lähettää viestiä Furioille... ei niin, että Mikael vartioi hänen jokaista liikettään." E-Z rullasi takaisin sinne, missä muutkin olivat. "Muuten Alfred, miten sinä muuten jouduit eroon meistä?"

"Olin eksynyt mustan pilven sisälle, kunnes kutsuin Pikku Dorritin ja Babyn avukseni, ja loput tiedätte."

"Se oli niin outoa", Charles sanoi. "Yhtenä hetkenä en nähnyt kirjoja, otin silmälasit pois, laitoin ne takaisin ja niitä oli kaikkialla. Silti olin ainoa, joka pystyi näkemään ne."

"Minä näin ne", Baby sanoi. "Tämä lensi minua kohti", hän heitti sen Charlesille, joka nappasi sen kahdella sormella.

Se oli minikokoinen kirja, jonka selkämyksessä oli pieni otsikko, jonka kaikki lukivat ääneen:

"Kaikki, mitä olet halunnut tietää raivoista, mutta et uskaltanut kysyä, kirjoittanut Anonyymi."

"Pisteet!" Brandy huudahti.

He kerääntyivät pikkuruisen kirjan ympärille, kun Charles avasi sen varovasti. Sisällä etukansi oli tyhjä, samoin ensimmäinen sivu. Hän kääntyi seuraavalle sivulle, jossa oli sanoja, jotka alkoivat heti liikkua, sekoittua. Sanat leijuivat sivulla, sekoittuivat ja sekoittuivat uudelleen kuin olisivat unohtaneet, mitä sanoja ja kieltä niiden oli tarkoitus edustaa.

E-Z:tä, jolla oli yhä Rafaelin silmälasit päässään, huimasi, kun sanat siirtyivät ympäriinsä, ja hän otti ne pois.

"Kokeile sinä", hän sanoi Charlesille ja ojensi lasit.

Charles laittoi ne silmälasit päähänsä ja otti ne nopeasti taas pois ja ryntäsi ikkunan luo haukkaamaan raitista ilmaa. Hän ojensi ne takaisin E-Z:lle.

"Nyt sinä", hän sanoi Sobolle, joka kieltäytyi kokeilemasta laseja kuten Haruto."

"Minä kokeilen", Lia sanoi, mutta liittyi pian Kaarlen seuraan ikkunalle.

"Lachie?" E-Z kysyi.

"Totta kai", hän sanoi ja laittoi lasit päähänsä, mutta otti ne sitten heti taas pois. "Ei onnistu", hän sanoi ja lysähti sängylle.

"Anna minun kokeilla!" Brandy sanoi, kun E-Z laittoi lasit hänen käteensä, ja hän asetti ne kasvoilleen. "Hetkinen", hän sanoi, "luulen näkeväni jotain, se on se on..." ja hän oksensi vihreää ainetta, joka onneksi osui seinään eikä ihmiseen.

"Tule mukaamme", Sam ja Samantha sanoivat Brandylle, "autamme sinua siistiytymään."

"Äh, kiitos", E-Z sanoi, käänsi tuolinsa Alfredia kohti ja asetti sitten lasit nokalleen.

"Joutsenella on silmälasit. Naurettavaa!" Alfred sanoi.

"Näytät hyvin opiskelevalta!" Charles sanoi.

"Näytät ihan professori Ludwig von Drakelta!" Brandy huudahti.

Sam sanoi: "Hän oli Aku Ankan opettaja."

"Ai", sanoivat ne, jotka olivat liian nuoria kuullakseen Aku Ankasta.

"Voi ei", Alfred sanoi, kun sanat lakkasivat pyörimästä ja palasivat siihen tapaan, jolla kirjailija oli ne kirjoittanut. Hän luki kaksi ensimmäistä sivua, sitten seuraavan, seuraavan ja seuraavan. Hän lensi koko kirjan läpi pikalukijan vaivattomuudella, ja kun hän oli lopettanut, kirja lyötiin kiinni.

POOF

Ja se oli poissa.

"No, se oli mielenkiintoista", Alfred sanoi ojentaen lasit takaisin E-Z:lle ja estäen itseään kaatumasta.

"Tarkoitatko, että luit koko kirjan?" Sam sanoi. "Nuo lasit ovat merkittävät."

"Muistan kaiken, mutta minun on käsiteltävä tietoa ja minun on levättävä. En halua istua tässä ja lukea sitä kokonaisuudessaan. On parempi, että lajittelen sen, mitä olen oppinut, ja sitten puhumme siitä."

"Entä jos", Brandy kysyi, "sinulta jäi jotain huomaamatta, mitä kukaan meistä ei olisi voinut jättää huomaamatta"? Ei mitään henkilökohtaista."

Alfred nauroi. "Vaikka olen nyt joutsenen muodossa, se ei tarkoita, ettenkö olisi lukenut monia, monia kirjoja elämäni aikana. Itse asiassa kävin nuorena Oxfordin yliopistoa ja valmistuin sieltä kiitettävästi. Olen opiskellut kirjallisuutta ja taidetta."

E-Z sanoi: "Sinä et valinnut kirjaa - kirja valitsi sinut. Kukaan meistä ei osannut lukea siitä sanaakaan."

"Kiitos, että uskoit minuun."

Lia sanoi: "Kuinka kauan haluat murehtia? Voimmeko mennä katsomaan sitä elokuvaa?"

Samantha sanoi: "Minun täytyy tehdä lisää popcornia. Söimme jo toisen kulhollisen."

"Stressisyömistä", Sam sanoi virnistäen.

"Kiitos", Alfred sanoi. "Palaan luoksesi niin pian kuin voin."

"Ota niin paljon aikaa kuin tarvitset", E-Z sanoi, "tule luoksemme, kun olet valmis."

Jengi meni olohuoneeseen ja laittoi elokuvan valmiiksi. Samantha teki lisää popcornia mikroaaltouunissa. Kaikki kokoontuivat katsomaan elokuvaa.

Alfred nukkui jonkin aikaa tavallisessa paikassaan, mutta hän näki unia, enimmäkseen painajaisia, ja lopulta hän vei itsensä puutarhaan haukkaamaan raitista ilmaa. Kaikki olivat riippuvaisia hänestä, ja paine painoi häntä, kun minäkirjan sisältö pyöri hänen mielessään.

KAPPALE 21
VIESTI RANSKASTA

E-Z KATSOI ELOKUVAN ENSIMMÄISEN puoliskon yhdessä muiden kanssa, ja päätti sitten levottomana tehdä töitä. Hän tupsahti huoneeseensa odottaen löytävänsä Alfredin nukkumassa, mutta Alfredia ei näkynyt missään. Huolestuneena hän meni takaovelle ja katsoi ulos nähdäkseen joutsenen nukkuvan sikeässä unessa nurmikkotuolilla. Hän sulki oven ja palasi huoneeseensa, avasi kannettavan tietokoneensa ja kirjautui sisään.

Hän kävi mielessään muutaman kerran edestakaisin päättämässä, voisiko hän keskittyä romaaninsa kirjoittamiseen vai pitäisikö hänen käyttää tämä aika siihen, että hän tekisi lisää tutkimusta heidän vihollisistaan, Furioista. Viestin ääni, joka kilahti hänen postilaatikkoonsa, teki päätöksen. Siinä oli punainen rasti, joka merkitsi kiireellisyyttä, ja vaikka se ei sisältänyt liitetiedostoja, hän ei klikannut sitä. Sen sijaan hän luki sen esikatselussa. Tai yritti lukea sitä. Viesti oli täysin eri kielellä. Hän huomasi pari sanaa, jotka hän tunnisti ranskaksi, joten hän kopioi tekstin, meni hakukoneeseen ja liitti seuraavan viestin verkkokääntäjään:

Cher E-Z Dickens,

Je m'appelle François Dubois et j'ai sept ans. J'habite à Paris, en France, et j'aimerais faire partie de votre équipe de Superhéros. Vous vous demandez peut-être quelles compétences j'apporterais à l'équipe. C'est une bonne question et je serai heureux d'y répondux. Mais je me demande si ce site est sécurisé.

Jos haluatte puhua kanssani enemmän, voitte lähettää minulle suoraan viestin. Mon adress de courriel est jointe. J'ai hâte d'avoir de vos nouvelles.

Votre ami,

Francois

Hän painoi lähetä ja seuraava käännös tuli:

Dickens,

Nimeni on Francois Dubois ja olen seitsemän vuotta vanha. Asun Pariisissa, Ranskassa, ja haluaisin päästä supersankarijoukkueeseenne. Voitte kysyä, mitä taitoja minulla olisi joukkueeseen. Se on hyvä kysymys ja vastaan siihen mielelläni. Mutta mietin, onko tämä sivusto turvallinen?

Jos haluatte puhua kanssani lisää, voitte lähettää minulle suoraan sähköpostia. Sähköpostiosoitteeni on liitteenä. Odotan innolla yhteydenottoanne.

Ystäväsi,

Francois

Kiinnostuneena hän luki viestin useita kertoja uudelleen ja mietti sen ajoitusta. Hän mietti, oliko hän vainoharhainen, kun ajatteli, että tämä poika Ranskasta asti voisi vehkeillä Furien kanssa. Vaikka hän olikin ylivarovainen, hänellä oli siihen oikeus, ja ryhmänsä johtajana hänen tehtävänään oli varmistaa, että tämänkaltaiset tiedustelut olivat laillisia. Hän tarvitsisi Sam-sedän apua asian selvittämiseen, mutta nyt hän lähettäisi muutaman tunnustelun ja katsoisi, mitä tulisi takaisin.

Hän kirjoitti nopean viestin kääntämättä sitä. Poika voisi käyttää hakukonetta, kuten hänkin, ja löytää kääntäjän, ja luettuaan sen uudelleen useita kertoja painoi SEND.

Rakas Francois,

Kiitos viestistäsi. Miten kuulit meistä?Ystävällisin terveisin,

E-Z.

Francoisin vastaus tuli takaisin niin nopeasti, että se sai E-Z:n epäilemään vielä enemmän. Tällä kertaa siinä luki englanniksi:

Dear E-Z,

Kiitos nopeasta vastauksestasi.

Opettajani näki verkkosivusi, ja opimme sinusta ja ryhmästäsi osana ajankohtaisten tapahtumien oppituntia.

Toivottavasti kuulen sinusta pian.

Ystäväsi,

Francois.

Se kuulosti todellakin lailliselta. Hän kirjoitti toisen viestin ja kysyi Francoisilta, millaisia supersankarivoimia hänellä oli tarjota tiimilleen, jotta hän voisi keskustella siitä heidän kanssaan. Hetkeä myöhemmin Francois lähetti hänelle seuraavan viestin:

Rakas E-Z,

Kiitos, että annoit tilaisuuden kertoa sinulle supersankaritaidoistani.

Ensinnäkin, kuten sinäkin, en ole aina ollut supersankari. Tämä on meille yhteistä. Siksi ajattelin, että sopisin hyvin tiimiinne.

Sen sijaan, että kertoisin sinulle, haluaisin näyttää sinulle. Liitteenä on yksityinen kutsu YouTube-kanavamme katsomiseen - isäni auttoi minua. Linkki on vain sinun käytettävissäsi, ja kutsu päättyy kahdenkymmenenneljän tunnin kuluttua.

Odotan innolla, että kuulen sinusta, kun olet nähnyt sen.

Ystäväsi,

Francois.

Uteliaana ja epäröimättä E-Z napsautti linkkiä. Esiin avautui viesti, jossa häntä pyydettiin vastaamaan kysymykseen, johon hänellä ei ollut vaikeuksia vastata, koska se liittyi baseballiin.

Sisään päästyään hän napsautti klippiä, käänsi äänenvoimakkuutta ja se alkoi välittömästi.

Ensimmäinen henkilö, jonka hän näki, oli lapsi, joka esittäytyi seitsemänvuotiaaksi Francois Dubois'ksi tekstin välityksellä, joka oli käännetty häneltä ruudun alareunassa.

Lapsi oli pitkä, hyvin pitkä. Itse asiassa hän seisoi useiden mittakeppien vieressä. Hänen isänsä zoomatessa näytti, että Francois oli seitsemänvuotiaana jo 163 senttimetriä pitkä. Pituutensa lisäksi Francois näytti ihan tavalliselta seitsenvuotiaalta: hänellä oli punaruskeat hiukset, paksut silmälasit, joissa oli tummat kehykset nenässä, ruudullinen paita, siniset farkut ja mustat juoksulenkkarit.

"Bonjour E-Z!" Francois sanoi hymyillen, mikä paljasti, että hänen kaksi etuhampaansa puuttui.

E-Z hymyili takaisin ja katseli sitten, kun Francois ja hänen isänsä keskustelivat jostakin asiasta ranskaksi ilman minkäänlaista käännöstä. Heidän keskustelunsa vaikutti kiihkeältä heidän käden eleidensä ja ilmeidensä perusteella. Hän toivoi, ettei Francois aikonut yrittää jotain vaarallista.

E-Z katseli, kun Francois jatkoi kävelyä kohti Pariisin, Ranskan tunnetuinta maamerkkiä - Eiffel-tornia. Ulkona oleva kyltti ilmoitti, että sisäänpääsy maksoi 12-24-vuotiaille 5 euroa. Francois sulki silmänsä ja avasi ne sitten uudelleen. Hetkinen. Jokin oli muuttunut, ehkä se johtui valaistuksesta.

Hän jatkoi katselua, kun Francois asettui toisen kyltin viereen, jossa luki:

Pariisin maailmannäyttely, 15. toukokuuta 1889.

"WHOA!" E-Z huudahti yrittäen tajuta, mitä hän oli juuri nähnyt. Aikamatkailua?

Francois sulki silmänsä ja oli taas alkuperäisen kyltin vieressä 12-24 vuotta 5 euroa.

Kamera meni sumeaksi. Ruudun alareunaan ilmestyivät sanat: "Hetki vain."

Naksahdus, ja kamera alkoi pyöriä uudelleen, mutta tällä kertaa Francois seisoi Notre-Dame de Paris -katedraalin vieressä. Vuoden 2019 suuren tulipalon jälkeen sitä oltiin jälleenrakentamassa, ja telineet ja nosturit olivat ahkerasti töissä.

Kuten ennenkin, Francois sulki silmänsä ja avasi ne sitten uudelleen.

"Ei voi olla totta!" E-Z huudahti.

Francois oli vuonna 1163 juuri sinä päivänä, jolloin ensimmäinen kivi suurelle Notre Damen katedraalille asetettiin paikoilleen.

E-Z painoi taukoa. Voisiko tämä olla väärennös? Tietenkin voisi. Nykytekniikalla kuka tahansa voisi väärentää mitä tahansa. Silti jokin hänen sisimmässään kertoi, että se oli aitoa. Hän tarvitsi kuitenkin toisen mielipiteen. Hän tarvitsi setä Samulia.

E-Z katsoi tauolla olevaa Francois'ta ruudulla ja napsautti käynnistystä. Francois vilkutti, kun klippi loppui.

E-Z napsautti ja palasi postilaatikkoonsa. Hän painoi vastauspainiketta ja kirjoitti Francoisille seuraavan sähköpostiviestin:

Rakas Francois,

Kiitos, että annoit minun nähdä supervoimasi. Minun on puhuttava tiimin kanssa. Jos päätämme hyväksyä sinut, kuinka pian voit liittyä joukkoomme?

Ystäväsi,

E-Z

Hän odotti hetken ja luki viestinsä uudelleen ennen kuin painoi lähetä. Hän harkitsi muuttavansa JOS-muutoksen MILLOIN:ksi. Epäröimättä hän harkitsi Francoisin aikamatkustamisen supervoimaa. Poika olisi mahtava lisä tiimiin.

Silti hänen oli saatava toinen mielipide. Ennen kuin hän ajatteli asiaa pidemmälle. Hän lähetti Samille tekstiviestin: "Onko sinulla hetki aikaa?".

Hänen postilaatikkoonsa ponnahti uusi sähköposti, jossa luki:

HI E-Z,

Jos hyväksyt minut tiimiin, voitko tulla hakemaan minut?

Ystäväsi,

Francois.

Sitä hänen piti vähän miettiä.

Hän vastasi:

Francois vastasi: "Palaan asiaan niin pian kuin mahdollista.

Ystäväsi,

E-Z.

Sam astui keittiöön: "Mitä kuuluu, poika?"

"Anteeksi, että vien sinut pois elokuvasta."

"Olin muutenkin nukahtamassa, joten olen iloinen, että sain häiriötekijän."

"Sain nettisivujemme kautta sähköpostia eräältä ranskalaiselta pojalta, joka pyysi liittymään tiimiimme. Hän ja hänen isänsä tekivät klipin, olen jo katsonut sen. Hänellä on vaikuttavia taitoja. Katsokaa ja kertokaa mielipiteenne."

Sam pysyi koko ajan hiljaa. Kun se loppui, hän pyysi nähdä sen uudelleen.

Kun se loppui toisen kerran, E-Z kysyi: "Mitä mieltä olet?".

"Mielestäni se, mitä näemme, on vaikuttavaa. Aikamatkustajapoika Ranskasta."

"Tuollainen supervoima olisi meillekin tarpeen joukkueessamme."

"Juuri niin", Sam sanoi. "Ja siksi olen epäileväinen sen suhteen. Oletko ollut kirjeenvaihdossa pojan kanssa?"

E-Z selasi läpi, mitä tähän mennessä oli sanottu.

"Mistä hän tietää, ettei sinulla ole ollut supervoimia koko elämääsi?" hän kysyi.

"Joo, sitä minäkin ajattelin. Mutta mielestäni se on järkevä olettamus. Hän on fiksu poika."

"Totta", Sam sanoi. "Haittaako, jos klikkailen ympäriinsä ja katson, mitä löydän?"

E-Z nyökkäsi, ja Sam otti kannettavan tietokoneen hallintaansa. Hän tarkisti IP-osoitteen, joka näytti olevan laillinen. Hänellä ei ollut vaikeuksia jäljittää sen sijaintia Pariisissa.

Hän etsi Francois'n nimeä ja sai selville, mitä koulua tämä kävi. Selvisi, että hän pelasi koripalloa. Selvisi, että hän oli taitava oikeinkirjoituksessa. Hän ei näyttänyt joutuvan vaikeuksiin.

Sitten Sam löysi kuolinilmoituksen Francoisin äidistä, joka oli kuollut, kun Francois oli ollut viisi. Kuolinsyytä ei mainittu, mutta lahjoituksia pyydettiin Pariisin rintasyöpäsäätiölle.

"Kaikki näytti olevan laillista", Sam sanoi.

"Miten voimme silti olla varmoja? En halua ottaa turhia riskejä."

"Ainoa tapa saada varmuus olisi haastatella poikaa henkilökohtaisesti." Hän epäröi: "Hm, hän kysyi, milloin voit tulla hakemaan hänet. Nyt kun ajattelen asiaa, se on aika outo ajassa matkustavan pojan ehdotus."

"Joo, en ollut ajatellut asiaa niin."

"Yksi asia on varma, E-Z, jos joku saa hänet kiinni, se olen minä. Sinua tarvitaan täällä."

"Arvostan tarjousta, setä Sam, mutta henkesi vaarassa ei ole vaihtoehto."

"Hyvä on", Sam sanoi. "Oletko kuullut mitään Alfredista?"

Merkiksi Alfred kahlasi keittiöön. "MITÄ?" hän kysyi.

ZAP

Pieni valkoinen pörröinen kissanpentu saapui.

"Bonjour E-Z, je m'appelle Poppet. Francois m'envoie."

"Voi pojat", E-Z sanoi vain.

Välittömästi Francoisilta tuli sähköposti, jossa luki:

"Pääsikö hän turvallisesti perille?"

Sam-setä sanoi: "No, se vastaa kysymykseemme."

E-Z kirjoitti: "Kyllä, hän on täällä."

ZAP

Poppet katosi.

"Tämä on niin siistiä", Francois kirjoitti. "Kun olette valmiita, jos haluatte minut joukkueeseenne, kokeilen sitä itsekin."

"Pidä toistaiseksi kiinni", E-Z sanoi.

"Mistä Poppet tiesi, missä asuimme?" Sam tiedusteli.

"Sitä en tiedä."

KAPPALE 22
FRANCOIS-PÄÄTÖS

SEURAAVANA PÄIVÄNÄ E-Z KUTSUI koolle ryhmän hätäkokouksen. Kun kaikki olivat istuutuneet, hän aloitti heti.

"Potentiaalinen uusi jäsen on pyytänyt liittymistä ryhmäämme. Sam ja minä olemme tutkineet hänen hakemuksensa ja kaikki näyttää lailliselta."

"Olen samaa mieltä", Sam sanoi.

E-Z nyökkäsi: "Francois on aikamatkustaja."

"Vau!" Lia sanoi.

"Mahtavaa!" Lachie sanoi.

Muilla oli samanlaisia kommentteja lukuun ottamatta Charlesia, joka kysyi: "Mikä on aikamatkustaja?".

"Sinä olet!" Brandy sanoi.

"Se on joku, joka matkustaa ajasta toiseen", Lia sanoi.

"Ehkäpä katsokaa vain tämä klippi, niin ymmärrätte paremmin, me kaikki ymmärrämme paremmin, mitä hän voi tehdä." Hän vilkaisi Alfredia: "Mutta ennen kuin puhumme Francoisista, haluaisin antaa puheenvuoron Alfredille, jotta hän voi kertoa meille, mitä hän löysi kirjasta. Sinun vuorosi, Alfred."

Trumpettijoutsen raotti kurkkuaan, kun kaikki katseet kääntyivät häneen.

"Kävin kaiken läpi, eteen, taakse ja sivulle, ja pelkäänpä, ettei siitä ole paljon apua. Koska Furioille annettiin tietty toimeksianto - ja he noudattavat sitä (vaikka he taivuttavatkin sääntöjä), en usko, että Zeus voisi edes rangaista heitä siitä, mitä he tekevät."

"Tarkoitatko, että se on toivotonta?" Brandy kysyi.

"Ei, en sano, että se on toivotonta, mutta en vain näe ulospääsyä. Elleivät he sitten tiedä, mitä me tiedämme."

"Eli?" Brandy kysyi.

"Erielin suunnitelmasta. Miten hän käytti heitä. Missä Eriel on. Miten hän on eristyksissä."

"Totta, he varmaan ihmettelevät, miksei hän ole yhteydessä heihin", Lachie sanoi.

"Ja se voi luoda epäluottamusta", Brandy lisäsi.

"Entä jos", Sam sanoi, "se tieto vuotaisi heille?" "Ajattelin samaa", Samantha sanoi. "Ehkä ilman häntä he kääntävät häntänsä ja pakenevat."

"Se voisi kuitenkin mennä päinvastoin. Ilman häntä pitämässä heitä talutushihnassa, he saattaisivat. No, kuka tietää, mitä ne tekisivät!" E-Z sanoi.

"Ne ovat jo keränneet paljon sieluja", Lia sanoi. "E-Z taitaa olla oikeassa. Tieto siitä, että hän on poissa kuvioista, voi tehdä niistä rohkeampia."

Alfred huomasi, että keskustelu oli törmäämässä seinään: "Puhutaanpa sitten Francoisin supervoimien taidoista. Hän on aikamatkustaja. Miten hän voisi auttaa meitä?"

"Vielä yksi asia", E-Z aloitti, "ja se on Sam-setä, joka huomasi tämän, joten ehkä hän olisi paras henkilö selittämään sen."

"Ei, mene sinä vain", Sam sanoi.

"Francois lähetti kissanpennun tänne."

"Kissanpennun?" Sobo kysyi.

"Kyllä. Sen nimi oli Poppet, ja se saapui keittiöön. Sain Francoisilta heti viestin, jossa hän kysyi, saapuiko se turvallisesti. Se sanoi hei - kyllä, se osasi puhua. Kun sain varmistuksen siitä, että se oli saapunut turvallisesti, se tupsahti taas ulos. Sam kysyi myöhemmin, mistä hän tiesi, missä asuimme."

"Hetkinen", Charles sanoi. "Eikö joku kertonut, että osoitteenne on julkaistu netissä?"

"Minäkin kuulin siitä", Brandy sanoi.

Sam sanoi: "Vau, se tuntuu ikuisuudelta, mutta se on totta."

He kerääntyivät Samin ympärille ja näkivät heidän talonsa verkossa yhdistettynä verkkosivustoon kaikkien maailman nähtäväksi.

"No, siitä ei ole epäilystäkään. Jos he tietävät, keitä me olemme, he tietävät myös, missä me olemme", Sam sanoi. "Ellei..."

"Ellei mitä?" E-Z kysyi.

"Elleivät he ole niin teknisesti perillä kuin luulemme."

Sobo sanoi: "Älä koskaan aliarvioi vihollista. Niin kelvottomista roistoista tulee sankareita."

"Okei, katsotaan ensin, miten Francois aikamatkustaa, ja sitten mietitään, miten hän voisi auttaa meitä voittamaan Furiet", E-Z sanoi.

He katsoivat klipin hiljaisuudessa. Kun se loppui, E-Z sanoi: "Kirjoitan listan. Kuka haluaa aloittaa?"

"Ei", Sam sanoi. "Minusta meidän pitäisi kirjoittaa se ylös vanhanaikaisella tavalla. Tiedäthän, kynällä ja paperilla." Hän kurottautui keittiön laatikkoon ja otti esiin muistilapun, jota he käyttivät ostoslistoja varten, ja kynän. "Mene sinä ideoimaan, minä toimin sihteerinä. Eikä sinun tarvitse edes maksaa minulle palkkaa."

Muutama naurahdus ja naurahdus, sitten ideat alkoivat virrata:

#1. Francois voisi palata ajassa taaksepäin, selvittää, mitä PJ:lle ja Ardenille tapahtui, ja pysäyttää sen.

#2. Francois voisi palata ajassa taaksepäin ja estää kaikkien lasten kuoleman.

#3. Francois voisi palata ajassa taaksepäin ja estää E-Z:n vanhempien kuoleman, estää hänen onnettomuutensa tapahtumasta.

#4. Sama koskee Lian onnettomuutta.

#5. Sama koskee Alfredin perheen onnettomuutta.

#6. Ditto: Lachlanin lukitseminen häkkiin.

Väliaika.

Haruto oli onnellinen uudesta perheestään. Tarinan loppu.

Brandy oli tyytyväinen siihen, että hän saattoi kuolla ja palata takaisin elämään, vaikka hän tiedusteli, oliko koe-esiintymispäivään palaaminen mahdollinen vaihtoehto. Tämä pyyntö hylättiin yksimielisesti.

Charles ei myöskään katunut mitään.

Aivoriihi jatkui:

#7. Francois voisi palata aikaan ennen kuin Furiet luotiin varmistaakseen, että he saisivat Akilleen kantapään.

#8. Francois voisi palata ajassa taaksepäin, ensimmäiseen päivään, jolloin Eriel tapasi Furiet. Hän voisi olla vakooja. Tai voisiko hän varmistaa, etteivät he koskaan tapaa toisiaan?

#9. Jos Poppet voisi ponnahtaa sisään ja ulos, voisiko Francois tehdä saman?

Alfred sanoi: "Hetkinen. Tämä on täysin hullua, mutta entä jos Francois palaisi takaisin ja poistaisi Furien olemassaolon."

"Vau, se on erinomainen idea!" E-Z sanoi. "Mutta kaikissa aikamatkustuksesta lukemissani tarinoissa elämillä leikkimistä ja tapahtumien muuttamista paheksutaan aina."

"Joo, muistan sen Takaisin tulevaisuuteen -elokuvasta. Mutta omasta kokemuksesta", Brandy selitti, "kun kuolen ja palaan takaisin, on kuin kuolemaani edeltäviä tapahtumia ei olisi koskaan tapahtunutkaan. Se on kuin unta, jos ymmärrät mitä tarkoitan."

"Sam venytteli ja haukotteli. "Vauvat heräävät pian. En halua ylittää E-Z:n johtajuuden rajoja, mutta minusta meidän on vietettävä aikaa miettien, ennen kuin ryhdymme mihinkään toimiin."

"Samaa mieltä. Kiitos kaikille erinomaisesta aivoriihestä", E-Z sanoi.

Ja kokous lopetettiin.

KAPPALE 23
LÄMPIMÄINEN MAITO

L IA JA MUUT VIETTIVÄT päivän omien asioidensa parissa. Illalla Lia oli uupunut, ja hän heittelehti ja kääntyi, mutta ei saanut unta. Turhautuneena tuntikausia kestäneestä unettomuudesta ja jatkuvasta murehtimisesta hän meni alakertaan hakemaan hieman lämmintä maitoa.

Hän laittoi mukin mikroaaltouuniin, painoi 40 sekuntia ja painoi sitten käynnistyspainiketta. Kellon laskiessa alaspäin hän katseli numeroita 39, 38, 37, 36 ja niin edelleen, kunnes numero 33 ilmestyi näkyviin. Se oli viimeinen numero, jonka hän näki.

"Hei, Pikku Dorrit", hän sanoi ja toivoi, että olisi pukenut aamutakin päälleen. "Minne olemme menossa?"

"Meillä on tehtävä", yksisarvinen sanoi. "Minne olemme matkalla?"

"Etkö tiedä ketä?"

"En. Olin huolehtimassa omista asioistani, kun kutsuit minua Lia, etkö muista?" "En."

"En minä sinua kutsunut", Lia sanoi. "En ole ollut vielä nukkumassa. Tämä on outoa."

Yksisarvinen jähmettyi keskelle ilmaa.

WHOOSH

Pikku Dorrit nousi täyttä vauhtia ilmaan.

"Argghh!" Lia huusi pitäen kiinni elämästään. "Mitä tapahtuu? Miksi sinä ajat niin kovaa?"

"En tiedä", yksisarvinen sanoi. "Ihan kuin joku tai jokin olisi ottanut minut hallintaansa." Hän yritti pysähtyä, kuten oli tehnyt vain hetkeä aiemmin. Nyt hän ei pystynyt pysähtymään, vaikka hän teki mitä. Hän ei myöskään pystynyt hidastamaan.

"Pidä tiukasti kiinni!" Pikku Dorrit huusi, kun hänen ruumiinsa alkoi pyöriä eteenpäin pää edellä. "Voi ei!"

Lia huusi, mutta piti kiinni henkensä edestä. Lopulta he pysähtyivät pyörimään, mutta sen sijaan, että he olisivat hidastuneet, he kiihdyttivät vielä nopeammin.

Ne lensivät yhä pidemmälle, kun yö muuttui päiväksi. Auringon noustessa taivaalle etäisyys sen ja heidän välillään pieneni.

"Tuntuu kuin ihoni palaisi!" Lia huudahti.

"Samoin turkkini", Pikku Dorrit sanoi. "Anna minun yrittää kääntää meidät uudelleen." Hän yrittikin, ja kuten ennenkin, ne pyörivät pää edellä, pää edellä, kurottaen umpeen niiden ja kuuman auringon välisen kuilun.

"Meidän on käännyttävä takaisin!" Lia huusi. "Jos emme käänny, olemme mennyttä." "Jos emme käänny, olemme mennyttä."

"Mutta minä en tunnu pystyvän pysähtymään. En tunnu pystyvän tekemään mitään. Odota, pyydän Babyn apua."

Liekehtivä aurinko taustanaan, kolme siivekästä olentoa tuli näkyviin. Ne pitelivät toisiaan kädestä, kun niiden mustuneet kaavut pyörivät ja kiertyivät heidän vartalonsa ympärillä.

SNAP!

NAP!

SNAP!

oli ääni, joka täytti ilman, ruoskan napsahtelun ääni, kun Lia ja Little Dorrit vedettiin sitä kohti kuin vetosäteellä. Ukkonen jyräsi, vaikkei myrskyjä näkynytkään, kun auringon kynnet ojentuivat heitä kohti ja uhkasivat hajottaa heidän olemassaolonsa.

"Me olemme mennyttä!" Lia sanoi. "Kiitos, että yritit pelastaa meidät." Hän halasi yksisarvista. "Olisipa sinulla ollut ohjakset. Sitten voisin ehkä kääntää sinut ympäri."

ZAP!

Ohjakset ilmestyivät.

Lia kietoi kätensä niiden ympärille, mutta ennen kuin hän ehti ottaa ne haltuunsa, ne sulivat olemattomiin.

"Olet oikeassa, taidamme olla mennyttä", Little Dorrit sanoi. Hänen silmistään virtasi lasisia kyynelpisaroita.

BONJOUR

Francois ilmestyi: "Voinko olla avuksi?"

"Varmasti voit", Lia huudahti. "Vie meidät pois täältä!"

"Sulje silmäsi ja pidä tiukasti kiinni", Francois sanoi.

Lia ja Pikku Dorrit vapisivat pelosta.

DING. DING. DING.

Mikroaaltouuni. Keittiö.

Lia putosi lattialle.

Pikku-Dorrit laskeutui turvallisesti viileään puroon, jossa hän loiskutteli ja lähti sitten kotiin.

"Missä olet ollut?" Vauva kysyi.

"Et tainnut saada viestiäni. Ei se mitään. Olen liian väsynyt", Pikku Dorrit sanoi. "Kerron siitä aamulla."

KAPPALE 24
SEURAAVA PÄIVÄ

OLI SOBON VUORO VALMISTAA aamiainen, ja juuri hän löysi Lian lattialta käärittynä kuin hylätyn villapallon.

Sobo päästi huudon: "Tule nopeasti! Meidän Lia tarvitsee apua!"

Samantha saapui paikalle ensimmäisenä. Hän painoi heti huulensa Lian otsaa vasten tarkistaakseen, oliko hänellä kuumetta, ja huusi sitten miehelleen, että tämä toisi lämpömittarin tarkistusta varten.

"Lämpötila on 107,7", Sam vahvisti. "Hänet on vietävä sairaalaan."

Samantha soitti hätänumeroon, kun Sam nosti Lian ylös ja kantoi ja asetti hänet sohvalle, ja he odottivat ambulanssia.

"Minä pidän vahtia", Sam sanoi, kun hänen vaimonsa ja Sobo seurasivat ensihoitajia, jotka kantoivat tajutonta Liaa paareilla.

Kun ambulanssi ajoi pois jalkakäytävältä sireenin soidessa, Lia avasi silmänsä ja yritti nousta istumaan.

"Voin hyvin", hän sanoi.

Ensihoitaja tarkisti hänen lämmönsä uudelleen, ja se oli normaali. Hän kohautti olkapäitään.

Kun he saapuivat sairaalaan, Lia oli taas oma itsensä ja halusi palata kotiin - nyt heti.

"Vaikka hänen elintoimintonsa ovat nyt kunnossa, koska soitit meille, meidän on seurattava asiaa. Lia otetaan sairaalaan, ja kun päivystävä lääkäri on antanut hänelle luvan lähteä kotiin."

"No, antakaa minun edes kävellä sisään", hoitava lääkäri sanoi, kun kuljettaja avasi ovet.

"Ei, pikku neiti, sinä pysyt paikallasi", hän sanoi, kun he valmistautuivat tuomaan paareja ja sen asukasta sisälle Samanthan ja Sobon seuratessa perässä.

Samantha lähetti Samille tekstiviestin. Hän vastasi peukku ylös -emojilla, juuri kun hän käytännössä käveli PJ:n ja Ardenin vanhempiin, jotka olivat matkalla ulos.

"He ovat hereillä! Meidän poikamme ovat hereillä!"

"Molemmat?" Samantha huudahti, kun hän välitti tämän viimeisimmän tiedon Samille, joka herätti veljenpoikansa kertoakseen hänelle hyvät uutiset.

"Tulen heti!" E-Z sanoi soitettuaan taksin.

KAPPALE 25

SAIRAALA

E-Z OLI MATKALLA TAPAAMAAN kahta parasta ystäväänsä. Taksissa hänen mielensä toisti hyviä uutisia yhä uudelleen ja uudelleen. Niin paljon oli tapahtunut. Niin paljon he olivat jääneet paitsi. Niin paljon asioita, jotka hänen oli kerrottava heille. Halusi kertoa heille.

"Tiedättekö, mihin huoneeseen?" hoitaja kysyi.

Mies vastasi kieltävästi, ja nainen löysi sen nopeasti. Kiitettyään häntä hän nousi hissiin ja lähti heidän huoneeseensa miettien, pitäisikö hänen ostaa heille jotain. Kukkia? Karkkia. Hän päätti kysyä heiltä, tarvitsivatko he jotain.

Kun hän saapui aivan heidän ovensa ulkopuolelle, hän kuuli sisältä heidän äänensä ja kuunteli hetken aikaa, ennen kuin teki läsnäolonsa tunnetuksi. Sitten hän veti syvään henkeä ja yritti pidätellä tunteitaan - hän ei halunnut tulla ihan mössöksi ja nolata itseään...

"Tule sisään, senkin iso pehmo!" PJ sanoi.

"Ahhhhh, hän kaipasi meitä!" Arden sanoi.

"Eikö teidän pitäisi olla hyvännäköisempiä kaiken sen kauneusunen jälkeen? Muuten, te molemmat tarvitsette parranajon!"

"Emme halua varjostaa teitä ja minä tavallaan elän viiksieni tuntua", Arden sanoi.

"Tiedämme, että rakastat huomiota! Huomaan, että pulloharjasi kaipaisi myös trimmausta!"

PJ:n äiti, joka oli juuri palannut huoneeseen, kuiskasi E-Z:lle, etteivät he halunneet poikien liioittelevan, koska he olivat olleet hereillä vasta muutaman tunnin.

Juteltuaan hetken, E-Z halasi molempia ystäviään ja sanoi, että hänen oli mentävä. "Tulen takaisin", hän lupasi, "ja syön salaa hampurilaisen tai kaksi - olen kuullut, että sairaalaruoka on todella, todella pahaa."

"Etkä tule!" Ardenin äiti sanoi, kun hänkin palasi huoneeseen.

Hän peruutti tuolinsa taaksepäin, Ardenin äiti häneen päin, hänen kaksi ystäväänsä panivat kätensä yhteen ja rukoilivat häntä tuomaan heille ruokaa.

Kun hän kulki pitkin käytävää, hän ei voinut uskoa, miten paljon hän oli kaivannut heitä - ja miten hyvältä he näyttivät. Hän meni hissillä alas hätäpalveluun, jossa hän löysi Samanthan ja Sobon.

"Onko uutisia?" E-Z kysyi.

"Hän oli kunnossa raivoissaan, he pakottivat hänet jäämään tarkastukseen", Samantha sanoi. "Mutta olo paranee, kun hän saa luvan ja pääsemme pois täältä."

"Niin minäkin", E-Z sanoi. "Anna minun mennä katsomaan." Hän työntyi käytävää pitkin. Kuunteli mennessään ääniä verhotun alueen sisällä, jota hän piti sisäänpääsyä edeltävinä asemina. Lopulta hän kuuli Lian äänen sisältä ja meni sisään.

"Odottakaa ulkona", hoitaja sanoi.

"Mutta hän on minun sisareni."

"Haluan mennä kotiin - nyt!" Lia vaati ja risti sitten kätensä rintansa päällä.

"Sinut kotiutetaan heti, kun lääkäri sanoo, että sinut voidaan kotiuttaa. Eikä hetkeäkään aikaisemmin."

"Miten sinä voit? Äiti on huolissaan sinusta."

"Jätän teidät kahden juttelemaan", hoitaja sanoi. "Lääkärin pitäisi tulla pian. Niin, ja varmista, että hän pysyy rauhallisena."

"Öh, kiitos", E-Z sanoi.

Kun hän oli lähtenyt, he halasivat toisiaan.

"Pikku Dorrit ja minä melkein paloimme auringossa!" hän sanoi. Hän kertoi E-Z:lle kaiken, niin kuin se tapahtui alusta loppuun.

"Mielenkiintoista, että Francois oli se, joka pelasti teidät."

"En tiedä, mistä hän tiesi. Pikku Dorrit ja minä luulimme, että olimme mennyttä. Se oli ehdottomasti The Furies. He halusivat polttaa meidät! Meidät poltettiin. Ne ovat kamalia, pahoja noitia!"

"Oliko siellä käärmeitä?" E-Z kysyi

"Käärmeitä ja ruoskia."

"Kuulostaa ihan raivostuttavalta." "Kuulostaa ihan raivostuttavalta." E-Z epäröi. Hän vaihtoi puheenaihetta. "Oletko kuullut PJ:stä ja Ardenista?"

Hän pudisti päätään.

"He heräsivät!"

"Ei voi olla totta! Eikö se ole sinusta outo yhteensattuma? He yrittävät tappaa Pikku Dorritin ja minut, ja sillä välin kaksi koomassa olevaa ystävääni herää."

"Olet oikeassa, luulen, että kaikki liittyy toisiinsa."

Samantha työnsi verhoa taaksepäin: "Mikä kaikki liittyy toisiinsa?" Hän halasi tytärtään. "Miten voit nyt, kulta?"

"En ole vauva", Lia sanoi. "Mutta tunnen oloni paremmaksi ja haluan mennä kotiin. Sen jälkeen kun olen käynyt PJ:n ja Ardenin luona."

Sobo tuli sisään. Hän halasi Liaa.

"Mitä sinulle on tapahtunut?" hän kysyi.

Lia selitti taas kaiken. Hänen äitinsä ei ottanut sitä yhtä hyvin vastaan kuin Sobo. E-Z ryntäsi paikalle ja kaatoi Samille lasillisen vettä. Sobolla taas oli paljon kysymyksiä. "Lämmititkö sinä maitoa, mikrossa?"

Lia nyökkäsi.

"Ja silloin sinut zapattiin ulos keittiöstä?"

"Kyllä, ja suoraan Little Dorritin selkään. Pikku Dorrit sanoi, että olin kutsunut hänet, mutta en ollut kutsunut."

"Ja mitä sitten tapahtui?" Sobo kysyi.

"No, Little Dorrit lensi ja juttelimme, ja kun kumpikaan meistä ei tiennyt, minne olimme menossa tai miksi, ajattelimme kääntyä takaisin. Seuraavaksi tajusimme, että Pikku Dorrit ja minä pakotettiin yhä lähemmäs ja lähemmäs aurinkoa ilman, että meillä oli voimia kääntyä takaisin."

"Mutta sinä ja Pikku-Dorrit ette täytä raivostuttajien kriteerejä. Niiden ei pitäisi voida koskea kumpaankaan teistä!" E-Z huudahti.

Samantha sanoi: "Ehkä se on vain sattumaa.

Sobo toisti aiemmankin neuvonsa: "Älä koskaan aliarvioi vihollista."

Kun Lia sai luvan lähteä kotiin, hän ja E-Z yllättivät PJ:n ja Ardenin juustohampurilaisilla ja ranskalaisilla, jotka he salakuljettivat sisään.

Kotimatkalla taksissa Samanthan, Sobon ja Lian kanssa E-Z ajatteli vain yhtä asiaa. Furiet olivat hyökänneet Lian ja Little Dorritin kimppuun ja he olivat epäonnistuneet. Eivät vain olleet epäonnistuneet - kiitos Francoisin - vaan jotenkin, jollakin tavalla universumi oli lähettänyt PJ:n ja Ardenin takaisin.

Sattumaa? Hän ei uskonut niin. Sen sijaan hän halusi uskoa, että Furien voimat heikkenivät, jos he menivät toimeksiantonsa ulkopuolelle.

Oli miten oli, hänen ja hänen tiiminsä oli oltava valmiina milloin tahansa hyödyntämään tilannetta.

Tämä saattoi olla heidän ainoa mahdollisuutensa.

Ainoa etu heidän edukseen.

KAPPALE 26

SOBO

"**M**INULLA ON VIELÄ YKSI kysymys", Sam kysyi E-Z:ltä ennen kuin kaikki tulivat kokoukseen.

"Hyvä on, kysy vain", E-Z sanoi.

"No, ihmettelin, miksei Rosalie tiennyt Francoisista."

"Minä," E-Z ei päässyt pidemmälle ennen kuin Brandy ja Lia tulivat keittiöön.

"Älä välitä meistä", Brandy sanoi, kun hän jatkoi jääkaapin avaamista, otti appelsiinimehun ulos ja joi sen loppuun ennen kuin heitti astian kierrätysastiaan.

"Uh, sinun pitäisi huuhdella se ensin", E-Z sanoi, minkä Brandy teki. Sitten hän lysähti tuolille ja pyyhki suunsa kämmenselällään.

"Anteeksi, en halunnut olla töykeä ja pysähtyä niin äkkiä kuin pysähdyin. Halusin meidän kaikkien olevan täällä keskustelemassa setä Samin huolista."

"Hyvä on", Lia sanoi ja istuutui Brandyn viereen.

Muut saapuivat yksi kerrallaan ja ottivat paikkansa pöydän ympärillä.

E-Z aloitti tiedottamalla kaikille PJ:n ja Ardenin ihmeellisestä toipumisesta, minkä jälkeen kaikki, myös ne, jotka eivät olleet vielä edes tavanneet heitä, taputtivat innokkaasti.

"Seuraavaksi esityslistalla ja luulen, että nämä kaksi asiaa saattavat liittyä toisiinsa, Lia ja Little Dorrit huijattiin lähtemään talosta ja heidän henkensä joutuivat vaaraan. Jos Francois ei olisi ollut mukana, syyllisiksi katsomamme Furiat olisivat saattaneet onnistua."

"Bravo Francois!" Charles sanoi.

"Miten sinua huijattiin?" Brandy tiedusteli.

"Missä se tapahtui?" Lachie kysyi.

"Lia, haluatko kertoa sen?" E-Z kysyi. Lia pudisti päätään, ei. "Hyppää mukaan, jos minulta jää jotain huomaamatta", hän sanoi. Hän jatkoi ja selitti, mitä tapahtui ja miksi he uskoivat Furien olevan vastuussa.

"Siitä lähtien olen miettinyt The Furiesia ja heidän toimeksiantoaan. Kuten tiedämme, heidän on noudatettava sitä. Kun he yrittivät tappaa Lian ja Little Dorritin, he rikkoivat sääntöjä. Minkä syyn he voisivat esittää yrittäessään tappaa Lian tai Pikku Dorritin? He eivät ainoastaan rikkoneet toimeksiantoaan, vaan myös epäonnistuivat. Miettikää nyt, mitä tapahtui täsmälleen samaan aikaan - tarkoitan tietysti PJ:tä ja Ardenia - he heräsivät koomastaan. Sattumaa? En usko.

"Ja mitä enemmän yhdistän niitä mielessäni, sitä enemmän ihmettelen, ovatko Furiet kenties heikentymässä. Jos olen oikeassa, nyt saattaa olla oikea hetki kaataa heidät."

"Se on mahdollista", Alfred sanoi, "mutta muistan lukeneeni kouluaikoina Einsteinista - mikä voisi todistaa toisin. Tarkoitan, että se ei ehkä ollutkaan Furies. Se on voinut olla häiriö aika-avaruusjatkumossa. Koska Francois pystyi pelastamaan heidät, eikä kukaan meistä tiennyt siitä, se vaikuttaa mahdollisuudelta, jota kannattaa tutkia, eikö sinustakin?"

Sam käveli. "Ottaen huomioon kaiken, mitä tiedämme Furioista, ja sen, mitä muistan Einsteinia koskevista opinnoistani - jotta avaruusaikajatkumoa olisi edes ollut mahdollista taivuttaa, Lian ja Pikku-Dorritin olisi täytynyt matkustaa valoa nopeammin - 186 282 mailia sekunnissa. Jos kulkisit niin nopeasti, etenisit ajassa taaksepäin etkä eteenpäin."

"Me kuljimme nopeasti, mutta emme niin nopeasti", Lia sanoi.

"Kerro vielä kerran, mitä tapahtui, Lia. Kuvio kerrallaan. Aina siihen asti, kun Francois ilmestyi paikalle", Alfred sanoi.

Lian kertomus alkoi keittiössä ja päättyi siihen, että hän oli sairaalassa.

Kättä nostamalla kaikki äänestivät, että he uskoivat Furien olevan vastuussa, mutta kukaan ei silti osannut selittää, miksi Francois tiesi tai miten hänet kutsuttiin paikalle.

"Kutsuitko sinä häntä?" E-Z kysyi. "Tarkoitan, miten hän tiesi? Sitä aion kysyä häneltä."

"Mikä tuo minut takaisin siihen, mistä aloitimme tänään", Sam sanoi. "Ja kysymykseni on, miksei Rosalie tiennyt Francoisista."

"Entä miten Pikku Dorrit voi?" Sobo tiedusteli.

"En tiedä Francoisista, mutta yksisarvinen nukkui, kun nipistin aamulla ruohonleikkuun."

"Ah, se on hyvä", Lia sanoi.

"Ehkä lääkäreillä on selitys sille, miksi PJ ja Arden heräsivät juuri silloin?" Sam kysyi.

"Se on totta, ehkä heillä on, mutta en näe, miten sillä on merkitystä meille. Ei oikeastaan. Pääasia on, että he ovat hereillä, emmekä vieläkään tiedä, olivatko Furiet vastuussa heistä. Meillä on kuitenkin todisteita siitä, mitä he ovat tehneet muille lapsille, ja tavalla tai toisella meidän on saatava heidät maksamaan. Ja meidän on saatava heidät lopettamaan."

"Ehkä lääkäreillä on selitys sille, miksi PJ ja Arden heräsivät silloin, kun heräsivät?" Sam kysyi.

"Se on totta, ehkä, mutta en ymmärrä, miten sillä on merkitystä meille. Ei oikeastaan. Pääasia on, että he ovat hereillä, emmekä vieläkään tiedä, olivatko Furiet vastuussa heistä. Meillä on kuitenkin todisteita siitä, mitä he ovat tehneet muille lapsille, ja tavalla tai toisella meidän on saatava heidät maksamaan. Ja meidän on saatava heidät lopettamaan."

"Tässä! Tässä!" Charles sanoi ja löi kätensä pöydälle.

"Voimmeko puhua vielä vähän Francoisista?" Brandy tiedusteli.

"Entä jos hän ei halua kertoa meille mitään", Charles kysyi, "ellemme hyväksy häntä tiimin jäseneksi?" "Ei."

"Charles on oikeassa", E-Z sanoi. "Olen valmis käyttämään tätä testinä Francoisin kanssa. Jos hän ei suostu kertomaan meille, mitä hän tietää, häntä ei ehkä ole tarkoitettu yhdeksi meistä."

"Entä jos hän on todella hyvä valehtelija?" Brandy kysyi. "Ja jotkut ihmiset ovat erinomaisia valehtelijoita."

Lia sanoi: "Miksemme tee Zoom-puhelua? Voimme kaikki jutella hänen kanssaan, nähdä, mitä hänestä on, ja sitten voimme äänestää siitä? Olen jo valmistautunut äänestämään kyllä."

"Ei", E-Z sanoi. "En halua, että hän tietää Charlesista, Harutosta, Lachiesta tai Brandysta. Hän tietää tällä hetkellä vain sen, mitä hän löytää netistä."

"Ja silti", Sam heitti väliin, "Poppet pystyi piipahtamaan talossamme."

"Niin, siinäpä se", E-Z sanoi.

"Lisäksi hän pelasti Pikku Dorritin ja minut - joten hän tietää hänestä."

"Minusta tuntuu, että menemme ympyrää", Alfred sanoi. "Samaan aikaan yhä useammat lapset kuolevat ja joutuvat Sielunpyytäjiin, jotka kuuluvat toisille kuolleille", Alfred sanoi. "Toivoin niin kovasti, että olisimme jo pidemmällä, sen jälkeen kun olin purkanut kirjan tiedot."

"Hetkinen", E-Z sanoi. "Onko kukaan nähnyt tänään Hadzia ja Reikiä?"

Kukaan ei ollut nähnyt.

E-Z:n puhelin soi. PJ:ltä ja Ardenilta tuli pitkä tekstiviesti:

"Älä kysy meiltä miten, mutta tiedämme, että The Furies on tulossa sinne päin. Ja kyllä, meillä on suunnitelma. Meidän on tiedettävä heti, kun näette heidät. Lähetä meille tekstiviesti - ja Harutolle."

E-Z vastasi. "Mitä????"

"Luota meihin", PJ tekstasi.

Molemmat vaihtoivat peukku ylös -emojit, sitten hän selitti tilanteen Harutolle ja muille.

Tieto siitä, että The Furies oli valmis aloittamaan taistelun nyt, vihollisen alueella ja ilman johtajaansa Erieliä, sai E-Z:n tuntemaan itsensä ahdistuneeksi. He olivat kuitenkin menettäneet yllätysmomentin, kiitos PJ:n ja Ardenin.

Silti istuminen ja odottaminen heidän saapumistaan ei ollut paras mahdollinen strategia.

Mutta heillä oli nyt etulyöntiasema. Heidän oli vain istuttava ja odotettava - ja toivottava.

KAPPALE 27

UNEXPECTED VISITORS

KAIKKI MENIVÄT ASIOILLEEN JA yrittivät pitää itsensä kiireisinä odottaessaan. Sitten tiiliseinistäkin tunkeutui väistämätön haju.

"Mikä se on?" Lia huusi pitäen nenäänsä kiinni sormillaan. "Minä haistan sen yhä!"

Brandy teki samaa oikealla ja ja vasemmalla hän suihkutti huoneeseen ilmanraikastinta, joka sen sijaan, että olisi vähentänyt hajun voimaa, näytti tekevän ilmasta paksumman ja voimistavan sitä.

"Mennään ulos!" Lachie sanoi. "Ehkä ulkona on parempi?" Hän heitti oven auki, vaikka logiikka sanoi hänelle, että jos haju oli paha sisällä, sen täytyi olla pahempi ulkona. Aluksi hänen aistinsa pettivät, eikä hän haistanut mitään. Oliko hän tottunut siihen? Haisivatko Furiet hajupommit talon sisällä?

Sitten hän huomasi Little Dorritin ja Babyn kiertelevän yläpuolella. "Täällä ylhäällä ei ole yhtään parempi!" Baby sanoi.

"Vaikka kuinka menisimme!" Pikku Dorrit lisäsi.

Sitten se iski taas, haju kuin isku kasvoihin, ja hetkeksi hän menetti tasapainonsa. Hän huomasi pyykkinarun ja naulakot ja juoksi niitä kohti. Hän puristi yhden niistä nenälleen, ja voilà, hän ei haistanut mitään. Hän vilkutti Pikku Dorritille ja Babylle, että he tulisivat alas, ja kun he tulivat, hän kiinnitti vielä lisää tappeja (heidän nenänsä tarvitsivat useita), kunnes hekään eivät enää haistaneet haisevaa hajua.

"Kiitos", Little Dorrit ja Baby sanoivat noustessaan maasta. "Me pidämme vahtia."

Lachie näytti heille peukkua ja huomasi sitten, että polkua pitkin kohti aitaa oli takana puutarhassa hieman rähinää. Joukko olentoja muodosti piirin, aivan kuin ne olisivat pitäneet kokousta. Hän lähti kohti, kun pöllö nousi oksalta ja laskeutui hänen olkapäälleen.

"Öh, hei", hän sanoi ja katsoi pöllön silmiin. "Olemmeko tavanneet ennenkin?" Pöllö nyökkäsi ja sitten hän tunnisti, kuka se oli. Se oli Sobo. "Kun sanoit, että supervoimasi on muodonmuutos, en ajatellut sinua näin!"

"Haruto ei tiedä", Sobo sanoi. "Ainakaan en usko, että hän muistaa minua - vielä." Hän lensi takaisin olentoryhmän luo: "Tule mukaan", hän sanoi.

Lachie käveli niiden joukossa, ja hänet esiteltiin yksi kerrallaan peuralle nimeltä Oboe, pesukarhulle nimeltä Charlie, ketun nimeltä Louise, linnulle (Blue

Jay) nimeltä Lenny ja toiselle linnulle (Cardinal) nimeltä Percy.

"Olemme tulleet auttamaan", sanoi Oboe, peura, "mutta pelkäämme kovasti raivoja."

"Antakaa minun mennä niiden kimppuun!" Supikoira Charlie huudahti. "Minä kaivan niiden silmät ulos."

"Ja minä revin niiden kurkut auki!" "Ja minä revin niiden kurkut auki!" Kettu-Louse huusi.

"Vau! Hetkinen!" Lachie sanoi. "Tämä ei ole sinun taistelusi. Vaikka arvostankin virka-apua, mikset antaisi meille ensin tilaisuutta? Jos tarvitsemme apuasi, vihellän ja voit tulla sitten sisään?"

"Hän on oikeassa", Sobo sanoi. "Tosin hän ei tarkoita minua." Hän katsoi Lachieen varmistaakseen, että hänen oletuksensa olivat oikeita, ja vastasi nyökkäämällä. "Minun on suojeltava pojanpoikaani ja muita."

Lenny ja Percy, kaksi muuta lintua, visertelivät keskenään.

Sobo, joka oli aiemmin ollut rauhallinen, alkoi nyt räpiköidä hyvin epäsäännöllisesti ja toisti: "Pahoja asioita on tulossa! Kauheita asioita on tulossa! Kauheita asioita on tulossa!"

"Shhh, Sobo", Lachie sanoi yrittäen rauhoitella sitä. "Olemme valmiita, eivätkä ne tiedä, että me tiedämme niiden olevan tulossa."

TUMP TUMP TUMP TUMP TUMP

THUMP THUMP THUMP THUMP THUMP THUMPING

THUMP THUMP THUMP THUMP THUMP THUMPING

Oli ääni, jonka maa heidän jalkojensa alla antoi, sykkien kuin sydän, joka yritti murtautua ulos rinnasta.

Kopinaa seurasi rummutus.

Sitten rummutus.

"Raivostuttajat ovat tulossa!

Raivostuttajat ovat tulossa!

Raivostarhat ovat tulossa!"

Kun taivas heidän yläpuolellaan kuohui

ja kääntyi.

Ja paloi.

Loistavasta sinisestä verisen oranssinpunaiseksi.

Naapurit kiipesivät ulos, kuten naapureilla on tapana - katsomaan, mistä haiseva haju johtui. Jotkut äänekkäät parkkeeraajat pyörtyivät, kun heidän aistinsa hukkuivat, ja jotkut toivat popcornia kuistille syömään ja katselemaan.

Heillä ei ollut aavistustakaan, millainen vaara oli tulossa heidän tielleen.

Ja silti oli vihjeitä.

Kuiskauksia.

Tyrskähdys, tyrskähdys, tyrskähdys, tyrskähdys, tyrskähdys.

Silti monet eivät vetäytyneet koteihinsa turvaan.

Sen sijaan he söivät popcornia ja joivat limsaa odottaen.

GAPING

Ilman ESCAPINGia.

Vaikka maa heidän jalkojensa alla oli
PAM PAM PAM PAM PAM PAM PAM
JYSÄHDYS JYSÄHDYS JYSÄHDYS JYSÄHDYS
THUMP THUMP THUMP THUMP THUMP THUMPING
Sitten kolahdusta seurasi rummutus.
Sitten rummutus.
"Raivostuttajat ovat tulossa! Raivostuttajat tulevat! Raivostuttajat ovat tulossa!"

***

"MENNään ulos!" E-Z huudahti. "Ja kohdataan ne suoraan!" Hän heitti ulko-oven auki niin, että se paiskautui seinää vasten.

Brandy, Lia, Haruto, Charles ja Alfred olivat hänen takanaan, valmiina ryhtymään toimeen heti, kun he saivat käskyn.

Hän vilkaisi olkansa yli nähdäkseen Samin ja Samanthan olevan matkalla ulos: "Ette te", hän sanoi. "Vauvat tarvitsevat teitä sisällä. Jättäkää se meidän huoleksemme."

Sam ja Samantha perääntyivät.

Nyt neljä sotilasta oli vierekkäin etupihalla odottamassa. Vieraan silmin he olisivat saattaneet näyttää lapsiryhmältä, joka odotti koulubussia tavallisena koulupäivänä. Mutta tämä ei ollut mikään normaali päivä. Tämä oli Harmageddon.

Lian kädet tärisivät ja vapisivat, kun hän etsi mieltään, avautui mielelleen, toivoen, että hänen supervoimiensa tulkitseminen antaisi hänelle pääsyn Furien mieleen. Että hän pystyisi asettumaan tuonne ja löytämään vihjeitä, tietoa, joka auttaisi hänen tiimiään - mutta hänen mielensä pysyi tyhjänä.

Alfred sanoi: "Lennän katolle. Katson, mitä näen."

E-Z nyökkäsi. "Pysy turvassa. Niin, ja katso, löydätkö Lachien ja Sobon." Hän oli jo nähnyt yksisarvisen ja lohikäärmeen lentävän korkealla heidän yläpuolellaan. Hän näytti heille peukkua.

Kovaääninen vihellys, ja Sobo syöksyi alas, Lachie hyppäsi hänen selkäänsä, ja yhdessä he liittyivät Alfredin seuraan katolle. Pöllö laskeutui heidän viereensä.

"Tuo on Sobo", Lachie sanoi.

"Näetkö mitään?" E-Z tiedusteli.

Alfred räpytteli siipiään: "Meidän suuntaamme on tulossa jättimäinen jäävuoren kokoinen hylly, mutta se liikkuu nopeasti."

E-Z yritti kuvitella sitä mielessään, mutta ei pystynyt, sillä miten helvetissä hän ja hänen tiiminsä voisivat pysäyttää sellaisen? Miten?

"Se liikkuu meitä kohti kuin tsunami", Alfred sanoi.

"Mutta se ei ole tehty vedestä", Lachie sanoi. "Se näytti siltä kuin se olisi tehty hiekasta. Hiekka-aalto. Se kantoi kolme mustiin pukeutunutta naista."

Hiekka-aalto, kyllä, nyt hän pystyi kuvittelemaan sen. "ETA? Siis arvioitu saapumisaika?" E-Z kysyi.

"Vaikea sanoa", Alfred sanoi. "Minuutteja..."

Koko ajan heidän jalkojensa alla maa rummutti edelleen.

Ja jyskytti.

"Raivostuttajat ovat tulossa! Raivostuttajat ovat tulossa! Raivostuttajat ovat tulossa!"

✳✳✳

"**M**ENE SISÄLLE!" E-Z HUUSI uteliaille naapureille. "Sulkekaa ovet ja lukitkaa ne. Ja joku laittaa ilmoituksen sosiaaliseen mediaan. Kertokaa kaikille, että pysykää sisätiloissa. Sanokaa heille, etteivät he tule enää ulos, ennen kuin he saavat minulta luvan!". Menkää nyt!"

SLAM.

SLAM.

Olkapäänsä yläpuolella Alfred, pöllö, Lachie ja Baby katselivat ulos ja seurasivat, kuinka aalto kuroi umpeen etäisyyttä Furien ja hänen tiiminsä välillä, kun Pikku Dorrit piti silmällä korkealta.

Oli liian myöhäistä tehdä suunnitelma. Liian myöhäistä tehdä mitään muuta kuin toivoa, että he olivat valmiita, kun tuuli piiskasi ja työnsi heitä ympäriinsä ja maa jyskytti synkronisesti heidän sydämenlyöntiensä kanssa.

RÄJÄHDYS.

Hänen takanaan ulko-ovi irtosi ja lensi saranoiltaan. Se pomppasi ja kolisi pitkin katua ennen kuin lopulta pysähtyi paikalleen.

Sam astui ulos. E-Z käänsi tuolinsa häntä kohti, eikä uskonut omia silmiään.

Sam oli koonnut puvun, tai useita pukuja, luoden oman supersankarihahmonsa. Hänen päässään oli ritarikypärä, jonka naamari oli käännetty ylös. Kun hän liikkui eteenpäin, se laskeutui alas, ja hänen täytyi napsauttaa se takaisin paikalleen. Hän oli laittanut silmänaluset - kuten baseball-pelaajat käyttävät häikäisyn poistamiseksi silmiensä alta. Hänen rintakehänsä oli pullistunut, kuin hänellä olisi ollut paitansa alla luotiliivi, ja hänen takanaan kulki pitkä musta viitta. Alhaalla hänellä oli mustat farkut ja hänen suosikkijuoksukenkänsä.

Supersankariryhmä yritti olla nauramatta, kun hän kulki heidän rinnallaan, ja he huomasivat, että hänen supersankarinsa nimi - SAM THE MAN - oli ommeltu kankaaseen hänen olkapäitään vasten.

Little Dorrit syöksyi alas ja heitti Brandyn selälleen. Seuraavaksi Lachie hyppäsi Babyn selkään ja lähti matkaan. Hän vilkaisi katolle. Little Dorrit ei ollut enää siellä. Alfred ja pöllö nousivat katolta. Kaikki laskeutuivat E-Z:n ja muiden viereen.

"Kaikki yhden puolesta!" he sanoivat. "Ja yksi kaikkien puolesta!"

"Mutta missä on minun Soboni?" Haruto kysyi.

Sobo lensi hänen olkapäälleen ja heti hän tiesi, että se oli hän. Sitten hän muuttui ihmismuotoonsa.

Lapsiryhmä oli nähnyt Sam-sedän muuttuvan Sam-mieheksi ja Sobon muuttuvan pöllöstä isoäidiksi, mutta kukaan heistä ei hätkähtänyt siitä.

Koska heidän jalkojensa alla maa jatkoi JUMPUMISTA.

Ja jyrisi.

Mutta sanat olivat muuttuneet.

"Raivostuttajat ovat melkein täällä.

Furiat ovat melkein täällä.

Raivostarhat ovat melkein täällä."

✳✳✳

E -Z JA HÄNEN TIIMINSÄ katselivat, kun jättimäinen hiekka-aalto, joka muistutti satamaan saapuvaa valtamerilaivaa, ajautui sisään. Mutta tämä olio repi läpi katujen, litistäen taloja, puita ja kaiken elävän olennon matkansa varrella. Eikä se ollut hidastumassa.

Heillä ei ollut tarpeeksi aikaa lähteä liikkeelle, ja sitä paitsi he olivat häkeltyneitä sen silkasta koosta. Se pysähtyi, ja Furiat hallitsivat heitä, ja niiden äänet kiljuivat naurusta, kun ne kohdistivat katseensa vihollisiinsa ensimmäistä kertaa.

"Ovatko ne edes todellisia?" Tisi tiedusteli. "Ne näyttävät miniatyyrinukeilta, jotka odottavat, että niiden päälle astutaan."

"Näen, että heillä on lohikäärme ja yksisarvinen. Ja joutsen. Voi sentään!" Ali kiljui.

"Muista, miksi olemme täällä", Meg sanoi. "Nyt te kaksi käyttäydytte kunnolla, kun minä menen alas ja keskustelen johtajan kanssa. Mikä hänen nimensä olikaan?"

"E-Zed", Tisi kiljui.

"E-Zed", Ali huusi.

Yhdessä he sanoivat nimen E-ZED, E-ZED, E-ZED."

"He kutsuvat sinua E-Z:ksi", Brandy sanoi potkaistessaan.

"Ei!" E-Z huusi. "Odota minun käskyäni!" Mutta se oli liian myöhäistä, Little Dorrit ja Brandy olivat jo lennossa, mutta he eivät menneet kauas, vaan löysivät paikan katolta.

E-Z ja muu joukkue pitivät pintansa.

"Mitä he odottavat?" Sam kysyi.

Charles sanoi: "Ne toivovat, että niiden haju hoitaa homman. Hän hymyili ja kaikki nauroivat. Kaikki paitsi Sobo, joka muuttui takaisin pöllöksi ja lensi katolle Brandyn ja Little Dorritin rinnalle.

Furyt, joilla oli erinomainen kuulo ja joilla oli suunnitelma ja jotka aikoivat noudattaa sitä, eivät pitäneet siitä, että he joutuivat supersankarilasten vitsien kohteeksi, ja yksi kerrallaan nousivat ilmaan. Kun ne lähestyivät, haju voimistui, kun niiden mustat kaavut lepattavat tuulessa.

"Ota kiinni!" Lachie huusi ja heitti vaatetappeja jokaiselle joukkueen jäsenelle.

Nyt ei enää niin haisevat noidat lensivät lähemmäs, jotta alla olevat lapset näkivät heidät tarkemmin. Henkilökohtaisesti he olivat elämää suurempia, kirjaimellisesti, johtuen käärmeistä, jotka luikertelivat ja liukastelivat kaikkialla noissa vartaloissa. Haarakielellä sylkeviä käärmeitä säesti ruoskien paukahtelun ääni, joka oli erinomainen psykologisen sodankäynnin näytös.

Se oli Meg, alkuperäisen suunnitelman mukaisesti, joka rikkoi jään huutaen: "Missä Eriel on?". Tiedämme, että teillä on hänet! Antakaa hänet meille, NYT."

Hänen kiljuvan äänensä korkea ääni sai lapset peittämään korvansa, kun lasista tehdyt esineet, kuten katuvalot, kuistin valot, ikkunat ja jopa kaappien lasit pirstoutuivat kilometrien päähän.

Kun hän oli varma, ettei Meg enää puhunut (koska hänen suunsa oli kiinni), E-Z vastasi: "Häntä pidetään siellä, missä pettureita pidetään. Joten nyt voitte ryömiä takaisin siihen kuoppaan, josta te kolme ryömitte ulos!" Ja kun hän oli lopettanut puhumisensa, hänen nostettiin maasta, ja sen jälkeen Alfred, Sobo, Little Dorrit Brandy Babyn kanssa Brandy Baby Lachien kanssa kyydissä.

"Tämä on meidän alueemme. Nämä ovat meidän väkeämme - eikä teillä ole mitään asiaa tänne. Itse asiassa teillä ei ole mitään asiaa tänne maan päälle. Teillä ei ole koskaan ollutkaan. Ette kuulu tänne", E-Z sanoi. "Ja olemme kyllästyneet manipulointiinne. Olette pelanneet liian pitkälle. Olette käyttäneet väärin valtaanne. Olet halveksittava. Ja me aiomme saada sinut vastaamaan siitä."

"Mitä kaltaisesi pikkupoika aikoo tehdä meille?" Megin viereen siirtynyt Tisi huusi: "Aja meidät yli?"

Hänen kiljunut naurunsa täytti ilman, mikä sai maan muun joukkueen jalkojen alla halkeamaan rakoiksi.

Lia, Haruto, Charles ja Sam käpertyivät rakojen väliin turvaan.

Meg liittyi mukaan nimittelyhauskaan: "Ehkä joutsen kutittaa meidät kuoliaaksi? Voimme tietysti nyppiä sen - ja syödä lounaaksi!"

Ryhmän lentokyvyttömät jäsenet kyyristyivät vielä tiiviimmin yhteen. Haruto, joka olisi voinut kehrätä itsensä pois, oli liian peloissaan liikahtamaan. Hän pysytteli kaukana maan avoimista aukoista, jotka uhkasivat nielaista heidät.

"Ja sinä pikku tyttö", Alli sanoi Lialle. "Yritimme sulattaa sinut auringossa. Sinä pääsit silloin karkuun. Mutta mitä aiot tehdä meille nyt? Aiotko tuijottaa meitä käsilläsi ja muuttaa meidät patsaiksi?"

Furiat kiljuivat taas naurusta, samalla kun maa heidän allaan supistui, aivan kuin se olisi yrittänyt synnyttää jotain.

"Nyt kyllästyttää", Meg sanoi.

Kaksi muuta sisarta olivat epätavallisen hiljaa, aivan kuin he olisivat olleet epävarmoja siitä, mikä heidän seuraava siirtonsa pitäisi olla.

"Meg lensi hieman lähemmäs E-Z:tä, kädet lanteillaan: "Tuhlaamme aikaamme täällä!". Emme ole tulleet taistelemaan sinua vastaan tänään. Emme ilman johtajaamme. Haluamme vain tietää, missä hän on. Päästäkää hänet menemään. Päästäkää hänet menemään - nyt. Ja säästämme taistelun toiselle päivälle."

"Siitä sinä pitäisit, eikö totta?" Alfred huusi.

Mikä sai Allin sekaisin.

"Tule luokseni pikku swanny swanny. Kattila odottaa sinua - senkin höyhenpeitteinen kummajainen!"

"Hän on joutsen, ei hanhi, senkin idiootti!" "Hän on joutsen, ei hanhi!" Brandy sanoi ohjatessaan Pikku Dorritia kohti.

E-Z, joka oli iloinen häiriötekijästä, sai tekstiviestin PJ:ltä ja Ardenilta ja antoi Harutolle peukku ylös -merkin.

Haruto pyöräytti itsensä näkymättömäksi ja juoksi nopeammin kuin nopeasti sairaalaan, jossa hän tapasi PJ:n ja Ardenin, jotka olivat jo sisällä pelissä odottamassa. Nyt he tekivät kumpikin tapon. Kun Haruto saapui, he tekivät vielä kaksi tappoa.

Furien ahneus saada lisää lasten sieluja, lähetti heidän olemuksensa peliin.

"Saimme teidät!" kolme jumalatarta huusi.

"Nyt!" PJ huusi, kun Arden painoi USB:hen SAVE, ja kun se oli tallennettu, hän painoi EJECT. Hän sulki USB:n teipillä ja laittoi sen sitten ilmatiiviiseen pussiin.

"Vie tämä E-Z:lle!" Arden sanoi.

Haruto saapui maahan, viittasi isoäidilleen, joka nappasi USB:n nokkaansa ja vei sen E-Z:lle.

PJ lähetti tekstiviestin. "Furien olemukset ovat USB:ssä."

E-Z laittoi USB:n turvallisesti farkkujensa taskuun, ja kun hän seuraavan kerran katsoi The Furiesia, Rafaelin lasien näkymä oli muuttunut. Kolmen siskon ruumiit häipyivät, mutta käärmeet eivät. Silloin hän tajusi, mikä oli heidän akilleenkantapäänsä. "Käärmeet pitävät heidät hengissä!" hän huusi. "Meidän on tuhottava käärmeet."

Brandy oli jo tarpeeksi lähellä iskeäkseen Alliin. Valitettavasti hän oli myös tarpeeksi lähellä, jotta Allin käärme olisi voinut purra häntä - ja se puri. Hän kaatui, ja Pikku Dorrit lähti liikkeelle, mutta oli liian myöhäistä, Brandy oli jo kuollut.

"Viekää hänet pois täältä!" E-Z huusi, ja Little Dorrit lähti taivaalle nyyhkyttäen mennessään.

"Kyllä hän selviää", E-Z sanoi.

"Enpä usko", Alli nauroi. "Meidän käärmeemme eivät ole tästä maailmasta. Jos joku tällainen puree sinua, vaikka sinulla olisi mitä voimia, ne eivät toimi. Mutta me jäämme odottamaan, jos haluatte? Sitten kun hän ei tule takaisin - räjäytämme loput tiimistäsi kappaleiksi!"

"Te ämmät!" E-Z huudahti.

Sobo ponnahti toimintaan, hyökkäsi ja veti käärmeensilmät yksi kerrallaan irti ja pudotti ne maahan. Kun hän oli lopettanut Allin, hän siirtyi Megin ja sitten Tisin kimppuun. Tehtävänsä suoritettuaan isoäiti oli liian uupunut tehdäkseen mitään muuta kuin laskeutua pojanpoikansa viereen ja palata ihmismuotoonsa.

"Mutta Sobo", Haruto sanoi, "minäkin haluan taistella."

"Anna heidän hoitaa loput", hän sanoi. "Olen liian väsynyt kantamaan sinua."

Sobo ja Haruto katselivat, kuinka muut tiimin jäsenet hoitivat käärmeet pois.

Furiat avasivat suunsa ja sulkivat ne taas, mutta niistä ei lähtenyt ääntä. Sen lisäksi, että heidän ruumiinsa olivat äänettömiä ja hiipuivat, ne yrittivät pysyä pinnalla, kun veri niiden suonissa tippui-tipattiin.

E-Z:n pyörätuoli liikkui heidän allaan, keräsi pisarat ja sekoitti Furien veren muihin keräämiinsä näytteisiin.

"He ovat kuolleet", E-Z vahvisti, kun The Furien tyhjät kaavut leijuivat kuin mustat haamut kohti maata.

Mutta se ei ollut vielä ohi.

✳✳✳

E -Z:N TAKANA HIEKKA-AALTO NOSTI päätään, ja nähdessään ympärillään olevat puhkaistut silmät - kaikkien lastensa silmät - tämä kaikkien käärmeiden äiti heräsi hitaasti henkiin.

Sam, joka huomasi liikkeen ensimmäisenä, huusi: "Varo E-Z!", ja kun hänen huutojaan ei kuultu, Lia, Charles, Haruto ja Sobo yhtyivät siihen.

Lachie kuuli heidän huutonsa ja näki käärmeen kuullessaan luikertelevan kohti E-Z:tä. Hän katsoi käärmeen silmiin ja sanoi: "EI!".

Emokäärme pysähtyi sekunniksi tai pariksi liikkumaan, ja näytti siltä, että se kuuli ja ymmärsi Lachien käskyn, sitten hän huomasi välähdyksen sen silmissä. "Duck E-Z!" hän huusi, kun Baby avasi suunsa ja ampui tulta E-Z:n ja emokäärmeen suuntaan.

E-Z:n tukka syttyi tuleen, ja hän taputti sen pois, sitten hänen tuolinsa putosi maahan.

Baby jatkoi tulen sylkemistä jättiläismäistä emokäärmettä kohti, kunnes se paloi rapeaksi. Raivojen aiheuttaman hajun sijaan ilma täyttyi nyt ruoanhajuisesta kananhajusta, jollainen on missä tahansa takapihan grillijuhlissa.

"Uh, kiitos Baby ja kaikki", E-Z sanoi, kun hän ajoi sormillaan hiustensa keskelle. Se oli ottanut harjaksia muistuttavan osan pois.

"Se kasvaa takaisin", Sam sanoi, kun maa heidän jalkojensa alla alkoi jälleen kerran olla

THRUM

JA RUMMUTTAA

E-Z:n pyörätuoli nousi omasta tahdostaan irti maasta, ja se alkoi sataa veripisaroita maahan avautuneisiin kraattereihin.

"Mitä tapahtuu?" Alfred kysyi.

Hänen allaan pyörätuoli jatkoi verenvuodatusta suihkutellessaan häntä paikasta toiseen. "Pieni pisara sieltä ja pieni pisara täältä", hän lausui mielessään. Maassa hänen tiiminsä lausui samat sanat, jotka kiertelivät hänen päässään: "Pieni pisara täällä ja pieni pisara siellä", sitten he yhdessä päättivät runon: "pieni pieni pisara, kaikkialla", ja aloittivat sitten alusta. Hän pudisti päätään... lukivatko he kaikki hänen ajatuksiaan?

Heidän jalkojensa alla maa jatkui.

RUMPUMINEN

JUMPPAA.

VASTAUS.

SOPEUTUMINEN.

Lia nousi maasta ja avasi kätensä niin leveiksi kuin ne riittivät, pää taaksepäin ja katse kohti taivasta.

Ja hänen yläpuolellaan taivas repesi auki. Alkoi sataa, mutta jalkakäytävälle osuessaan läiskät olivat punaisia. Taivas itki verisiä kyyneleitä, kun Lia huojui ja vääntyi ilmassa kuin jouseton marionetti.

Muut, lukuun ottamatta Babya ja Lachieta, juoksivat kuistille paetakseen veristä sadetta, eivätkä voineet tehdä mitään Lialle, joka oli yhä riippuvainen ja transsissa.

"Me varmistamme, ettei hän putoa", E-Z sanoi, "te muut suojautukaa."

PULSING.

TÖNKIMINEN.

Sitten tuli salama.

Sitä seurasi ukkonen.

Kun arkkienkeli Mikael murtautui esteen läpi ja lensi alas, kunnes oli lähellä E-Z:tä.

"Ymmärrän, että sinulla on tilanne hallinnassa", Mikael sanoi.

"Kyllä, Furien olemukset ovat tässä USB:ssä."

"Heitä se minulle", Mikael sanoi.

Kuin hän olisi heittänyt pesäpalloa kakkospesälle, E-Z heitti USB:n Michaelin suuntaan, joka kurottautui ottamaan sen kiinni ja koteloi sen jäähän. "Minä Eriel saan seuraa", Michael sanoi. "He kaikki pysyvät jäässä ikuisuuden loppuun asti. Niin, ja muuten, hyvin tehty kaikki!" Sitten hän lensi pois yhtä nopeasti kuin oli tullutkin.

"Entä Lia?" E-Z huusi, mutta Mikael ei vastannut.

Maa alkoi sykkiä ja vääntyä, vaikkei Furioita enää ollutkaan sen päällä, eikä veri enää virrannut taivaalta tai hänen pyörätuolistaan.

Lia leijui yhä silmät suunnattuina taivaalle, kun se muuttui verisistä kyyneleistä siniseksi, ja heidän jalkojensa alla maan kraatterit paranivat ruoholla, puut kukkivat.

Sitten kaikki hiljeni, kun Lia leijui yhä transsissa takaisin maahan. Maata vasten kumartuneena, kädet yhä levällään, hän tunsi ruohon selällään ja hymyili uupuneena, kun hän kutistui ja palasi todelliseen ikäänsä, joka oli yhdeksän ja puoli vuotta vanha.

"Oletko kunnossa?" E-Z kysyi, kun kettu, sinitiainen, pesukarhu, kardinaali ja peura kerääntyivät ympärilleen.

Lia avasi silmänsä, ja hän pystyi näkemään niistä. Hän katsoi käsiään, ja ne olivat entisellään.

"Olen kunnossa", hän sanoi, kun Lachie auttoi hänet ylös.

Sam huomasi heti, että hänen tyttärensä vaatteet eivät enää sopineet hänelle. Hän riisui supersankariviittansa ja kietoi sen tytön hartioiden ympärille.

"Kiitos isä", Lia sanoi.

Se oli ensimmäinen kerta, kun Lia kutsui häntä niin, ja Lia ei ollut koskaan tuntenut oloaan niin ylpeäksi, kun kyynel valui pitkin hänen poskeaan.

***

Taivaan sininen näytti kirkkaammalta, aivan kuin tähdet räpäyttelivät silmiään, vaikka oli päivä, ja maassa oleva ruoho näytti tanssivan auringon säteissä kuin se sisältäisi timanttikastetta.

E-Z tai kukaan hänen tiiminsä jäsenistä ei pystynyt puhumaan. Kukaan ei halunnut rikkoa hiljaisuutta tai häiritä kauneutta, jota he olivat todistamassa.

WHISPER.

KUISKAUS KUISKAUS.

KUISKAUSTA KUISKAUSTA KUISKAUSTA KUISKAUSTA.

Lehdet, jotka puhalsivat tuulessa. Antoivat ihmismäisen äänen. Mutta se ei ollut tuuli, se oli lasten ääni ympäri maailmaa, jotka syntyvät uudelleen.

Niitä, jotka raivostuttajat olivat vieneet, työntäneet ruumiinsa maasta ja huomanneet äänensä palanneen.

Lapset oppivat uudelleen kävelemään, juoksemaan tai ryömimään, ja heidän huutonsa kaikuivat ympäri maailmaa:

"Haluan äidin!" uudelleen syntyneet, mutta sielultaan heikommat lasten ruumiit huusivat.

"Minä haluan isäni!" nuo henkiin herätetyt lapset huusivat yhteen ääneen:

"WAH, WAH, WAH, WAH!" "WAH, WAH, WAH!"

"WAH, WAH, WAH, WAH!"

"WAH, WAH, WAH, WAH!"

Sieluttomat pikkulapset siirtyivät reunoille, matkustivat paikkoihin, heidän liikkeensä olivat nopeampia kuin valon nopeus, kun he jatkoivat itkuaan:

"Haluan äidin!"

"Haluan isäni!"

"WAH, WAH, WAH, WAH!"

"WAH, WAH, WAH, WAH!"

"WAH, WAH, WAH, WAH!"

Kuolemanlaaksossa, jossa sielun sieppaajia säilytettiin ja varastoitiin,

POP

POP

Ovet lensivät auki kuin käsivarret, ja sielut astuivat ulos etsien ruumiita, joissa niiden oli vielä tarkoitus olla, ja ne seurasivat lasten huutoja.

"Haluan äidin!"

"Haluan isäni!"

"WAH, WAH, WAH, WAH!"

"WAH, WAH, WAH, WAH!"

"WAH, WAH, WAH, WAH!"

Sielut lensivät lapsesta toiseen. Etsimässä kotia, johon se kuului. Se oli kuin katselisi lasten leikkivän hippaa, kun jokainen sielu löysi sen ruumiin, johon se oli syntynyt, ja astui siihen. Kun sieluista ja ruumiista tuli jälleen yhtä.

SHHHHHHHHH.

Hetken ajan pikkulapset olivat jälleen kerran onnellisia lapsia ja ilon äänet täyttivät ilman.

Takaisin Kuolemanlaaksossa Hadz ja Reiki ohjasivat uudelleen kodittomat sielut eri puolilla maailmaa, jotka olivat piileskelleet, koska heillä ei ollut omia sielunpyydystäjiä. Yksi kerrallaan sielut astuivat sisään ja maa alkoi parantaa itseään.

Samantha tuli ulos talosta kantaen vauvojaan Jackia ja Jilliä sylissään samalla, kun hän lauloi heille hiljaa: "Hiljaa pikku vauva, älä itke." Hän lauloi.

POP.

POP.

Hadz ja Reiki ilmestyivät, "Me teimme sen!"

E-Z ja hänen tiiminsä heittivät kätensä toistensa ympärille. He itkivät ja nauroivat. Sitten he itkivät taas, koska yksi heidän tiiminsä jäsenistä oli kadonnut. Yhden omansa menettämistä: Brandy.

Lian puhelin soi. Se oli viesti Brandyltä: "Saavuin ostoskeskukseen - taas! Toivottavasti kaikki ovat kunnossa ja voitamme ne noidat!"

"Brandy on elossa!" Lia selitti, sitten hän lähetti tekstiviestin takaisin: "Takuulla onnistuimme! Kerron sinulle yksityiskohdat myöhemmin."

"AHRHHRGHHHH!" Charles Dickens huusi. Hänen kehonsa tärisi ja vapisi. Kun se lakkasi, hän oli transsissa ilmeettömät kasvot ja kämmenet ojennettuina ylöspäin.

"Saako hän minun käsisilmäni?" Lia tiedusteli.

Kun kirja - suurin kovakantinen teos, jonka he olivat koskaan nähneet - putosi taivaalta ja laskeutui Charlesin syliin, sen voima melkein pudotti hänet jaloiltaan. Charles vakiinnutti itsensä, kun massiivinen kirja avautui ja käänsi omia sivujaan, kunnes kirjan sisältä kuului ääni:

"Minä olen Vaihtoehtoisten maailmojen matkakertomus."

Vaikka ääni kuului kirjan sisältä, Charles Dickensin huulet liikkuivat synkronisesti jokaisen sanan kanssa, kun taustalla kuului edelleen lasten huutoja:

"WAH, WAH, WAH!"

"WAH, WAH, WAH, WAH!"

"WAH, WAH, WAH, WAH!"

"Minä haluan äidin!"

"Haluan isäni!"

"WAH, WAH, WAH, WAH!"

"WAH, WAH, WAH, WAH!"

"WAH, WAH, WAH, WAH!"

"Minulla on nälkä!"

"Minulla on jano!"

Lapset, jotka kerran asuivat lähimpänä E-Z:n taloa, marssivat vierekkäin kohti sitä.

"Kuunnelkaa nyt!" Vaihtoehtoisten maailmojen matkakertomus yksinpuheli.

"Tämä on ainutkertainen tarjous.

Jos teidät valitaan, teidän on valittava.

Vain kerran, voitatte tai häviätte.

Älkää päästäkö tätä tilaisuutta, karkuun.

Sillä sitä ei tule tapahtumaan uudelleen, ei minään muuna päivänä."

Sivuja käännettiin eteenpäin ja sitten takaisin. Eteenpäin ja sitten takaisin. Kääntäminen pysähtyi erääseen lukuun. Luku, jonka nimi oli Alfred. Siellä oli valokuvia Alfredista ja hänen perheestään. Kaikki vanhempia. Kaikki terveitä ja hyvinvoivia. Hän ei ollut enää Alfred, trumpettijoutsen kuvissa. Hän oli Alfred isä, aviomies, mies.

Kyyneleet silmissään Alfred vilkaisi E-Z:tä. Heidän yhteinen katseensa kertoi kaiken. Hänen oli lähdettävä. E-Z nyökkäsi.

Sitten Alfred kääntyi Lian puoleen. Hänkin nyökkäsi tietäen, että miehen oli lähdettävä.

Alfred, trumpettijoutsen, astui nimeään kantavaan kappaleeseen ja muuttui takaisin ihmiseksi. Vaihtoehtoisten maailmojen matkakertomuksen sivuilta hän vilkutti ystävilleen.

Nyt Vaihtoehtoisten maailmojen matkakertomuksen sivut palasivat kirjan alkuun. Sivut sekoittuivat yhä uudelleen ja uudelleen, eteenpäin ja takaisin, takaisin ja eteenpäin, ja lopulta ne pysähtyivät uuteen lukuun. Luvun, joka oli nimetty Lachien mukaan.

Kuvassa Lachie oli pikkulapsi. Hänen vanhempansa olivat viemässä häntä kotiin sairaalasta. Kuvan vauvalla oli sairaalaranneke, joka paljasti, että Lachien oikea nimi oli Andrew.

"Ei kiitos", Lachie sanoi. "Vauva ja minä menemme pian kotiin."

Vaihtoehtoisten maailmojen matkakertomus paiskautui kiinni sellaisella voimalla, että Charles melkein kaatui. Hän toipui, ja hetkeä myöhemmin kirja jatkoi selailuaan. Taaksepäin, eteenpäin. Sivuja sekoitettiin kuin korttipakkaa, kunnes se päätyi Haruto-nimiseen lukuun. Kuvassa hän oli äitinsä ja isänsä kanssa.

"Ei kiitos", Haruto sanoi heti. Hän otti Sobon käden käteensä ja sanoi Lachielle: "Voisitko jättää meidät Japaniin kotimatkallasi?"

Lachie nyökkäsi: "Mukavaa seuraa."

Liekit leimahtivat tällä kertaa kirjasta ennen sen sulkeutumista, ja Charles melkein pudotti sen.

Lasten vastaamattomat huudot jatkuivat ja voimistuivat, kun he lähestyivät E-Z:n kotia:

"Haluan äidin!"

"Haluan isäni!"

"Minulla on nälkä!"

"Minulla on jano!"

"WAH, WAH, WAH, WAH!" "WAH, WAH, WAH!"

"WAH, WAH, WAH, WAH!"

"WAH, WAH, WAH, WAH!"

Charles sulki silmänsä.

"Siinäkö se on? E-Z tiedusteli.

"Entä me?" Lia kysyi.

Charlesin kädet alkoivat täristä. Kuin kirjan paino olisi painanut hänen käsiään. Sitten kirja pamahti kiinni, sellaisella voimalla, että hän kompastui eteenpäin ja istuutui. Hän löi toisen jalkansa ristiin ja painoi kirjan rintaansa vasten.

Se lensi jälleen auki, samoin kuin Kaarlen silmät, ja jälleen kerran sivut liikkuivat kuin meriruohot merenpohjassa. Se lyötiin taas kiinni. Sitten se kääntyi selälleen. Kirjan keskelle ilmestyi kehys. Aluksi se oli tyhjä, aivan kuin se odottaisi jotakin. Sitten se välähti, kun elokuva alkoi.

Dodger Stadiumilla oli jo alkanut baseball-ottelu. Dodgers pelasi Brewersia vastaan. Ja E-Z Dickens oli sieppari. Hän oli levyn takana ja pelasi kuin ammattilainen. Hänen vanhempansa olivat katsomossa, aivan kaukalon yläpuolella, ja kannustivat häntä.

EARTH PAUSE.

Muutaman sekunnin ajan auringonvalo peittyi, kun Ophaniel räjähti taivaalle ja eteni heitä kohti.

"E-Z, halusin vain kertoa sinulle, ennen kuin teet päätöksesi, että mitä ikinä päätätkin tehdä tai olla tekemättä, sillä on seurauksia muille."

"Kuten mitä?" hän kysyi, eikä irrottanut katsettaan kehystetystä versiosta itsestään ja vanhemmistaan, vaikka he eivät enää liikkuneet siinä.

"Ajattele onnettomuutta... Mitä maailmassa ei olisi tapahtunut, jos vanhempasi eivät olisi koskaan kuolleet? Jos et olisi koskaan menettänyt jalkojesi käyttöä?"

Hän vilkaisi Sam-sedän suuntaan, sitten Samanthaan, Liaan ja kaksosiin. Ilman onnettomuutta kukaan heistä ei olisi tavannut. Kaksoset eivät olisi koskaan syntyneet.

"Jos päätän lähteä toteuttamaan unelmaani, mitä täällä tapahtuu?"

"Se on riski, joka sinun olisi otettava, ja vastausta en voi antaa sinulle. Mutta sen tiedän, että sinä olet katalysaattori ja liima."

"Hyvä on, kiitos, että kerroit minulle."

MAA JATKUU

Ophaniel poistui.

"Ei kiitos", E-Z sanoi.

Hän katsoi, kun hän ja hänen vanhempansa häipyivät. Ruutu tyhjeni. Kehys katosi ja kirja alkoi nousta. Ylös, ylös, pois Charlesin käsistä.

Charles seisoi ikään kuin hänellä olisi yhä se kädessään. Tuijottaen eteenpäin tyhjyyteen.

Kun se oli kaukana heidän yläpuolellaan, kirja syttyi liekkeihin. Se sihisi ja loi hajua, ennen kuin sen jäänteet olivat tarpeeksi pieniä tuulen nostattamiksi.

Ja Vaihtoehtoisten maailmojen matkakertomus ei ollut enää.

Kaarlo palasi itseensä, kun lapset saapuivat sankoin joukoin E-Z:n kadulle.

"Minä haluan äidin!"

"Minä haluan isin!"

"Minulla on nälkä!"

"Minulla on jano!"

"WAH, WAH, WAH!" "WAH, WAH, WAH!"

"WAH, WAH, WAH, WAH!"

"WAH, WAH, WAH, WAH!"

"Saanko kertoa heille tarinan?" Charles kysyi.

"Ei siitä haittaa olisi", Lia sanoi.

Charles alkoi kertoa tarinaa Kolmesta lohkareesta. Lapset lakkasivat liikkumasta, lopettivat itkunsa, kun he roikkuivat Charlesin jokaisessa sanassa - kunnes hän pysähtyi äkillisesti.

"Voi hitto!" hän huusi ja huomasi, että jokainen osa hänestä häipyi kuin maa olisi ollut vaikeuksissa hänen signaalinsa välittämisessä.

"Odottakaa!" E-Z sanoi. "Onko sinulla mitään neuvoa kirjailijakollegalle?"

"On kirjoja, joissa selkämys ja kannet ovat parhaita osia - älä anna sinun kirjasi olla sellainen. Minulla tulee ikävä teitä kaikkia!"

Jotkut sanovat, että juuri sillä hetkellä valonsäde laskeutui alas, nosti hänet maasta ja vei Charles Dickensin taivaalle. Toiset sanovat, että hän ratsasti pois Pikku Dorritin kyydissä, eikä kumpaakaan heistä enää koskaan nähty. He tiesivät varmasti vain, että Charles Dickens jätti heidät sinä päivänä eikä häntä nähty enää koskaan.

"WAH, WAH, WAH!"

"WAH, WAH, WAH, WAH!"

"WAH, WAH, WAH, WAH!"

FIZZLE POP

Sielun sieppaaja saapui. Se heitti ovensa auki ja ampui ilotulitteita ilmaan.

Osa vauvoista säikähti ääntä ja osa piti siitä, kaikissa tapauksissa he lakkasivat itkemästä.

Kun se ampui värejä ilmaan, ne sulautuivat yhteen ja sanoivat seuraavaa:

TULE ULOS, TULE ULOS

MISSÄ IKINÄ OLETKIN!

"Mitä se haluaa?" E-Z kysyi. "Vai pitäisikö sanoa, KUKA se haluaa?"

"Onko se minä?" Sobo kysyi.

"Ei, se on minua varten", ääni heidän takanaan sanoi. Se oli Rosalien ääni.

Kaikki kääntyivät jotain kohti odottaen näkevänsä aaveen tai hengen, mutta se, mitä he näkivät, ei ollut kumpaakaan näistä kahdesta asiasta. Se oli Rosalien olemus... muuta he eivät tienneet.

"Hyvästi rakas Rosalie!" Sobo huusi.

Se oli aikamoinen läksiäistapahtuma rakkaan Rosalien olemukselle, ja E-Z ja hänen tiiminsä huusivat, heiluttivat, heittivät suukkoja ja hurrasivat hänelle. Se oli todellinen juhla kaikesta siitä, mitä

Rosalie oli heille merkinnyt, kun heidän rakkaat ystävänsä astuivat hänen sielusieppariinsa ja se lensi pois.

Nyt kun Charles oli poissa, lapset jatkoivat itkuaan,
"WAH, WAH, WAH!"
"WAH, WAH, WAH!"
"WAH, WAH, WAH!"

Taustalla kuului uusi ääni. Jalkojen ääni, monien jalkojen ääni, jotka juoksivat - nopeasti.

Kun ne virtasivat E-Z:n kadulle, äidit ja isät ja lapset yhdistyivät jälleen läheistensä kanssa, ja tämä jälleenyhdistyminen tapahtui kaikkialla maailmassa.

"Bravo!" E-Z sanoi tiimilleen.

He vilkuttivat hyvästiksi, kun Lachie, Baby, Haruto ja Sobo lensivät pois.

Nyt jäljellä olivat vain E-Z ja Lia.

ZAP!

Ensimmäinen Poppet saapui.

BONJOUR!

Francois seurasi häntä.

"Ah, olemme myöhässä", hän sanoi. "Meiltä jäi kaikki näkemättä!"

Talon sisältä kuului Samanthan huutoja. "Voi ei, vauvoille tapahtuu jotain!" "Voi ei, vauvoille tapahtuu jotain!"

Kaikki juoksivat sisälle vauvojen lastenhuoneeseen. Jack ja Jill nukkuivat syvään.

Sam laittoi kätensä vaimonsa ympärille. "He näyttävät minusta hyviltä", hän kuiskasi.

"Mutta he eivät ole kunnossa!" Samantha sanoi.

"Kaikki järjestyy", Sam sanoi.

"Minustakin ne näyttävät hyviltä", E-Z sanoi.

"Odota vain", Samantha sanoi. "Odota vain, niin näet. En olisi huutanut, ellen..." Hän horjahti ja horjahti kuin olisi voinut kaatua.

Kaikki katselivat ja odottivat. Mitään ei tapahtunut kymmeneen, viiteentoista, kahteenkymmeneen tai jopa kolmeenkymmeneen minuuttiin.

Sitten yhtäkkiä jotain tapahtui.

Jackin ja Jillin pienistä kehoista lähti keltainen ja vihreä valo.

"Hadz? Reiki?" E-Z huudahti.

POP.

POP.

Jack ja Jill nousivat istumaan, kuten vanhemmat vauvat osaisivat tehdä. Mitä Jack ja Jill eivät vielä osanneet tehdä.

Samantha pyörtyi, kun Sam sai hänet kiinni.

"Mitä hittoa te kaksi teette?" E-Z vaati. "Tulkaa pois sieltä - heti!"

Hadz sanoi: "Palkkioksi pyysimme olla ihmisiä."

"Reiki sanoi: "Ja me tarvitsimme ruumiita."

"Voi veljet", E-Z sanoi, kun ulko-oveen koputettiin.

"Onko ketään kotona?" PJ ja Arden tiedustelivat.

EPILOGI

E-Z KIRJOITTI SANAT: LOPPU. Tyytyväisenä saavutukseensa, neljän kirjan sarjan loppuunsaattamiseen, hän sulki kannettavan tietokoneensa.

"Pidä kiirettä, E-Z!" mies hänen takanaan huusi.

E-Z riisui kiinniottajan maskin ja vilkaisi ympärilleen. Hän oli levypallon takana, Los Angeles Dodgersin kiinniottajana. Tuomari harjautti levypalloa. Hän nousi ylös ja lähti kohti kaukaloa, sillä hän oli viimeinen pelaaja, joka poistui kentältä.

Hän tunnisti muutaman pelaajan, kun hän liikkui kaukaloa pitkin ja seurasi heitä tiiviisti perässä.

Hän pyyhkäisi sormilla hiuksiaan, jotka olivat kokonaan vaaleat. Ne olivat lyhyemmät ja tiiviimmin leikatut kuin hänellä oli koskaan aiemmin ollut. Ja hän oli pidempi, selvästi yli 180-senttinen.

Mitä hittoa oli tekeillä? Nukkuiko hän? Hän nipisti itseään. Se sattui.

"Olet kannella, E-Z!" lyöntivalmentaja huusi.

Hän löysi monitorin ja katsoi peilikuvaansa. Hän katsoi itseään, kuin olisi ollut vieras.

"Maa kutsuu E-Z:tä", valmentaja sanoi.

"Anteeksi, valmentaja", E-Z sanoi, kun hän lähti kohti kaukalon varustehallia. Hänen mailansa oli merkitty, kuten kaikki muutkin hänen varusteensa. Hän puki sen päähänsä ja astui kansipiiriin.

Hän oikaisi kyynärpääsuojansa ja valmistautui sitten ensimmäiseen syöttöön. Joukkuetoverinsa kanssa hän teki pari harjoituslyöntiä. Odotellessaan hän huomasi liikettä katsomossa, joka tapahtui kaukalon takana. Hänen äitinsä ja isänsä.

"Anna mennä, poika!" hänen isänsä huusi.

Hän näytti vanhemmilleen peukkua ja katsoi sitten, kun hänen joukkuetoverinsa löi singlen ja pääsi turvallisesti ykköspesälle.

E-Z astui lyöjäaitiolle, pyysi aikaa, astui takaisin ulos ja hengitti muutaman kerran syvään.

Kokoa itsesi, hän sanoi itselleen. En halua pettää joukkuetta. Keskity. Keskity.

Hän nosti kätensä ilmoittaakseen tuomarille olevansa valmis ja palasi sitten lyöntivuorolle.

"Anna mennä, E-Z!" hänen äitinsä huusi.

Hän keskittyi ja katsoi, kun ensimmäinen syöttö meni ohi. Luultavasti yli sata mailia tunnissa. Hän valmistautui toiseen syöttöön. Hän huitaisi ja ampui ohi. Hänen joukkuetoverinsa varasti pesän ja laskeutui turvallisesti kakkoselle.

Tämä on liikaa. En ole valmis. Minun on herättävä. Minun on herättävä - NYT.

Toinen syöttö lensi ohi. Hän huitaisi, mutta ei osunut. Kolmas syöttö tuli, ja hän otti sen kiinni. Hän katsoi, kun hänen joukkuetoverinsa yritti päästä kolmannelle, mutta hänet heitettiin ulos. Hän melkein ehti ensimmäiselle lyönnille ajoissa, mutta toinen joukkue teki tuplapelin. Kun kaksi oli ulkona, hän palasi kaukaloon laittamaan kiinniottovarusteet päälle.

"Ensi kerralla saat heidät kiinni!" hänen isänsä sanoi.

Vaikka hän ei päässytkään pesälle, hän oli unelmissaan. Hän eli unelmaansa. Mutta miten? Hän oli kieltäytynyt Vaihtoehtoisten maailmojen matkakertomuksen tarjouksesta.

Auttakaa minut pois täältä! En halua tätä näin! Missä Samuli-setä on? Missä Lia on? Missä kaksoset ovat?

Hänen päänsä täyttyi naurusta, kun hän putosi maahan ja jatkoi putoamista. Kunnes hän laskeutui pamahtaen puulattialle, mökkiin tai hökkeliin. Muutamassa sekunnissa laskeutumisesta se syttyi tuleen.

Huoneen toisella puolella istui pieni tyttö. Ensin hän luuli sitä Ljaksi, mutta tällä tytöllä oli punaiset hiukset. Hän yritti herättää tyttöä, mutta tämä ei liikahtanut.

Hänen takanaan ulko-ovi irtosi saranoistaan. Sisään astui tumma, verhoutunut hahmo, jota lyhyempi huppupäinen hahmo seurasi. Heidän välillään tyttö kannettiin ulos.

"Auttakaa minua!" hän huusi.

"Auta itseäsi!" naisen ääni, pidempi hahmo sanoi, kun seinät alkoivat kaatua hänen ympärillään.

Hän oli takaisin stadionilla, selällään maassa ja katsoi vanhempiaan silmiin.

"Kyllä sinä selviät", he huokailivat.

Kiitokset

No, pääsimme E-Z Dickens -sarjan loppuun. Toivottavasti piditte sen lukemisesta yhtä paljon kuin minä nautin sen kirjoittamisesta.

Koska olette olleet kanssani koko tämän sarjan ajan, viimeinen KIITOS on teille, lukijoilleni. Olette mahtavia!

Kuten aina, hyvää lukemista!

Cathy

Kirjoittajasta

Cathy McGough asuu ja kirjoittaa
Kanadan Ontariossa miehensä, poikansa, kahden
kissansa ja yhden koiransa kanssa.
Jos haluat lähettää Cathylle sähköpostia,
voit tavoittaa hänet täältä:
cathy@cathymcgough.com
Cathy rakastaa kuulla
lukijoistaan.

Myös:

NON-FICTION

103 varainkeruuideaa vanhempien vapaaehtoisille, joilla on mukana

Schools and Teams (3RD PLACE BEST REFERENCE 2016 METAMORPH PUBLISHING)

KIRJALLISUUS

Haastattelut legendaaristen kirjailijoiden kanssa tuonpuoleisesta (2ND PLACE BEST LITERARY 2016 METAMORPH PUBLISHING)